Hans Ernst · Das Testament von Kronwied

Aus der Roman-Reihe
»Das alpenländische Bücherbrett«

Seit zwei Wochen regnete es nun schon im Schartental. Das Grummet verfaulte auf den Wiesen, die Fremden packten ihre Koffer und reisten ab, die anderen, die zur Nachsaison noch kommen wollten, schrieben ab und reisten wohl lieber nach Italien, weil dort das Wetter beständiger sein sollte.

Steinlehen konnte ohnehin nur an die dreihundert Fremden unterbringen. Der einzige Gasthof »Zum Kreuz« allein sechzig, und das Zimmermädchen Cäcilie Vogt, kurz die Zilli genannt, hatte alle Hände voll zu tun gehabt. Aber da nun die Zimmer alle geräumt waren und die Wäsche gewaschen, gab es im »Kreuz« keine Arbeit mehr für sie. Sie kehrte darum einen Monat früher in ihr Elternhaus zurück, als vorgesehen gewesen war. Die Saison war in einem knappen Vierteljahr vorüber, wo sie fünf Monate hätte dauern sollen.

Die Zilli war gern im »Kreuz« gewesen. Es hatte so verheißungsvoll begonnen, und in dem Vierteljahr hatte sie mehr an Trinkgeldern eingesteckt, als sie vorher in einem Jahr beim Bauern Kastner bekommen hatte, dem sie seit ihrem vierzehnten Lebensjahr als Magd diente. Und nun mußte es diese zweite Augusthälfte so verregnen.

Ja, Trinkgelder hatte die Zilli reichlich erhalten. Sie war ein rassiges, gutgewachsenes Mädchen von zwanzig Jahren, mit schwarzem Haar, das fast ins Stahlblaue schimmerte. Auch ihre Augen waren schwarz und von schöngeschwungenen Brauen gekrönt. Ihre Nase war leicht gebogen, ihr Mund ein wenig üppig, das Kinn mit dem Grübchen energisch wie bei einem Knaben.

Es war eine andere Welt, in die sie geraten war. Die Wirtin war sehr zufrieden mit ihr, denn sie arbeitete für zwei, und die Fremden hatten sie gerne, weil sie immer gut aufgelegt war und auch einen Spaß verstand.

Aber das war nun zu Ende, sie war wieder daheim. Die drei weißen Schürzchen, die sie als Zimmermädchen gebraucht hatte, hingen frisch gewaschen auf dem schon altersschwachen Balkon, über dem mit gleichmäßigem Klingeln der Regen auf die Dachschindeln klopfte.

Drei Tage war alles gutgegangen, denn die Zilli hatte weit über die Hälfte ihres Verdienstes abgeliefert. Davon waren die fünf noch schulpflichtigen Geschwister notdürftig eingekleidet worden. Die Mutter hatte ein neues Kleid bekommen, der Vater ein Hemd. Es waren Wohltaten in reichem Maße. Aber der Dank hielt nur drei Tage an, dann besann der Vater, Sebastian Vogt, sich darauf, daß es doch eine große Belastung für das Häusl wäre, wenn eines mehr mit am Tische säße. Der Ertrag seines kleinen Anwesens reichte kaum zum Leben, und wenn die Zilli etwa gar im Sinn hatte, den Winter über daheim zu bleiben, so würde das bedeuten, daß das Messer an dem Stückchen Fleisch, das es einmal in der Woche gab, noch enger gesetzt werden mußte, damit es statt sieben dann acht hauchdünne Schnitten gab.

Zartbesaitet war man im Vogthäusl nie gewesen, und man warf sich die Dinge unumwunden an den Kopf. Die Zilli ärgerte sich auch gar nicht, als der Vater am vierten Abend sagte:

»Jetzt darfst bald schaun, daß du weiterkommst. Unnütze Esser vertragt unser Häusl nicht.«

Die Zilli sah ihn nur kurz an, dann verschränkte sie die Arme über der Brust und lehnte sich zurück.

»Das sagst du so leicht. Durch den dummen Regen ist die Saison schon vorbei. Die Gastwirte entlassen jetzt die Leut, anstatt daß sie noch welche einstellen.«

»Bist du dir vielleicht schon zu fein geworden, um zu einem Bauern zu gehn?« fragte die Mutter aus der Ecke heraus, in der sie Flickwäsche in einen Korb ordnete.

Die Zilli schob die Unterlippe ein wenig vor.

»Pah«, machte sie geringschätzig. »Soll ich vielleicht gar wieder zum Kastner?«

»Es muß nicht grad der sein, der hat dich ausgenützt genug die ganzen Jahre«, sagte der Vogt. »Aber wart einmal — wo ist denn die gestrige Zeitung?«

Man fand sie schließlich hinter dem Spiegel, und der Vogt suchte nach einer Anzeige, die er gestern gelesen hatte.

»Also paß auf, Zilli, was da steht: Junge, fleißige Magd bei gutem Lohn sofort gesucht. Adam Lechner, Kronwied, Post Tann.«

»Das könnte genausogut der Kastner oder ein anderer eingesetzt haben«, meinte die Zilli. »Bauernmägde sind Mangelware, auch wenn es auf den Winter zugeht.«

»Der Lechner von Kronwied ist aber nicht der Kastner oder ein anderer«, antwortete der Vogt und faltete die Zeitung wieder zusammen.

»Warum, kennst du ihn, Vater?«

»Ich weiß nicht, ob ich ihn noch kennen tät. Es ist schon fünfunddreißig Jahr her, daß ich ihn zum letztenmal gesehn hab. Da war er mit mir beim Militär. Aber ich hör hin und wieder was von ihm.«

»Zum Beispiel?« fragte die Zilli und streckte das Kinn vor.

»Zum Beispiel, daß ihm vor zehn Jahren die Frau gestorben ist, und daß es seitdem ein bißl drunter und drüber geht in seinem Haushalt. Ich weiß auch, daß keine Kinder da sind und daß er nicht recht weiß, wem er seinen großen Besitz einmal vermachen soll.«

»Warum hat er dann nicht mehr geheiratet?«

»Wird ihm halt die Richtige nicht begegnet sein.«

Die Vogtin war jetzt fertig mit ihrer Wäsche und trug den Korb zum Tisch vor, an dem die Zilli saß.

»Vielleicht wärst du die Richtige«, sagte sie trocken.

Die Zilli lachte laut heraus. »Ausgerechnet ich! Wie alt ist denn der Lechner schon?«

»Der muß genauso alt sein wie ich, fünfundfünfzig«, sagte der Vogt und suchte in seinem Janker ein paar Krümelchen Tabak zusammen, mit denen er seine Pfeife stopfte. Er war auf einmal von einem mächtigen Schwung erfaßt, ein kühner, verwegener Gedanke hatte ihn gepackt und ließ ihn gesprächig werden.

»Die Mutter hat gar nicht so unrecht! Vielleicht wärst du wirklich die Richtige. Zilli, da gehst hin, vielleicht ist es dein Glück!«

»Geh, was euch nicht einfällt«, lachte die Zilli. »Der könnt ja mein Vater sein.«

»Ganz richtig. Wenn er auf das eine nicht einspringt, versuchst es eben anders. Dann mußt so tun, als ob du ihn gern hättest wie einen Vater. So schwer wird dir das nicht fallen.«

»Besser wäre schon, du heiratest ihn«, meinte die Vogtin. »So alte Deppen sticht grad zwischen fünfzig und sechzig der Hafer noch recht arg.«

»Das möchte ich überhört haben«, sagte der Vogt.

»Geh, wer redet denn von dir? Auf dich fällt freilich keine mehr rein, weil sie nichts anderes zu erwarten hätte als Not und Armseligkeit. Bloß ich war damals so dumm, hab deine Sprüch geglaubt und bin auf dich reingefallen.«

»Hättest dir aber bald die Füße abgelaufen, daß du mich erwischt hast.«

Ja, man sagte sich hier alles in derber Offenheit. Und draußen rauschte der Regen. Manchmal zuckte die Glühbirne über dem Tisch, wenn der Sturm die Lichtdrähte am Dachfirst zu sehr durcheinanderpeitschte.

Die Zilli hatte noch immer die Arme über der Brust verschränkt. Den Kopf hatte sie an die Holztäfelung gelehnt und die Augen halb geschlossen. Die Worte waren nicht spurlos an ihr vorübergehuscht. Ihre Gedanken gingen über das Schartengebirge hinüber, wo Kronwied lag. Diese Einöde hatte auf einmal etwas Verlockendes für sie. Sie käme aus der Enge des elterlichen Hauses fort, und wenn sie es recht bedachte, den ganzen Winter daheimbleiben hätte sie ja doch nicht können. Versuchen konnte sie es immerhin in diesem Kronwied. Bis zum Frühjahr würde sie dann schon sehen, ob es sich lohnte, dortzubleiben, wenn nicht, dann ging sie eben weg, wieder in Saison als Zimmermädchen. Auf einmal schob sich ein anderer Gedanke dazu: der Aushilfsjäger Valentin Kling beim Baron von Stein! Von ihm hing es doch schließlich ab, ob sie so weit fortgehen dürfte oder nicht. Auf alle Fälle mußte sie versuchen, ihn morgen zu treffen. Von seiner Entscheidung sollte es dann abhängen.

Das Gerede von Vater und Mutter empfand sie plötzlich peinlich. Anständigkeit und Trotz wehrten sich in ihr gegen die Pläne. Und gerade so, als ob die Alten dies spürten, begannen sie um so eifriger auf Zilli einzureden. Sie kannten keine Hemmungen und ließen die Katze aus dem Sack, bis es ihr zu stark wurde und sie mit aufreizendem Hohn hinwarf:

»Wenn ich recht verstehe, dann soll ich da drüben so etwas spielen wie eine Erbschleicherin.«

»Dumm bist du eigentlich nicht. Du begreifst alles schnell«, lobte der Vogt und zündete die erloschene Pfeife wieder an.

»Wenn du gescheit bist und ihn rumbringst, daß er dich heiratet, brauchst gar nicht erbschleichen«, sagte die Mutter. »Dann erbst du sowieso einmal alles. Vielleicht lebt er bloß mehr ein paar Jahr, dann bist du in deiner besten Zeit und kannst heiraten, den du magst und der zu dir paßt.«

»Wie gescheit müßt ich denn da nach deiner Meinung sein?« fragte Zilli voller Spott.

»Das kann ich dir als Mutter doch nicht gut sagen. Aber ein Mannsbild hat viele schwache Seiten, wo ein Mädl, das so ausschaut wie du, einhaken kann.«

»Du entpuppst dich«, lachte der Vogt. »Schwache Seiten, sagt sie.«

»Ich hab ja gesagt — ein Mannsbild«, trumpfte die Frau ihn nieder, um ihm zu bedeuten, daß sie ihn für keines hielt. Dann sprach sie weiter auf die Tochter ein. »Geduld mußt halt haben. Es kann sein, daß der Kronwieder ein recht zuwiderer Kerl ist. Aber einmal bricht bei jedem das Eis. Man muß bloß auf die Stunde warten können. Nichts überhudeln! Nur langsam und vorsichtig ans Werk gehn, und wenn er einmal eine schwache Viertelstund hat, mußt einhaken.«

Daraufhin begann die Vogtin, ihre Schürze abzunehmen, und schickte sich an, schlafen zu gehen. Die anderen Kinder waren schon längst im Bett. Und es war gut, denn die Eltern hätten sich auch in deren Gegenwart keinen Zwang aufgelegt. So wußte Zilli wenigstens allein um das Beschämende dieser nächtlichen Unterhaltung.

»Schlaf einmal drüber«, sagte die Mutter. »Morgen mußt du ja nicht gleich nach Kronwied gehn.«

»Je eher, desto besser«, meinte der Vater und hängte seine ausgerauchte Pfeife an einen Nagel in der Wand, »damit dir keine andere zuvorkommt.« Und um ja keinen Zweifel über seine wirkliche Meinung zu lassen, fügte er noch hinzu: »Ich hoffe, daß du mir nicht noch vierzehn Tage auf der Schüssel liegst.«

Der Zilli fror es über soviel Herzlosigkeit. In ihren Augen funkelte Haß, als sie dem Vater nachsah, als er in die Schlafkammer hinausschlurfte und die Hosenträger hinter ihm her baumelten.

Wenn die Zilli in ihre Schlafkammer wollte, so mußte sie die Stiege außen am Haus hinaufgehen. Es war nur ein armseliger Verschlag über dem Stall. Daneben war schon die Heutenne, nur abgeschirmt durch eine dünne Bretterwand.

Dicht an die Mauer gepreßt, ging sie hinauf, weil die andere Hälfte der Stiege vom Regen klatschnaß war. Sie zündete in ihrer Kammer eine Kerze an und begann sich langsam zu entkleiden. Dann betrachtete sie im Spiegelscherben ihr Gesicht. Man hatte ihr in letzter Zeit oft gesagt, daß sie schön sei. Hatte man die Wahrheit gesprochen?

Sie strich das Haar zu beiden Seiten zurück. Ihr Gesicht sah jetzt schmal und streng aus. Sie lachte ihrem Spiegelbild zu und stellte zum erstenmal fest, daß ihre Zähne schneeweiß und wie an einer Schnur aneinandergereiht waren.

Hatte es vielleicht gar zu regnen aufgehört? Sie trat ans offene Fenster. Rabenschwarz war die Nacht. Die Dachrinne tropfte nur mehr ganz leise, aber der Wind wehte rauschend durch die Bäume des Gartens.

Diese Laute umschmeichelten sie noch lange, als sie schon im Bett lag und nicht einschlafen konnte, weil sie über das Schartengebirge hinüberdachte, wohin man sie schicken wollte. Sie wußte, daß dieses Gespräch noch nicht in einer Sackgasse geendet hatte, sondern daß es morgen und übermorgen fortgesetzt würde mit der verbissenen Zähigkeit zweier ungleicher Menschen, wie die Eltern es waren. Viel Liebe hatte sie nie von ihnen empfangen.

Nüchtern und lieblos war ihre Kindheit. Man hatte sie schon mit zwölf Jahren in die harte Fron der Arbeit eingespannt, wo andere Kinder noch spielen durften. Dann hatte man sie zum Kastner geschickt und machte kein Hehl daraus, wie froh man war, sie von der Suppenschüssel weg zu haben. Vielleicht wäre sie heute noch des Kastners Magd, wenn sie sich nicht selber freigemacht hätte, um im Gasthaus »Zum Kreuz« ein anderes Leben zu beginnen. Sie war in eine ihr neue Welt gekommen, eine Welt, die vielleicht nicht viel besser war, aber auch nicht mehr so eintönig wie das immer gleiche Leben einer Bauernmagd. Sie war in diesem Vierteljahr ein wenig wissender geworden und nahm die Dinge nicht mehr so unabänderlich und gelassen hin wie früher.

Sie dachte über sie nach, erwog das Für und Wider und war nicht mehr das geduldige Mädchen, das man schieben und lenken konnte, wie man wollte.

Wie leicht die Eltern sich das alles vorstellen! Als ob der Lechner gerade auf sie warten würde! Adam hieß er auch noch mit dem Vornamen. Sollte sie jetzt die Eva mit dem Apfel sein? Sie lachte über den Vergleich, um dann gleich wieder das Gefühl einer Beschämung zu empfinden. Der Lechner suchte eine Magd, weiter gar nichts. Und es wäre schön, hingehen zu können in dem Bewußtsein, nur eine Magd zu sein und nicht eine verkappte Erbschleicherin. Warum hatte sie eigentlich nicht den Mut, sich dagegen aufzulehnen und fortzulaufen, um sich selber eine Stellung zu suchen? Immer hatte sie sich schweigend den Wünschen der Eltern gefügt, es gab kein Ausbrechen aus diesem Gehorsam, man hatte sie immer biegen können wie eine Gerte, und sie war immer noch Gerte und noch nicht Baum mit eigener Kraft.

Plötzlich fuhr sie zusammen. War da nicht soeben etwas auf den Boden geklirrt? Da — jetzt wieder, sie konnte es deutlich erkennen, es waren kleine Steinchen, die durchs offene Fenster flogen. Mit einem Sprung war sie aus dem Bett. Sie starrte hinunter in den Hof und konnte nichts sehen. Aber ein zischender Laut, den sie kannte, ließ sie flüsternd die Antwort geben:

»Ja, ich komme.«

Sie schlüpfte in einen alten Lodenmantel, band das Haar im Nacken zusammen und öffnete leise die Türe. Auf einmal war ihr viel leichter ums Herz, denn sie rechnete bestimmt damit, daß Valentin sie nicht fortlassen würde. Dann wäre für sie schon alles entschieden. Sie würde den Winter über auch woanders Arbeit finden, und im Frühjahr sollte sie ja wieder ins Gasthaus »Zum Kreuz« gehen. Das hatte sie der Wirtin zugesagt.

Als sie auf dem untersten Treppenabsatz angekommen war, sah sie einen Schatten stehen. Es war der Aushilfsjäger

Valentin Kling. Er hatte die Krempe des Hutes heruntergebogen, damit das Wasser ablaufen konnte. Um die Schultern war eine Lodenkotze geworfen. Unter ihr ragte der Lauf seiner Büchse auf.

Zwei harte, herrische Arme umschlossen sie.

»Gut, daß du gekommen bist, Valentin. Ich habe dir was Wichtiges zu sagen. Morgen hätte ich dich auf alle Fälle suchen müssen.«

»Muß das hier herunten sein?« fragte er. »Droben in deinem Kammerl wäre es gemütlicher bei diesem Wetter!«

»Das geht nicht, Valentin. Die Eltern schlafen noch nicht und könnten uns leicht hören.«

Mißmutig zerrte er seine Büchse herunter und lehnte sie an den aufgeschichteten Holzstoß unterm Dach.

»Da rennt man den ganzen Tag im Regen umeinander und kann sich in der Nacht nicht ein bißl aufwärmen. Jetzt bin ich bloß neugierig, was du mir so Wichtiges zu sagen hast.«

Da erzählte die Zilli ihm alles, sie verschwieg nichts, auch das nicht, was die Eltern von ihr erwarteten. Sie sagte alles leidenschaftslos hin, nur mit einem leisen, bitteren Klang in der Stimme. Wegen der Dunkelheit konnte sie nicht sehen, daß sein Gesicht sich immer mehr spannte. Aber als sie geendet hatte, wartete sie vergebens auf eine Antwort. Er hatte seine Hand auf ihr Knie gelegt und schwieg, so daß sie meinte, er sei jetzt betrübt über das ungeheuerliche Ansinnen, das die Eltern an sie gestellt hatten. Und weil sie das meinte, legte sie ihre Hände wie zum Dank auf die seine. Sie fühlte sich jetzt glücklich.

»Valentin, ich geh nicht«, flüsterte sie zärtlich. »Ich bleib schon bei dir. Ich hab ja gleich gewußt, daß es dir nicht recht sein kann.«

Er fuhr wie aus tiefem Sinnen auf.

»Was sagst? Mir wär das nicht recht? Glaubst du denn, daß ich deinem Glück so feind sein könnte?«

Ihre Hände zuckten zurück, fielen herunter wie Blei.

»Das sagst du? Mein Glück soll das sein?«

Sie waren nebeneinander auf dem Dengelstock gesessen. Nun war die Zilli aufgestanden und zog den Lodenmantel eng über ihrer Brust zusammen. Grenzenlose Enttäuschung überkam sie.

Der Valentin merkte, daß er den Ton nicht richtig getroffen hatte, und war ganz biedere Herzlichkeit.

»Schau einmal her, Schatzerl. Was liegt denn daran, wenn du dem alten Knochen ein bißl um den Bart streichst! Vielleicht heiratet er dich, und wenn ein bißl Glück dabei ist, kannst in ein paar Jahren schon eine lustige Witwe sein. Dann ist der Weg für uns zwei frei, und aus ist es für immer mit Sorgen und Not.«

»Wenn Glück dabei ist«, wiederholte sie tonlos und spürte kaum, daß seine Arme sie wieder fester umfingen. Sie neigte den Kopf zurück und duldete mit zusammengepreßtem Mund seine Küsse. In ihr war irgend etwas zersprungen. Plötzlich ließ er sie los.

»Was ist denn heut mit dir? Bist trocken und starr wie ein Stück Holz.«

»Laß mich jetzt gehn, Valentin.«

»Ja, freilich, sonst nichts! Meinst du, daß ich umsonst den weiten Weg von der Jagdhütte in dem Regen runtergelaufen sein will? Was hast denn auf einmal?«

Lange rang sie um die richtigen Worte.

»Ich hab halt gemeint, daß ich dir mehr bedeuten würde, Valentin, und daß ich einen Halt an dir hätte, wenn meine Eltern mich schon an einen alten Mann verkuppeln wollen. Ich taug nicht zur Schlechtigkeit, Valentin, so gut solltest mich eigentlich kennen. Aber das, was ich jetzt tun soll, ist schlecht. Hab gemeint, daß du anders dächtest und daß es wahr wäre, was du immer gesagt hast, daß du ohne mich nimmer leben möchtest.«

»Wann hätte ich das gesagt?«

»Ach, am Anfang hast du das oft gesagt.«

»Am Anfang plappert man oft was Verliebtes daher.«

»Du hast auch gesagt, daß wir heiraten werden.«

Er nickte und griff nun nicht mehr so herrisch nach ihren Schultern. Nein, ganz sanft war er auf einmal, sanft und recht wohlwollend.

»Stimmt, hab ich gesagt.« Er setzte sich wieder auf den Dengelstock und zog sie auf seine Knie. »Wir werden auch heiraten, bloß über einen kleinen Umweg halt. Schau, Zilli, ich tät dich ja am liebsten morgen schon heiraten. Aber mit was denn? Mit Hobelspänen können wir uns nicht einrichten. Du hast nicht viel und ich noch weniger. Der Baron ist ja auch so knausrig und will gar nichts hören von einer Gehaltsaufbesserung. Meinst, daß mir das Herz nicht manchmal auch weh tut, wenn ich dran denk, wie gern ich dich immer um mich hätte als mein liebes Weiberl?«

Wie so oft schon, ließ sie sich auch jetzt wieder einlullen von der dunklen, schmeichlerischen Stimme des Valentin Kling.

»Daß wir auch gar so arm sein müssen«, jammerte sie. »Und andere haben wieder soviel.« Sie dachte dabei an so manchen Kurgast, der das Geld mit vollen Händen ausgab.

Der Valentin aber sagte: »Ja, zum Beispiel der Kronwieder.«

»Kennst du ihn denn?«

»Was heißt kennen? Seine Jagd grenzt an die unsere. Einmal hat ihn mein Baron zur Treibjagd eingeladen. Da hab ich ihn gesehen. Ein zaundürrer Knochen, den morgen schon der Wind umblasen kann. Und grad strotzen tut er vor Geiz. Nicht einmal eine Mark Trinkgeld hat er übrig gehabt für uns Jäger und die Treiber. Dabei hat er den schönsten Hirsch geschossen, den wir im Revier gehabt haben. Der Baron hat gemeint, daß er sich revanchieren und auch ihn zu seiner Treibjagd einladen tät. Ja, Pfeifendeckel! Auf die Einladung wartet er heute noch.«

»Und zu so einem Geizhals soll ich!«

»Geh nur hin! Man kann nicht wissen, ob es nicht so sein soll, daß er grad jetzt jemand sucht.«

»Gut, ich geh hin«, sagte die Zilli entschlossen und erhob sich. Die Nacht war nicht mehr so rabenschwarz. Das schwere Gewölk hatte sich gelichtet, und zuweilen sah man sogar einen einzelnen Stern funkeln. Auf dem Kirchturm schlug es die elfte Nachtstunde. »Vielleicht dreht sich das Wetter doch endlich«, meinte sie.

»Vielleicht wendet sich überhaupt jetzt alles zum Glück für uns«, flüsterte er. »Du darfst bloß nicht soviel denken. Handeln mußt, Schatzerl — und schlau sein. So ein alter Geizkragen, der wie eine Bruthenne auf seinem Geldsack sitzt, den muß man ein bißl weglupfen davon. Mitnehmen kann er ja doch nichts, und hernach streiten sich doch nur die Verwandten darum.«

Die Zilli verstand nicht ganz, wie er es meinte. Nun, sie würde ja sehen, wie es sich in Kronwied anließ. Vielleicht ging alles viel leichter, als sie sich's jetzt dachte, und sie würde später lachen über ihre Bedenken. Lachen oder weinen. Die Zeit würde es schon lehren.

Anderntags setzte man ihr im Elternhaus noch so eindringlich zu, daß die Zilli endlich froh war, wegzukommen. Sie begann ihren Rucksack zu packen. Was sie nicht hineinbrachte, band sie in ein großes blaugewürfeltes Tuch. Am nächsten Morgen wollte sie losziehen.

Es gab keine große Abschiedsstunde, keine Tränen. Nur die Geschwister gaben ihr die Hand, bevor sie zur Schule gingen. »B'hüt dich Gott, Zilli«, sagten sie, dann trippelten sie durch den Obstgarten das Schulbergl hinauf.

Die Mutter wollte ihr Weihwasser auf die Stirne spritzen, aber das Kesselchen neben der Türe war ausgetrocknet, und so ließ sie es sein.

»Also mach's gut«, sagte sie. »Und sei schlau.«

»Und vergiß uns nicht«, fügte der Vater hinzu.

Die Zilli wußte, wie beides gemeint war. Schlau sollte sie sein und den Alten in Kronwied umgarnen, und vergessen sollte sie die Ihren nicht, indem sie monatlich mindestens die Hälfte ihres Lohnes heimschickte.

Der Regen hatte nun völlig aufgehört, und zum erstenmal nach langen Wochen sah man die Sonne wieder an einem zwar nicht wolkenlosen Himmel, aber sie schien zwischen mächtigen Wolkenschüben, die keine dunklen, regenträchtigen Ränder mehr hatten. Die Sonnenstrahlen huschten über die Landschaft und gerieten in tausend spiegelnde Wasserlachen, von denen Wiesen und Äcker voll waren.

Zilli bog bald von der Straße ab und ging auf einem Wiesenweg bergwärts. Der Boden unter ihr war locker und aufgeschwemmt wie ein Schwamm. Bei jedem Schritt gluckste es unter ihren Schuhen. Aber das änderte sich bald. Sie näherte sich dem Hochwald. Dort wurde der Boden fester.

Langsam wurde ihr warm. Das Kopftuch glitt in den Nacken. Über der Haarkrone tanzten die Mücken. Schwer schnitten die Riemen des Rucksackes in ihre Schultern. Mitunter blieb sie stehen und seufzte, weil sie bedachte, daß sie noch über fünf Stunden Weg hatte, der noch dazu über das Schartengebirge führte. Lange Zeit war ihr ein wenig bedrückt ums Herz, aber je weiter sie sich von zu Hause entfernte, desto freier und leichter fühlte sie sich. Es war eigentlich das erste Mal, daß sie von Steinlehen fortging und die Ihren für längere Zeit nicht mehr sehen sollte. Ein bitterer Zug zog sich um ihre Mundwinkel.

Mach uns keine Schande in der Fremde, hätte die Mutter sagen müssen. Aber »Sei schlau!« war deren Ratschlag gewesen, und es dünkte der Zilli, daß dies kein guter Ratschlag war.

Wieder einmal blieb sie auf einer Lichtung stehen und schaute zurück. Tief unter ihr lag schon das Land mit seinen flimmernden Wasserspiegeln. Das Elternhaus war unter den Obstbäumen so geduckt, daß man es mehr ahnen als sehen konnte. Ganz frei dagegen stand das Gasthaus »Zum Kreuz«, gegenüber das Schulhaus und dahinter der klobige Satteltum der Kirche. Im »Kreuz« hatte sie ein Vierteljahr

Zimmermädchen gespielt. Jawohl, gespielt, das konnte man schon sagen, denn was sie jetzt erwartete, war wieder harte Bauernarbeit auf einem Hof, der größer sein sollte als fünf andere in Steinlehen, einbegriffen der Kastnerhof.

Auf einmal erschrak sie, denn ihr war, als hätte es im Gebüsch hinter ihr geraschelt. Als sie den Kopf wandte, sah sie das lachende Gesicht des Valentin Kling. Der Lauf seiner Büchse blitzte in der Sonne wie Silber. Sein Gesicht war wie gegerbtes Leder mit einigen Pockennarben auf der rechten Wange. Unter dem grauen, ausgewaschenen Filzhut, auf dem eine Spielhahnfeder baumelte, stach ein Schüppel grellblonder, fast weißlicher Haare hervor. Das Seltsamste an diesem Gesicht aber waren die Augen. Sie hatten eine Farbe, wie man sie selten sieht. Sie waren von einem glänzenden Grau, das wie altes Silber schimmerte. Überschattet waren sie von dichten, fast weißlichen Brauen, die an der Nasenwurzel zusammenstießen. Von diesen Augen ging eine seltsame Gewalt aus. Es war, als stünde man unter einem Zauberbann.

Jetzt trat Valentin hinter dem Gebüsch hervor. Die Lederhose, knapp unter den Knien zusammengebunden, war ausgewaschen wie der Janker mit den Hirschhornknöpfen, der einmal braun gewesen sein mochte. Zwischen die Riemen des leeren Rucksackes hatte er seine zusammengerollte Lodenkotze durchgesteckt.

Ja, diese Augen. Man nannte ihn den Silberäugigen. Die Zilli war diesem magischen Blick verfallen, als sie achtzehn Jahre alt war. Ob sie ihn liebte, darüber war sie sich selber oft nicht ganz klar. Ja manchmal glaubte sie ihn sogar zu hassen, besonders in letzter Zeit, als sie Vergleiche hatte ziehen können zwischen ihm und anderen Männern, die zur Sommerfrische im »Kreuz« gewesen waren. Aber immer, wenn sie ihn schon so halb vergessen hatte, tauchte er unvermittelt wieder auf, so vor zwei Nächten, so jetzt. Eigentlich hätte sie es sich ja denken können, daß sie nicht über das Gebirge kam, ohne ihm noch mal zu begegnen.

Er reichte ihr die Hand und nahm ihr den schweren Rucksack ab. Dann breitete er seine Lodenkotze auf dem Boden aus. Sie setzten sich nieder, und Valentin blinzelte eine Weile in die Sonne, weil er hoch oben einen Bussard gesehen hatte. Dann wandte er sich dem Mädchen zu.

»Ein bißl ist mir das Herz schon schwer, weil du weggehst.« Seine Stimme hatte wieder den schmeichlerischen Klang.

»Ist das wahr, Valentin?« fragte sie und sah ihn mit ihren dunklen Augen durchdringend an.

»Sonst hätte ich kaum hier auf dich gewartet. Bin gestern schon immer auf der Paß gewesen.«

»Bist du dir denn so sicher gewesen, daß ich wirklich nach Kronwied gehe?«

»Ja«, sagte er trocken, als könnte es darüber gar keinen Zweifel geben. »Du freilich«, sprach er dann weiter, »du brächtest es schon fertig, von mir fortzugehen ohne allen Abschied!«

»Ich hätte dir geschrieben«, sagte sie.

»Von einem Fetzen Papier kann ich nichts runterbeißen«, lachte er. »Mir ist was Lebendiges schon lieber.«

Er riß sie an sich, und es erging ihr wie immer, wenn dieser Mann sie in die Arme nahm. Sie war behext vom Zwang seiner silbernen Augen.

Majestätisch segelten die weißen Wolken über das Schartengebirge hin, und in der Tiefe des Waldes hämmerte ein Specht wie rasend in eine Rinde.

Die Zilli lauschte den Worten des Silberäugigen. Schmeichelnd sprach er auf sie ein, wie das Leben für sie beide immer schöner werden würde, wenn sie jetzt nur ein klein wenig schlau wäre. Er nannte den Kronwieder nur den alten Knochen, der leicht zu umgarnen wäre.

»Freilich«, fügte er hinzu und gab seiner Stimme einen Klang von Traurigkeit, »wenn ich dran denke, daß der Alte dich in die Arme nehmen und küssen könnt, tut mir das Herz weh, als wenn mir jemand ein Messer hineinbohren tät. Machst halt die Augen dabei zu und denkst an was Schöneres, an mich vielleicht, dann wird es schon gehn. Die Hauptsach ist, du erreichst, daß er dich wenigstens in sein Testament einschließt.«

»Ich werde mir Mühe geben«, versprach sie und fügte jäh hinzu: »Jetzt hab ich aber Hunger.«

In ihrem Rucksack hatte sie einige Stücke Brot. Sie biß in eines hinein, daß es krachte, und reichte auch ihm ein Stück. Er nahm es widerwillig und sagte:

»Ein trockenes Stück Brot, und andere haben Schnitzel oder ein Brathendl und trinken Sekt dazu!« Dabei legte er den Arm um sie. »Aber tröst dich nur, Schatzl, bald wird es auch für uns anders, wenn du jetzt schlau bist.«

Bis zum Erbrechen reichte ihr nun schon das dumme Geplapper, daß sie schlau sein müßte. Zu ihrem Glück war sie in ihrem Denken viel zu einfach und schlicht, als daß sie begriffen hätte, wieviel Gemeinheit sich hinter diesem Wort versteckte. Sonst hätte sie erfassen müssen, daß selbst der Geliebte sie wie einen Lockvogel auf einen alternden Mann ansetzen wollte, nur eines schnöden Vorteils wegen.

Sie würgte ihr Brot hinunter, während er sein Stück in die Tasche geschoben hatte. Er wollte es später dann wegwerfen. Trockenes Brot war nicht nach seinem Geschmack, und in irgendeiner Almhütte, die auf seinem Wege lag, würde er schon etwas Besseres vorgesetzt bekommen. Der Silberäugige war überall willkommen, man sah ihn aber auch genauso gerne wieder gehen, weil der Blick seiner silbernen Augen nur Angst und Unruhe zu verbreiten schien.

»Ja, Herzerl«, begann er nach einer Weile ganz bieder, »ich glaube, daß es langsam Zeit wird. Die Sonn' steigt schon gegen Mittag zu.«

Die Zilli stand auf und streifte ihren Rock glatt. Als sie nach dem Rucksack greifen wollte, fiel er ihr in den Arm.

»Wär noch schöner«, sagte er. »Den trag ich schon bis zum Grat nauf.«

Die Sonne schien heiß herunter. Die Wolkendecke hatte

sich aufgelöst, gegen Westen sah man überhaupt keine mehr.

Die Bäume und Sträucher wurden immer seltener. Bald hörte der Pflanzenwuchs ganz auf. Sie schritten auf nacktem grauen Fels dahin. Die genagelten Sohlen klapperten auf dem Gestein gleich dem Rhythmus zweier Dreschflegel auf harter Tenne.

Valentin ging voraus. Sein Schritt war gleichmäßig wie eine Uhr. Er schob die Brust vor, als hätte er gegen einen Wind anzugehen. Die Zilli ging leicht nach vorne gebeugt hinter ihm. Sie sah, wie sich die Muskeln bei jedem Schritt unter seinen Strümpfen spannten, und hörte die Schwere seines Atems. Als sie oben am Grat ankamen, war der Wind wieder da.

Einfach und derb, wie die Zilli manchmal war, sagte sie jetzt trocken: »So, da sind wir. Kannst jetzt umkehren. Dank schön auch fürs Rucksacktragen.«

»Bitt schön«, sagte er, zerrte den Rucksack herunter und lud ihn auf ihre Schultern. »Für dich traget ich den heiligen Christophorus mitsamt dem Jesukind bis nach Hamburg nauf.«

Die Zilli lachte laut heraus.

»Sprüchmachen ist schon recht, aber übertreiben darf man es auch nicht! Aber wollen wir es kurz machen, Valtl. B'hüt dich Gott, und bleib gesund.«

Sie reichte ihm die Hand, die er fest umschloß. Seine weißen Brauen zogen sich wie im Schmerz noch enger zusammen, und seine silbernen Augen bekamen einen Hauch von Melancholie.

»Wenn du wüßtest, Zilli, wie mir jetzt ums Herz ist, würde dir das Lachen vergehen. Aber du hast recht. Wollen wir's kurz machen. Das Schmerzliche soll man nicht nausziehen, sonst wird's noch schmerzlicher. B'hüt dich der liebe Herrgott und — sei schlau.«

Eins trennte sich vom anderen. Zillis Weg führte steil abwärts. Sie mußte auf ihn achtgeben. Als sie sich nach einer langen Weile umdrehte, stand der Jäger immer noch oben auf dem Grat, seine Gestalt hob sich vom gleißenden Sonnenlicht ab. Sie winkte, und er winkte zurück. Als sie weiterging, schlenderte er noch eine Zeitlang auf dem Grat hin und her und ging dann den Weg zurück. Sein Gesicht war jetzt von einer fast fröhlichen Heiterkeit erfüllt, und er pfiff einen Marsch vor sich hin, als wäre sein Gemüt niemals mit einer Abschiedsstunde belastet gewesen.

Die Zilli aber schritt auf der anderen Seite rüstig talwärts, bis eine Almhütte sichtbar wurde, vor der sie sich erschöpft niederließ. Ihre Lippen waren vor Durst aufgesprungen.

»Bloß ein Tröpferl Milch«, bat sie. Dann fragte sie nach dem Kronwieder. Sie erhielt keine gute Auskunft und wurde bedauert, daß sie dorthin wollte.

Eine halbe Stunde später, auf einer anderen Alm, schilderte man ihr den Geizkragen nicht viel besser. Auf der dritten erhielt sie keine Auskunft. Es war die Schwertriegelalm, und erst viel später erfuhr sie, warum man dort geschwiegen hatte.

Durch den mehrmaligen Aufenthalt hatte sie sich doch sehr verspätet, und die Sonne schimmerte schon gelblich, als sie die letzte Kuppe von vielen überquerte. Gar nicht mehr ferne sah sie ein paar langgestreckte, grau schimmernde Gebäude liegen, von denen sie annahm, daß es die Einöde Kronwied sein könnte.

So kam sie über die dreizehn Hügel her, die vor dem Schartengebirge lagen, und es sah so aus, als ob sie über den Wiesenboden schwebte. Alle Müdigkeit war von ihr abgefallen, als sie sich dem Ziele nahe sah. Eine ganze Weile wanderte sie so im Abendrot. Es schaute sich an, als ob sie mitten aus dem leuchtenden Sonnenuntergang herauskäme und nun langsam in die bläulich schimmernde Dämmerung hineinschritt, von der die Einöde Kronwied bereits umschlungen war.

Adam Lechner stand unter der Haustür und schaute auf

dieses sonderbare Bild. Er wollte gerade ins Dorf hinuntergehen zum Sonntagskartenspiel, aber nun blieb er doch stehen, weil es ihn interessierte, wohin dieses Mädchen wollte.

Sie muß sich verlaufen haben, dachte er, denn der eigentliche Weg führte ja weiter drüben vorbei. Wenn sie so weiterging, würde sie an den Bach kommen. Dann mußte sie wieder umkehren, weil der Steg viel weiter oben über das Wasser führte.

Aber die Zilli kehrte nicht um. Sie stand jetzt vor dem Bach und sah sich nach einem Ausweg um, den sie nicht fand. Auf einmal ging sie kurz entschlossen ein paar Schritte zurück, nahm einen Anlauf und setzte mit einem wunderbaren Sprung über das Wasser.

»Donnerwetter! Die hat Schwung in den Knochen«, sprach der Lechner anerkennend vor sich hin.

Es sah wirklich so aus, als ob das Mädchen auf den Hof wollte. Aber der Kronwieder rührte sich nicht vom Fleck. Er würde nicht einmal hingehen und das Gatter aufmachen, selbst wenn es der Präsident wäre. Aber das brauchte er hier auch gar nicht, denn das Mädchen stieg mit derselben Behendigkeit über das Gatter, wie sie vorhin das andere Hindernis genommen hatte. Und das alles mit dem schweren Rucksack. Dann stand sie vor ihm und fragte:

»Bin ich hier richtig in Kronwied?«

Seine flinken Augen von bräunlicher Farbe musterten die schlanke Gestalt. Bildsauber ist sie, ging es ihm flüchtig durch den Sinn.

»Was willst hier? Ich bin der Bauer.«

Die Zilli hatte sich zwar nach allem, was sie bisher über den Kronwieder gehört hatte, kein großartiges Bild von ihm gemacht, aber was sich ihrem staunenden Blick jetzt darbot, war doch noch weniger, als sie erwartet hatte.

Der Mann sah nicht aus wie ein Bauer mit solch sagenhaftem Reichtum. Sein Gewand war abgetragen, und die Joppe an den Ärmeln sogar gestopft. Das Hemd sollte weiß sein, aber es war grau. Der schwarze Binder saß schief und war mit Fetttropfen bekleckert. Und auch sonst entsprach der Kronwieder nicht ihren Vorstellungen. Er war groß und von erschreckender Magerkeit. Auf einem spindeldürren, langen Hals saß ein schmaler Vogelkopf mit kleinen, fast wimpernlosen Augen. Der Mund war schmal wie ein Strich, und am Hals standen die Adern wie dicke Schnüre.

»Wenn du mich lange genug gemustert hast, kannst du mir vielleicht sagen, was du hier willst«, sagte er plötzlich mit heller, schnarrender Stimme.

»Ach ja«, besann sich die Zilli. »Ich komme auf das Inserat hin. Hier sucht man doch eine Magd.«

»Eine Magd, ja das schon, aber ...«

Der Lechner sprach nicht aus, was er dachte. Die Augen halb zugekniffen, umfaßte sein Blick wieder ihre Gestalt. Es kam ihm wie ein Wunder vor. Er hatte schon so oft inseriert, und niemals hatte sich jemand gemeldet. Und jetzt stand ein Mädchen vor ihm, das Magd sein wollte. Die Mägde auf seinem Hof sahen anders aus als diese hier. Sein Mißtrauen war schon wieder hellwach. Wieso hatte sie um diese Zeit keine feste Stelle? Warum war sie zu Fuß über das Gebirge hergekommen? Tann wäre auch mit dem Zug zu erreichen gewesen. Von Tann bis Kronwied aber war es nur eine Viertelstunde Fußmarsch.

»Ist das alles, was du hast?« fragte er, auf ihren Rucksack deutend.

»Für den Anfang wird es reichen«, antwortete sie. »Das andere kann ich mir nachschicken lassen oder später selber holen, falls es mir hier gefällt.«

Das ärgerte ihn, weil er auf seinen Besitz stolz war. Wieder betrachtete er sie mißtrauisch. Wie gut das helle Dirndlkleid zu ihrem Gesicht paßte, wie knapp es die Formen ihres Körpers umschloß. Und diese Haarpracht! Niemals hatte er eine Magd gehabt, die so schön war. Und wider Willen rutschte es ihm heraus:

»Für eine Magd bist du mir eigentlich zu gut angezogen.«

Wie aus der Pistole geschossen, antwortete die Zilli:

»Und du mir für einen Bauern zuwenig gut.«

Ihre Antwort reizte ihn zum Widerspruch, und er hatte auch das andere noch nicht vergessen: ... falls es mir hier gefällt.

»Es gibt keinen schöneren Platz im ganzen Umkreis«, sagte er daher. »Und man hat von nirgends einen so herrlichen Rundblick. Aber wenn es dir hier nicht gefallen sollte, bitte, kannst ja in vierzehn Tagen wieder gehn.« Er griff sich an das spitze Kinn. »Ja — und was das andere anbelangt, Lohn und so weiter, das werden wir morgen besprechen. Wie heißt du eigentlich, und von wo kommst du?«

»Zilli heiße ich. Cäcilie Vogt. Und daheim bin ich in Steinlehen drüben.«

Nachdenklich runzelte er die Stirn.

»Vogt, Vogt? Weiß nicht, wo ich den Namen schon einmal gehört habe. Tut auch nichts zur Sache.« Er wandte den Kopf zurück und rief in den Flur hinein: »Lena, da ist eine, die bei uns bleiben will. Zeig ihr die Kammer und was es sonst zu zeigen gibt am Hof.«

Dann ging er rasch davon. Er hatte sowieso schon soviel Zeit vergeudet. Als er sich am Ende des Apfelgartens noch mal umwandte, sah er gerade, wie die Lena und die Fremde sich die Hand gaben. Und da mußte er nochmal genauer hinsehen, denn einen stärkeren Kontrast als die beiden gab es wohl nicht. Die Lena war klein und dick und hatte rötlich schimmernde Haare, sie mochte wohl um zehn Jahre älter sein und konnte sich auch sonst mit der Neuen in keiner Weise vergleichen.

Er ging den Fußweg nach dem Pfarrdorf Tann, mußte nur einmal die Fahrstraße überqueren, und zwar dort, wo die zwei Bäche, der vom Schartengrund und der vom Jochberg, zusammenflossen, um dann gemeinsam donnernd in eine Schlucht zu stürzen. Dort blieb er stehen und schaute über das Brückengeländer in die Tiefe. Feiner Gischt stieg herauf und schlug ihm kalt ins Gesicht wie Schneegeriesel.

Durch die Wipfel der Tannen, die ringsum standen, fiel in breiten Strömen das Abendrot. Nach langer Zeit wieder einmal ein glühendes Abendrot.

Die Fremde scheint auch schönes Wetter mitzubringen, dachte er. Sie mag vielleicht an die zweiundzwanzig Jahre alt sein, sinnierte er weiter und lächelte gleich darauf spöttisch, weil es ihm ein Narrenspiel erschien, mit seinen fünfundfünfzig Jahren hinter einem Frauenzimmer her zu denken, von dem er weiter nichts wußte, als daß es Zilli hieß und bei ihm Magd sein wollte.

Jetzt verließ er die Brücke und legte den Rest des Weges zurück. Da waren auch schon die ersten Häuser von Tann, von sanfter Dämmerung umhüllt. Nur das Kreuz auf dem Kirchturm funkelte noch im Abendlicht.

Im Bräustüberl der Stöcherbrauerei zu Tann saßen sie bereits seit einer Viertelstunde beisammen und warteten wie jeden Sonntag auf den Kronwieder. Es waren der Hochwürdige Herr Dekan Huber, der Gemischtwarenhändler Pichler und der pensionierte Postrat Ertl. Die Karten lagen da, die Geldschüssernl waren verteilt. Jetzt brauchte nur mehr der Kronwieder zu kommen.

Der Pichler zog die Uhr mit dem Sprungdeckel.

»Was hat er denn heute, der Kronwieder?« fragte er. »Er ist doch sonst die Pünktlichkeit selber.«

»Vielleicht ist im Stall was losgewesen«, meinte der Postrat. »Bei einem Bauern passiert oft ganz unverhofft etwas.«

»Er wird schon kommen«, sagte der Dekan und winkte die Bedienung herbei. »Was gibt's denn heut zu essen?«

Die Kellnerin schnarrte eine solche Menge herunter, daß man es sich unmöglich merken konnte. Dem Herrn Dekan war nur das »Herz am Rost« im Gedächtnis hängengeblieben, das die Köchin vom Stöcherbräu so vorzüglich herzurichten verstand. Der Pichler bestellte sich eine saure Leber und der Postrat ein Wiener Schnitzel.

»Vom Kronwieder weißt es ja so«, sagte der Pichler. »Der geht von seiner Leberwurst mit Kraut nicht weg.«

»Da kommt er ja endlich«, lachte der Dekan, der den Kronwieder gerade beim Gemeindeamt ums Eck biegen sah. »Richtet euer Kleingeld her, ihr wißt, daß er nicht warten mag.«

»Wir haben auch warten müssen, bis er kommt«, sagte der Postrat ein wenig aufsässig. Pünktlichkeit war er von seiner Dienstzeit her noch gewöhnt.

Der Herr Dekan legte sein Kleingeld in das Schüsserl, dann beugte er sich ein wenig vor.

»Paßt einmal auf, meine Herren. Wenn es geht, lassen wir ihn heute gewinnen. Ich brauche nämlich ein paar Altardecken für die Seitenaltäre. Einen zweiten Beichtstuhl bräuchten wir auch, wenn im Oktober die Mission kommt. Wenn er gewinnt, ist er großzügig, aber wenn er verliert, kannst ihm kein Fünferl rauslotsen.«

Jetzt betrat der Kronwieder die Gaststube, die bis auf den letzten Platz besetzt war. Sein gemurmelter Gruß ging unter in dem Lärm, der ringsum herrschte. Kaum hatte er Platz genommen, zog er schon eine Handvoll Kleingeld aus der Tasche und fragte:

»Wer gibt?«

Sie hoben ab, und den Postmeister traf das Geben. Die Kellnerin stellte die halbe Dunkel hin und wußte, daß sie dieses Glas nicht ein zweites Mal vollzuschenken brauchte, denn es war noch nie vorgekommen, daß der Kronwieder mehr als eine Halbe getrunken hatte. Selbst wenn sie bis zehn Uhr spielten. Einen kleinen Rest sparte sich der Kronwieder immer auf, und wenn er auch noch so warm geworden war, dieser kleine Rest, bevor er ging, trank er ihn noch aus.

Sie brauchten den Kronwieder nicht absichtlich gewinnen zu lassen, denn er bekam eine ausgezeichnete Karte. Trotzdem schmierte der Pichler auf einen kleinen Trumpf den Eichelzehner und der Dekan das grüne As. Der Kronwieder riß die Augen auf vor innerer Freude. Er trumpfte mit seinem Herzas alles zusammen.

Mit gespielter Entrüstung krähte der Postmeister die anderen beiden an: »Was spielt denn ihr für einen Stiefel zusammen? Ihr hättet doch wissen müssen, daß er das Herzas noch hinten hat! Wann lernt denn ihr bloß einmal das Kartenspielen richtig?«

»Dreiundneunzig Augen«, zählte der Kronwieder und strich mit einem dünnen, glucksenden Lachen den Gewinn ein. »Ja, meine Herren, so spielt der Kronwieder.«

Der Herr Dekan blinzelte die beiden verständnisvoll an und gab die Karten.

In der Wirtschaft herrschte Hochbetrieb. Aus der Küche kam der Geruch von Bratensaft und Schweinswürsteln. Die Bedienung hatte alle Hände voll zu tun, und die dröhnende Stimme der Köchin kam unablässig aus dem kleinen Guckfenster, durch das sie die Speisen schob.

»Anna, dem Rieser seine Weißwürste. Anna, dem Herrn Dekan sein Herz am Rost. Dem Pichler seine saure Leber«, so tönte es in einem fort.

Die vier unterbrachen das Spiel und rüsteten sich zum Essen. Als dem Kronwieder die Leberwurst und das Kraut hingestellt wurden, hätte er sich über soviel Aufmerksamkeit eigentlich freuen sollen. Aber er fragte nur:

»Wer hat das bestellt?«

»Ich habe mir erlaubt, es gleich mitzubestellen«, sagte der Kramer Pichler. »Wir kennen ja deine Spezialität nun schon über die vielen Jahre.«

»So? Aber grad heut hätte ich was anderes mögen. Aber es macht nichts. Wer bestellt, der zahlt auch. Anna, die Leberwurst und das Kraut gehn auf dem Pichler seine Rechnung.«

Der Pichler machte gute Miene dazu und dachte sich: Das zahl ich zwar, aber wenn du wieder einmal einen Hemdenstoff brauchst, hau ich dir's schon drauf.

Mit größtem Appetit verzehrte der Kronwieder seine

Leberwurst und schaute dabei auf das Schnitzel des Postrats hin. Es war so groß, daß es über den Tellerrand hing. Bissig, wie er nun einmal war, sagte er:

»Wiener Schnitzel. Du mußt eine gute Pension haben. Ich kann mir das nicht leisten. Und ist auch nicht gesund, soviel zu essen.«

Den Postrat verdroß es nicht. Er sagte nur: »Wenn ich so reich wär wie du, tät ich mir ein Brathendl bestellen und Sekt dazu trinken.«

Der Kronwieder erschrak darüber so sehr, daß er sich fast an seinem Kraut verschluckte.

»Ich glaub, du tätst dich gar nicht vor Sünden fürchten! Sekt trinken! Da käm ich bald von den Federn aufs Stroh.«

Um dieses stichelnde Gespräch zu unterbinden, fragte der Pichler jetzt:

»Du bist doch so ein alter Wetterprophet, Kronwieder. Bleibt das Wetter jetzt schön?«

»Ja, jetzt bleibt es so. Ich glaube, daß wir einen recht schönen Herbst kriegen.«

»Das wird auch Zeit«, sagte der Postrat. »Dieses Regenwetter in den letzten Wochen hätte mir bald das Leben verleidet. Ich brauche Sonne und schönes Wetter.«

»Ja, zum Spazierengehen«, trumpfte der Kronwieder ihn nieder. »Deine größte Sorge in deiner Pensionszeit wird ja sein, wann du Urlaub nehmen sollst. Ganz ohne Regen wär es auch nichts, und allweil kann die Sonn' nicht scheinen.«

»Auch im Paradies wird es hin und wieder geregnet haben«, sagte der Herr Dekan und wischte sich mit der Serviette den Mund ab. »Sonst wäre vielleicht der Apfel nie gewachsen, mit dem Eva den Adam zur Sünde verleitete.«

»Der hätte bloß nicht reinbeißen brauchen«, lachte der Kronwieder schadenfroh. Dann griff er wieder nach den Karten und teilte aus, obwohl der Pichler mit der sauren Leber noch nicht ganz fertig war.

Sie spielten bis gegen halb zehn Uhr. Dann bezahlten sie. Der Herr Dekan hatte eine Zeche von über sechs Mark, der Postrat gar über acht, und der Pichler neunfünfzig, weil er Wein getrunken hatte. Der Kronwieder hatte eine Halbe Bier und legte fünfzig Pfennig hin. Die Anna steckte es mit einem säuerlichen Dankschön ein und wollte gehen. Da sagte der Kronwieder:

»Halt einmal. Was kostet eine Halbe Bier?«

»Fünfundvierzig und zehn Prozent. Macht neunundvierzig.«

»Ja, aber nicht fünfzig. Da krieg ich noch einen Pfennig raus. Nur her damit.«

Er steckte den Pfennig beinahe andächtig ein und sagte siegesfroh:

»Die wär gut, schiebt einfach mit meinem Fünfzgerl ab und gibt mir nimmer raus. So was hab ich gern. Ja, ja, es gibt halt keine Ehrlichkeit mehr unter den Menschen.«

Zusammen verließen sie das Bräustüberl. Erst draußen trennten sie sich, weil jeder einen anderen Weg hatte. Nur der Dekan und der Kronwieder blieben noch eine kleine Wegstrecke zusammen bis dorthin, wo gleich hinter der Kirche unter mächtigen Kastanien das schmucke Pfarrhaus stand.

»Geh, Kronwieder«, sagte der Dekan, »setzen wir uns auf das Bankerl. Die Nacht ist so warm und schön. Schon lang weiß ich keine so schöne Nacht mehr.«

Unter einem der Nußbäume stand eine Bank des Verschönerungsvereins von Tann. Sie war rot gestrichen, und auf ihren Rückensprossen waren von verliebten Leuten Namen und Herzen eingeschnitzt, sehr zum Ärger des Kramers Pichler, der Vorstand des Verschönerungsvereins war.

Da saßen sie nun, der Kronwieder in satter Zufriedenheit, der Dekan ein wenig verlegen, wie er mit dem Kronwieder wegen der Altardecken beginnen sollte. Plötzlich gluckste der Kronwieder:

»Hätt mich die doch um einen Pfennig beschummelt! Also höher geht's doch schon nimmer! Die hat gemeint, ich spann das nicht. Aber da kennt sie mich schlecht.«

Der Herr Dekan hätte nun wegen dieses Pfennigs eine große Rede ansetzen müssen, denn es war doch ortsbekannt, um wieviel mehr als einen Pfennig er von seinen eigenen Leuten am Hof betrogen wurde. Aber warum ihn erzürnen, wenn man dabei doch nichts erreichte? So sagte er nur:

»Ach, weißt du, Kronwieder, ich glaube gar nicht, daß die Anna das mit Absicht gemacht hat. Oft hat man auch grad keinen Pfennig.«

»Aber sie hat ihn gehabt. Und das ist wichtig.«

Dann schwiegen sie eine Weile. Im Kastanienbaum gurrte ein Vogel im Schlaf, einmal schrie er leise auf.

»Heut bist im Hochamt gewesen, gelt?« begann der Dekan einleitend.

»Kürzer wär freilich die Zehnuhrmess'. Aber da hätte ich nicht Zeit gehabt«, antwortete der Kronwieder.

»Manchmal soll man sich auch eine Predigt anhören, Adam Lechner. Sag einmal, ist dir da gar nichts aufgefallen in der Kirche?«

»Aufgefallen? Daß der kleine Ministrant, der vom Kuchler, einen kürzeren Fuß hat.«

»Den hat er schon immer, das habe ich nicht gemeint. Ich habe die beiden Seitenaltäre gemeint. Hast nicht gemerkt, daß da keine Altardecken drauf waren?«

»Die hat der Mesner wieder vergessen. Dem müssen Sie die Leviten einmal richtig lesen, Herr Dekan.«

»Das lag nicht am Mesner. Es liegt vielmehr daran, daß wir keine mehr haben. Die alten sind schon so oft geflickt, daß man sie nicht mehr auflegen kann.«

»Dann müssen halt welche gekauft werden.«

»Wenn Geld dafür da wäre! Heuer haben wir schon den heiligen Sebastian renovieren lassen, und das Fresko hinter dem Marienaltar hat ein Heidengeld gekostet. Jetzt ist unser Etat erschöpft.«

Der Kronwieder rieb sich mit den Knöcheln sein Kinn. Er begriff noch immer nicht, weshalb der Dekan dieses Gespräch mit ihm führte.

»Wie kann man denn 's Geld so rauswerfen«, sagte er.

»Es ist nicht rausgeworfen worden, Lechner. Was sein muß, muß sein. Du willst doch auch haben, daß unsere Pfarrkirche schön ist.«

»Da leg ich weniger Wert drauf. Beten könnt ich auch in einem Heustadel.«

»Das ist richtig«, pflichtete der Dekan ihm bei. »In einem Heustadel bräuchte man auch keine Altardecken.«

»Die gehn Ihnen schwer im Kopf rum, was?«

»Ja, Lechner, die gehn mir schwer im Kopf rum. Und ich mache mir so meine Gedanken darüber.«

»So? Was für welche denn?«

Der Dekan räusperte sich und dachte sich: Dieser halsstarrige Kronwieder macht es einem sehr schwer. Aber dann schoß er geradewegs aufs Ziel los:

»Ich hab mir halt gedacht, Lechner, du könntest auch einmal wieder eine Kleinigkeit beisteuern für unsere Pfarrkirche.«

Der Kronwieder tat ganz überrascht, aber er war innerlich schon bereit, nicht nein zu sagen. Seit dem letzten Glokkenkauf hatte man ihn sowieso nicht mehr angegangen. Und das war immerhin schon fünfzehn Jahre her.

»Das ist gut! Wie kommen Sie ausgerechnet auf mich?«

»Ich darf doch ganz ehrlich sein, Lechner?«

»Nur zu. Ehrliche Meinungen hört man sowieso selten.«

»Dein Besitztum ist groß, du hast keine Kinder, und mitnehmen kannst ja doch einmal nichts. Du machst den Leinwandkasten auf, nimmst zwei Ballen heraus, wir haben die Altardecken, ohne daß in deinem Kasten eine spürbare Lücke entstanden wäre.«

»Sie stellen sich das aber leicht vor. Zwei Ballen sagt er gleich! Nein, nein, da muß ich schon zuerst die Altäre abmessen, wie lang und wie breit sie sind. Da muß nach meiner Berechnung leicht ein Ballen ausreichen. Da müßten sogar noch ein paar Hemden für die Ministranten rausgehn.«

Der Dekan rieb sich befriedigt die Hände. Er hatte absichtlich zwei gesagt, weil er seine Pappenheimer gut kannte.

»Also gut, ich weiß ja nicht, wieviel Meter auf einem Ballen sind. Es ist noch was — eine Kleinigkeit nur. Bretter hast du wohl keine?«

»Bretter? Gesäumte oder ungesäumte?«

»Das wäre, glaube ich, egal. Für einen zweiten Beichtstuhl bräuchte ich sie halt.«

»Das müßten aber schon eichene sein.« Der Kronwieder überlegte ein Weilchen. Dann nickte er. »Also gut, die hab ich. Der Schreiner Aberl kann ihn machen. Aber das muß schon ein anderer bezahln. Für mein Seelenheil, mein ich, könnte das andere schon reichen.«

Der Dekan war vollauf zufrieden, wenigstens das erreicht zu haben. Vom Kirchturm schlug es die zehnte Nachtstunde.

»Hast du eigentlich vom Wilhelm manchmal Post?« änderte der Dekan das Gespräch.

Wilhelm war eine wunde Stelle in des Kronwieders Leben. Er war der Sohn seiner Schwester Gundula, die bei der Geburt des Knaben gestorben war. Der Vater des Wilhelm war im Ersten Weltkrieg gefallen, noch bevor er Urlaub hatte erhalten können, um zu heiraten. So war das elternlose Büblein auf Kronwied aufgezogen worden, war in Tann zur Volksschule gegangen und später zur Universität. Der Kronwieder hatte das Studium bezahlt und hätte es gerne gehabt, ja er hatte es sogar zur Bedingung gemacht, daß er Jura studierte. Wilhelm hatte dazu keine Lust gehabt, aber den Onkel in dem Glauben belassen, daß er dieses Fach belegte. Jetzt war er ein anerkannter Architekt. Davon hielt der Onkel aber gar nichts. Als er die Abwanderung des Neffen in den ihm fremden Beruf zur Kenntnis erhielt, hatte er ihm sofort die Monatswechsel sperren lassen, in der Annahme, daß Wilhelm nun zu Kreuz kröche. Aber der hatte sich durchgesetzt und nur kurz geschrieben:

»Ich pfeife hochachtungsvoll auf Deine Zuschüsse. Meine Freiheit ist mir lieber.«

Das hatte den Kronwieder bis ins Mark getroffen, und er hatte den Neffen nie wieder eingeladen, nach Kronwied zu kommen. Wilhelm aber wollte keine Feindschaft, schrieb dem Onkel zuweilen einen Brief, teilte mit, daß es ihm gut ginge, und daß er dem Onkel von Herzen ein langes, gesundes Leben wünschte.

Nun hatte der Dekan ihn nach Wilhelm gefragt. Adam Lechner antwortete:

»Ja, so alle heiligen Zeiten schreibt er mir, oder auch zum Namenstag. So ein Dummkopf.«

»Hast du ihm denn immer noch nicht vergeben, daß er seine eigenen Wege gegangen ist?«

»Das vergebe ich ihm auch nicht«, antwortete der Kronwieder eigensinnig. »So ein Trottel. Verdirbt es sich mit mir, wo er doch einmal alles hätte erben können.«

»Na, ich weiß nicht, Kronwieder. Mir imponiert eigentlich, daß er sich so tapfer durchgebissen hat. Ich versteh dich da nicht ganz.«

»Ja, ja, ich weiß schon, ich bin auch nicht leicht zu verstehen«, gab der Kronwieder zu und stand auf. »Seit meine Frau gestorben ist und ich auf fremde Menschen angewiesen bin, bin ich voller Mißtrauen. Ich kann mich ja auf niemanden verlassen. Kinder hätte ich halt haben sollen, Herr Dekan. Dann wär alles anders. So weiß ich, daß meine Verwandtschaft bloß drauf wartet, daß ich den letzten Schnaufer tu, damit sie alles erben können. Sonst aber kümmern sie sich das ganze Jahr nicht um mich. Ist schon ein rechtes Kreuz. Gute Nacht, Hochwürden.«

»Gute Nacht, Kronwieder. Hab guten Weg.«

In Tann waren die Häuser jetzt schon fast alle dunkel. Nur im Bräustüberl brannte noch Licht. Die Nacht lag sternenhell über dem Land, und der Kronwieder dachte an das Grummet, das nun endlich gemäht und eingebracht werden konnte.

In diesem Zusammenhang fiel ihm auch die neue Magd wieder ein, und er überlegte, ob er sie nicht im Haus behalten und dafür die Lena, dieses grantige Geschöpf, auf die Wiesen schicken sollte. Aber dazu wollte er erst einmal den morgigen Tag abwarten.

Während er sich das noch überlegte, hatte man es am Hof schon entschieden, die Zilli im Haus bleiben zu lassen. Bisher hatten die Mägde damit abgewechselt, alle vier Wochen eine andere. Aber niemand riß sich um den Posten der Haushälterin, denn bei dem sprichwörtlichen Geiz des Kronwieders war es gar nicht so einfach, ein ordentliches und reichliches Essen auf den Tisch zu stellen. Die Folge davon war, daß jeder zusah, hintenherum etwas Eßbares zu erwischen. Oder aber sie nützten die sonntägliche Abwesenheit des Bauern aus und hielten nach den Begriffen bäuerlicher Dienstboten ein Festgelage ab.

Die Zilli war nicht wenig erstaunt, was die Lena alles aufgetragen hatte. Und wie sie über den Berg von Rauchfleisch hergefallen waren! Wie sie die weichgekochten Eier verschlangen und die Butter fingerdick aufs Brot strichen! Da sie an diesem Tag und von dem langen Marsch doch recht ausgehungert war, hielt die Zilli wacker mit und dachte sich, dem Essen nach muß das ein ganz vorzüglicher Platz sein. Aber dann belehrte man sie, daß sie nur nicht meinen solle, dies wäre immer so. Sie würde es morgen schon selber erfahren, wenn sie sich an den Herd stellte, um zu kochen, denn der Bauer käme alle Augenblicke in die Küche und sähe nach, ob ja nicht ein Gramm Fett oder ein Ei zuviel genommen würde.

»Ich, an den Herd?« fragte die Zilli. »Ja soll ich denn im Haus arbeiten?«

»Ja, ich war jetzt lang genug herinnen«, sagte die Lena. »Am liebsten wäre es uns, wenn du in der Küche bliebest.«

Die beiden anderen Mägde, Rosl und Agi, pflichteten eifrig bei.

»Mir ist es gleich«, meinte die Zilli. »Arbeiten muß ich ja überall.«

Ja, aber die Küche wäre so eine Art Strafposten.

Die Zilli schob trotzig das Kinn vor. Sie konnte das nicht begreifen. Auf alle Fälle wollte sie sich nicht so leicht aus der Ruhe bringen lassen.

Es waren im ganzen acht Dienstboten, die Zilli einbegriffen. Vier Knechte und vier Mägde. Und keines von ihnen sprach mit besonderer Achtung vom Herrn. Sie spotteten über seine klapperdürre Gestalt, über seinen Geiz und seine sonstigen Absonderlichkeiten. Nach einer Stunde dachte sich die Zilli, da bin ich ja in ein schönes Nest geraten. Mit ihren scharfen Augen hatte sie längst so manches gesehen, was ihr mißfiel. Auf Reinlichkeit schien man hier nicht recht viel zu halten. Die Vorhänge an den Fenstern waren grau statt weiß, der Fußboden sah aus, als habe er seit dem großen Osterputz keine Seife mehr gesehen, auf den paar Bildern an der Wand lagerte Staub. Alles verwahrlost.

Man hatte ihr eine Kammer zu ebener Erde angewiesen, in der auch noch die Pferdegeschirre untergebracht waren. Es roch nach Leder und Fett. Die Zilli hatte gleich das Fenster weit aufgerissen, und als sie jetzt schlafen ging, hatte sich der ärgste Geruch verflüchtigt.

Todmüde warf sie sich ins Bett und wußte nicht zu sagen, ob es weich oder hart war. Sie fiel sofort in einen bleitiefen Schlaf. Einmal schrie sie mitten in der Nacht im Traum auf. Da war ihr, als neigte der Silberäugige sich über sie und umklammerte mit beiden Händen ihren Hals. Wirklich wachgerissen wurde sie erst gegen fünf Uhr morgens, als die Faust des Großknechts Martin sie wachrief zum ersten Tagwerk eines neuen Lebens.

Die Lena zeigte ihr in der Küche, was es zu tun gab. Zunächst stellte sie Wasser auf für die aufgeschmalzene Brotsuppe, die es am Morgen statt des Kaffees gab. Nur für den Bauern mußte Kaffee gekocht werden. Aber beileibe kein Bohnenkaffee, nein, gewöhnlicher Feigenkaffee tat es auch. Nur sonntags gab es für alle Kaffee, mit einer Handvoll Bohnen sogar.

»Und sonst gibt es heut am Montag Kraut und Knödl mit Rauchfleisch. Die Semmeln sind dort im Küchenkasten. Mehr als drei Eier darfst aber nicht dreinschlagen. Das Kraut ist im Keller. Das Fleisch gibt der Bauer selber raus.«

Nach dieser Anordnung ging die Lena in den Stall hinüber, und die Zilli machte sich an die Arbeit. Eine Stunde später versammelten sich alle in der Stube zur Morgensuppe. Der Bauer war noch nicht da. Er aß auch nicht mit am Tisch, sondern hatte seinen Platz neben dem Ofen an einem kleinen Tischchen für sich allein. Nach der Morgensuppe gingen alle hinaus auf die Wiesen. Vom Küchenfenster aus sah Zilli den Großknecht mit der Mähmaschine hinausfahren. Es mußte wohl eine Steilwiese zu mähen sein, weil er die Pferde eingespannt hatte und der Traktor im Schuppen stand.

Eine ganze Weile stand sie so am Fenster. Der Morgen war von einer milden Schönheit. Um das Schartengebirge brauten noch die Nebel. Und auf einmal wurde der Zilli ganz traurig ums Herz. Sie konnte sich dieses Gefühl nicht deuten, aber es mochte wohl so etwas wie Heimweh sein. War es doch das erstemal, daß sie weit über Steinlehen hinausgekommen war.

Dann riß sie sich zusammen. Ich muß ja arbeiten, sagte sie sich und trat vom Fenster zurück. Sie deckte zunächst das Tischchen am Ofen und mußte sich dazu alles mühselig zusammensuchen. Nichts hatte man ihr gesagt. Sie fand eine gewürfelte Tischdecke in einer Schublade. Sie fand auch im Küchenkasten eine geblümte Tasse mit Unterteller, sie legte Brot und Butter zurecht und ein weichgekochtes Ei. So hatte sie es im Gasthaus »Zum Kreuz« gesehen und gelernt. Für den Kaffee selber hatte sie eine kleine Kanne gefunden, und es war nun alles bereit für den Kronwieder, wenn er aufstand.

Inzwischen machte sie sich über das Milchgeschirr, schrubbte es lange mit Zinnkraut, bis es endlich spiegelte. Dann kochte sie die Seihtücher aus und hing sie hinaus an den Gartenzaun. Als sie zurückkam, stand der Kronwieder in der Küche. Er hatte eine alte graue Lodenhose an, die um die Knie einen Riß hatte. Die schimmelgrauen Haare hingen ihm wirr in die Stirne, und voller Mißtrauen schaute er auf die Kaffeekanne hin, die am Rande des Herdes stand.

»Guten Morgen, Bauer«, sagte die Zilli fröhlich.

Er knurrte etwas, das sie nicht verstehen konnte, dann sah er sie plötzlich scharf an:

»Wie kommst denn du daher? Warum bist nicht draußen auf den Wiesen?«

»Die Lena hat mir gesagt, ich soll in den Haushalt.«

»So, so, die Lena. Wer schafft denn hier an? Ich oder die Lena?«

»Mir ist es gleich. Ich geh auch raus auf die Wiesen«, sagte die Zilli und band ihre Schürze ab.

»Nein, nein, jetzt bleib nur da. Aber was soll denn der Krampf da drüben in der Stube? Tischdecke und ein Ei in der Früh?«

»Das ist für dich, Bauer.«

Er riß die Augen auf wie im Schreck.

»Was? Für mich? Du tust dich leicht mit meinem Sach. Ich hab meiner Lebtag in der Früh noch kein Ei gegessen und Butter auch nicht.«

»Drum bist auch so mager«, lachte die Zilli. »Komm, wasch dich jetzt, und dann setz dich rüber. Ich hoffe, daß mein Kaffee dir schmeckt.«

Dem Kronwieder verschlug es die Stimme. Was sagte diese Person? Er solle sich waschen? Was fiel denn der überhaupt ein? Aber bevor er noch etwas sagen konnte, sprach die Zilli schon weiter:

»Dann ziehst eine andere Hose an. Die muß geflickt werden. So kannst doch nicht rumlaufen. Da muß man sich ja schämen.«

»Wer muß sich schämen?« schrie er, und sein Vogelgesicht schwoll ganz rot an.

»Wenn ich hier die Haushälterin sein soll und nicht eine Magd, wie es in der Zeitung gestanden ist, dann bin ich es, die sich zu schämen hat.«

Damit ging sie hinaus und die Stiege hinauf, um die Betten zu machen. Als sie nach einer Weile herunterkam, saß er beim Frühstück. Das Ei hatte er bereits gegessen, Butter wollte er sich gerade aufs Brot streichen, aber als sie so plötzlich hereinkam, ließ er es sein und aß das Brot trocken. Er hatte sich auch gewaschen und gekämmt. Nur die zerrissene Hose hatte er nicht ausgezogen. Und zwar aus Trotz nicht.

»Na?« fragte die Zilli. »Schmeckt dir mein Kaffee?«

»Schlecht ist er nicht. Aber du wirst doch keine Bohnen genommen haben?«

Sie setzte sich neben ihn.

»Trockenes Brot ißt er«, lachte sie. »Komm her, ich streich dir Butter drauf. Schmeckt doch viel besser.«

»Wenn die andern sehen, daß ich schon in der Früh Butter esse, möchten sie es auch!«

»Erstens sieht dich niemand außer mir, und zweitens ginge das niemanden etwas an, denn schließlich bist ja du hier der Bauer!«

»Streich dir auch ein Brot«, knurrte er.

»Dank schön, aber ich hab jetzt keinen Hunger. Und wenn es mich unter der Zeit einmal darnach gelüstet, bin ich schon so frei und streich mir ein Butterbrot.«

Sie stand auf, ging in seine Schlafkammer und brachte sie in Ordnung. Der Kronwieder wußte überhaupt nicht, was er denken sollte. Er war nicht bereit, zuzugeben, daß dieses Frühstück ihm ausgezeichnet schmeckte. Er war überhaupt ein wenig in Verwirrung geraten, der Kronwieder. Da war plötzlich eine wildfremde Person aufgetaucht und begann ihn zu bevormunden. Er beschloß, ihr diese Flausen schnell auszutreiben.

Da kam die Zilli aus der Kammer zurück und legte ihm sechs einzelne Mark auf den Tisch.

»Die sind in der Sonntagsjoppe lose gesteckt«, sagte sie. »Ich habe den Anzug weggeräumt.«

»Jesses, ja, die hab ich gestern gewonnen.« Er sah sie nun zum erstenmal genauer und länger an. Er hatte die Gewohnheit, oft Geld lose in die Tasche zu stecken. Aber noch niemals war eine seiner Mägde vor ihn hingetreten und hatte ihm Geld gegeben, wie diese da es tat.

Ach, er wußte ja nicht, wie er an allen Ecken betrogen und bestohlen wurde!

»Setz dich einmal nieder jetzt«, forderte er sie auf. »Wie steht es eigentlich mit dir? Wie kommt es, daß du mitten unterm Jahr keine Arbeit hast? Hast was ausgefressen?«

Die Zilli lachte wieder. Dann erzählte sie ihm ehrlich, wie alles gekommen war. Der Regen war schuld, daß die Fremden abreisten und man im »Kreuz« kein Zimmermädchen mehr brauchte.

»So, so. Zimmermädl warst.«

»Ja, und weil ich davon was versteh, drum muß dein Bett heut raus in die Sonne. Sag, wie lang war denn das schon nimmer draußen? Und wann ist denn dein Bett zum letztenmal überzogen worden?«

Belustigt blinzelte er sie an.

»Wie soll denn ich das wissen? Tu mir nur nicht zuviel neumodische Sachen reinbringen in mein' Hof!«

»Reinlichkeit ist nicht neumodisch«, sagte sie. »Aber daß ich ein bißl Schwung reinbringen werde, das mußt schon gelten lassen. Du hast ja eine heillose Sauwirtschaft in deinem Haus.«

»Du, nimm dein' Mund nicht gar so voll. Wo bist denn du schon her?«

Die Zilli schluckte ein paarmal. Sie dachte an die Ärmlichkeit ihres Elternhauses und fand gerade dadurch erst den Mut zu einem ehrlichen Vergleich.

»Wir haben bloß drei Kühe daheim, aber sauber ist es in jedem Winkel. Und mit so einem Gewand, wie du gestern, ging mein Vater nicht zum Sonntagsbier.«

»Ah so?« sagte er, weil er im ersten Augenblick nichts Besseres fand. »Was will dann die Prinzessin aus so einem sauberen Haus eigentlich für einen Lohn haben?«

»Was der Brauch ist«, sagte sie. »Das mußt du besser wissen als ich.«

In dieser Frage wurden sie schnell einig, weil es die einzige Sache war, in die der Geiz nicht hineinspielte. Er wußte, wie der Tarif war, und den zahlte er anstandslos.

»Aber sonst«, fügte er hinzu, »wird es schon struppig hergehn zwischen uns zwein. Du hast einen eigensinnigen Kopf, meine ich.«

»Du schon auch.«

»Bei mir ist das ganz was anders. Ich bin viel älter als du.«

»Ja, ich schätze, so um die fünfzig Jahre rum wirst du älter sein als ich.«

Es gab ihm einen Riß. Wollte sie ihn verhöhnen?

»Was? Siebzig Jahr sollt ich schon sein? Denn mehr als zwanzig wirst du noch nicht haben?«

»Ich bin zweiundzwanzig«, gestand sie.

»Und ich fünfundfünfzig.«

»Geh? Dann wärst du ja bloß um dreiundzwanzig Jahre älter als ich! Du schaust viel älter aus. Das kommt aber vielleicht bloß daher, weil du nichts auf dich hältst, oder weil sich bis jetzt niemand um dich gekümmert hat.«

Nachdenklich sah er eine Weile vor sich hin. Dann fuhr er sich mit gespreizten Fingern übers Haar und nickte.

»Ja, da hast du recht. Seit meine Frau gestorben ist, hat sich niemand mehr um mich gekümmert.«

»Ich kümmere mich schon um dich, wenn du es haben willst. Du mußt halt auch ein bißl folgen und darfst nicht so starrköpfig sein.«

»Ich? Dir folgen?« Er lachte, als hätte er den besten Witz gehört. »Wie kommst du mir denn vor?«

Die Zilli stand auf und räumte das Kaffeegeschirr weg. Unter der Tür blieb sie stehen.

»Das kommt ganz auf dich an, Bauer. Wenn du haben willst, daß hier ein bißl Ordnung reinkommt, mußt du dich schon auch ein bißl fügen. Andernfalls ist es besser, ich geh gleich wieder.«

Die Tür schloß sich hinter ihr. Betroffen blieb der Kronwieder sitzen und betrachtete den Riß in seiner Hose. Er wußte eigentlich gar nicht, wie ihm geschah. Kam da ein Mädchen hereingeschneit und wollte hier alles auf den Kopf stellen. »So was Freches«, knurrte er vor sich hin, um hinterher zu lächeln. Das Entwaffnende an ihr war ja, daß sie diese Frechheiten mit der größten Liebenswürdigkeit sagte. Und — wenn er es ehrlich betrachtete, dieses Frühstück war gar nicht so übel. Auf alle Fälle war es anders als sonst, wo man ihm seine an vielen Stellen schon abgesprungene Emailschüssel hinschob.

Nur durfte er ihr nicht in allem nachgeben. Sonst war er verkauft. Die Hose mit dem Riß über dem Knie zog er darum nicht aus. Lieber steckte er sie zusammen.

So sah die Zilli ihn nach einer Weile auf die Wiesen hinausgehen, und sie beschloß, eine andere Hose für ihn zu suchen. Vorerst aber nahm sie sich seine Schlafkammer vor. Sie trug die Betten hinaus in die Sonne und begann, den Boden auf den Knien zu schrubben. Es war unglaublich, wieviel Staub überall hinter den Möbelstücken lag. Es war eine Heidenarbeit, und als sie damit fertig war, mußte sie unbedingt ans Kochen denken. Sie stellte einen großen Häfen mit Kraut auf und schnitt das Knödelbrot. Gerade als sie sich überlegte, ob sie noch zwei oder drei Semmeln dazuschneiden sollte, kam der Kronwieder zurück.

Als er die große Schüssel mit dem Knödelbrot sah, verschlug es ihm fast den Atem.

»Ja, sag einmal, wieviel Knödel sollen denn das werden?« Er sah die leeren Eierschalen. »Und sechs Eier! Bist denn du verrückt, willst mich mit einem Schlag auf die Gant bringen? Und so einen Häfen voll Kraut! Meinst, du mußt für eine kriegsstarke Kompanie kochen?«

Die Zilli hatte bereits alle Angst und jede Scheu vor ihm verloren. Ruhig schnitt sie noch die beiden anderen Semmeln dazu. Dann erst antwortete sie.

»Neun Personen sind wir im ganzen. Für jeden drei Knödel gerechnet, macht siebenundzwanzig. Sollten das dreißig werden, schadet es auch nichts, wenn drei übrigbleiben. Die mach ich dann am Abend für dich in Essig und Öl, oder ich röste sie ab und schlag ein Ei drüber.«

Der Kronwieder hatte alle Farbe verloren. Er mußte sich niedersetzen, so sehr entsetzte ihn diese Verschwendung.

»Drei Knödel für eine Person!« Er schlug jammernd die Hände zusammen. »Da muß ich ja arm werden! Bis jetzt haben sie immer mit einem Knödel genug gehabt.«

»Aber sie sind nicht satt geworden. Und wer nicht satt ist, kann auch nicht arbeiten, oder er stiehlt sich das, was er für seinen Hunger braucht.«

»Wer stiehlt bei mir?« fuhr er auf.

»Das weiß ich nicht. Dazu bin ich noch zuwenig lang da. Und über die sechs Eier regst du dich auf? Wieviel Hühner habt denn ihr überhaupt?«

»Ich weiß nicht, sind es siebzig oder achtzig.«

»Also gut, dann müßten im Tag mindestens fünfzig Eier im Hühnerstall sein.«

»Ja, woher denn! Mehr als zwanzig sind es selten. Fünfzig, daß ich nicht lache! Du verstehst von der Landwirtschaft soviel wie der Ochs vom Sonntag.«

»Gut, dann kann ich ja wieder gehn«, sagte die Zilli und band ihre Schürze ab. »Ich möchte dich ja nicht auf die Gant bringen.«

Ja, geh nur grad, wollte er sagen, aber er brachte es nicht heraus. Es war auf einmal so ein unerklärliches Gefühl in ihm, so, als sei die Zilli nicht erst gestern gekommen, sondern schon lange hier.

»Jetzt kannst doch nicht einfach weglaufen«, sagte er. »Mach wenigstens das Essen noch fertig, und hilf mir, daß ich die Brotzeit rausbringe ins Feld.«

»Gut, ich mach dir einen anderen Vorschlag. Soll die Lena wieder in die Küche gehn, und ich geh raus aufs Feld. Denn ich seh es schon: Auf die Dauer werden wir zwei im Haus herinnen doch nicht miteinander auskommen.«

»Bist du ein eigensinniges Ding!«

»Nein, Bauer, du verkennst mich. Ich will nur das, was recht ist. Aber dein Geiz rennt alle guten Vorsätze über den Haufen. Gib mir jetzt das Fleisch, es muß ja mitkochen.«

Der Kronwieder zerrte ein mächtiges Schlüsselbund aus seiner Hosentasche, an dem mindestens zwanzig Schlüssel hingen, größere und kleinere. Auch der zum Hühnerstall war dabei. Dann schlurfte er hinaus, ging in die Räucherkammer und wog drei oder gar vier Stücke in der Hand. Schließlich nahm er das größere, obwohl er lieber das kleinste genommen hätte. Aber merkwürdigerweise war er vor dieser neuen Magd schon etwas unsicher geworden.

»Ist jetzt wenigstens das recht?« fragte er, als er damit in die Küche zurückkam.

»Ja, das ist ein schönes Stück«, antwortete die Zilli, wusch es am Brunnen und warf es dann in den Krauthäfen. »So, und was muß ich jetzt zur Brotzeit herrichten?«

Der Korb, mit dem er nun wieder auf die Wiesen hinausging, war schwer, und die Zilli fragte, ob er nicht das kleine Leiterwägelchen dazu nehmen wollte. Einen Augenblick überlegte er, aber dann überging er ihren guten Rat. Sie sollte nur nicht meinen, daß sie ihn kommandieren könnte! Er beschloß, in Zukunft recht vorsichtig mit dieser Person zu sein. Wer weiß, was die alles im Schilde führte! Sie sollte sich nur ja nicht einbilden, auf Kronwied etwas anderes machen zu können, als was bisher Gültigkeit hatte. Das mit dem gedeckten Tisch würde er ihr heute noch ausblasen. Was würden denn die anderen dazu sagen, wenn er das durchgehen ließe!

Die anderen sagten zunächst gar nichts, als sie am Mittag heimkamen und die Stube in der Meinung betraten, daß man genau wie früher noch eine halbe Stunde auf das Essen warten müßte, weil weder die Lena noch sonst eine jemals rechtzeitig fertiggeworden war. Aber dann schauten sie einander dumm an, als sie das gedeckte Ofentischchen sahen. Die Rosl war die erste, die kicherte.

»Ja, was führt denn die für Manieren ein!«

Im selben Augenblick stieß die Zilli mit dem Fuß die Tür auf und stellte die dampfende Schüssel mit dem Kraut auf den Tisch. Gleich darauf kamen die Knödel und das Fleisch. Das Fleisch war in Stücke geschnitten, für jeden gleich groß. Nur das des Kronwieders war etwas größer, und er sah es sofort, als er eintrat und mit seinen kleinen, mißtrauischen Äuglein alles überflog. Die Lena sprach das Tischgebet und flüsterte der Zilli zu:

»Wieviel Knödel hast denn du heut gemacht?«

»Dreißig. Warum fragst?«

»Ich hab nie mehr machen dürfen als zehn.«

»Ach, das macht nichts, wenn was übrigbleibt«, antwortete die Zilli laut, so daß es auch der Bauer hören konnte. »Es ist besser, es bleibt was übrig, als daß es zuwenig ist.«

Dem Kronwieder schmeckte es heute nicht, obwohl so nett für ihn aufgedeckt war. Immer wieder schaute er unter gesenkten Brauen zum großen Tisch vor und sah mit Schrekken, wie dort die Knödel immer weniger wurden.

Ich glaub, die futtern tatsächlich alles auf, dachte er und begann zu rechnen, wie teuer das kommen mochte.

Außer ein paar Löffel voll Kraut blieb auch wirklich nichts mehr übrig. Die Leute sahen sich stumm an. Der Alois, der Zweitknecht, lockerte seinen Hosenriemen und pustete vor sich hin.

»Jetzt brächt ich nichts mehr runter«, sagte er.

»So satt war ich schon lang nimmer«, meinte die Agi.

»Satt sein ist was Schönes«, strahlte der jüngste Knecht, der rotschopfige Blasius, die Zilli an.

Der Kronwieder schluckte nur. Er war grün im Gesicht vor Wut. Und dann platzte er heraus: »Hoffentlich hindert euch das bei der Arbeit nicht, wenn ihr so vollgefressen seid.«

Dann stand er auf und ging hinauf. Sein Entschluß stand jetzt fest. Die Neue mußte aus dem Haus. Aber als sie ihm wenig später im Flur begegnete und ihn mit der sanftesten Stimme der Welt fragte:

»Na, Bauer, hat es dir geschmeckt?« da konnte er wieder nichts sagen, ging nur an ihr vorbei in den Hof hinaus.

Dort setzte er sich in den Schatten des alten Nußbaumes hinter dem Haus und grübelte vor sich hin. Und je länger er grübelte, desto mehr verlor sich sein Zorn. Ja, es kam ihm fast so vor, als sei etwas wiedergekehrt, was er seit dem Tode seiner Frau vermißt hatte. Auch seine Frau hatte immer so reichlich gekocht, ohne daß er sich darüber aufgeregt hätte. Er hatte sich auch um nichts zu kümmern brauchen. Erst als sie tot war, hatte er alles in die Hand nehmen müssen, weil seine lieben Verwandten ihm immer gepredigt hatten, daß man sich auf fremde Leute nicht verlassen könnte, und daß ein Vielfraß nicht geboren, sondern erzogen würde. Sie hatten ihm genau vorgerechnet, wie teuer ein Dienstbote käme, wenn er im Tag mehr als zwei Knödel und hundert Gramm Fleisch äße. Sie hatten ihm ausgerechnet, wie teuer das im Jahr und dann in zehn Jahren käme. Im Jahr ergab es bei acht Dienstboten zweitausend Mark, das machte also in zehn Jahren zwanzigtausend. Die Leute, sagten sie, wären ja heutzutage so niederträchtig und würden nur aus Neid auf die Reichen soviel essen, um diese schädigen zu können.

Beim Kronwieder war diese ewige Nörgelei auf fruchtbaren Boden gefallen, er war anfällig für derlei Berechnungen und steigerte sich mit der Zeit in einen krankhaften Geiz hinein. Es wurde so arg mit ihm, daß er unablässig von der Vorstellung gepeinigt wurde, es reiche nicht mehr, und eines Tages würde er eben bankrott machen.

Darum war das, was die Neue jetzt einführen wollte, Gift für ihn. Darum auch mußte sie wieder fort. Es war nur gut, daß sie am ersten Tag schon zeigte, wie ernst es ihr damit war, ihn an den Bettelstab zu bringen! Es war am besten, wenn er ihr jetzt gleich sagte, daß sie ihren Rucksack packen und sich davonmachen könnte.

Als er über den Hof zurückging, hörte er durch das offene Küchenfenster das Radio spielen. Das war wirklich nicht mehr Zimmerlautstärke, nein, laut dröhnte ein Marsch über den Hof, auf dem die Mittagssonne glänzte. Er beschleunigte seine Schritte, rannte in die Küche und zog den Stecker heraus.

»Sag einmal, bist du übergeschnappt«, schrie er mit krebsrotem Gesicht die Zilli an. »Du läßt einfach das Radio spielen!«

Die Zilli putzte mit einem Stahlbürstchen gerade den großen Suppenhäfen blank.

»Ja, es stimmt, ein bißl laut hab ich ihn spielen lassen. Aber ich hör Musik so gerne.«

»Nicht wegen dem Lautspielen ist es, sondern daß er überhaupt spielt! Was meinst denn du, was das Strom kostet! Das Radio ist für die Wettervorhersage da und sonst für nichts.«

»Ach, das bisserl Strom«, lachte die Zilli. »Und wie grantig du sein kannst! Aber das kommt bloß daher, weil du dir keine Ruh gönnst. Leg dich doch ein bisserl hin und schlaf ein Stünderl. Und hernach, wenn du aufwachst, siehst die Welt mit ganz anderen Augen.«

Hartnäckig schüttelte er den Kopf.

»Ich seh sie hernach nicht anders als jetzt. Und überhaupt, so geht das nicht, wie du dir das denkst. Wo käm ich denn da hin? In einem Jahr stünde ich vor der Gant.«

»Und da wäre ich schuld?« fragte sie.

»Ja, du mit deiner Verschwendungssucht!«

Zornig warf die Zilli das Stahlbürstchen in die Ecke. Ihre Augen funkelten.

»Was hab denn ich schon verschwendet?«

»Das Mittagessen heute war Verschwendung. Die Hälfte hätte es auch getan.«

»Es ist nichts übriggeblieben.«

»Ja, weil sie alles mit Macht hineinfressen, bloß um mich zu schädigen.«

Der Zorn wich von ihr, es war Mitleid, mit dem sie ihn aus schmalgeklemmten Augen betrachtete. Dann legte sie ihre Arbeit fort und trocknete sich die Hände ab. Sie lehnte sich an den Herd und verschränkte die Arme über der Brust.

»Jetzt will ich dir einmal was sagen. Dich frißt der Neid noch auf. Du rechnest und raffst. Für wen denn? Du schaust jedem Stück Brot nach, das auf deinem Hof gegessen wird. Wenn ein Mensch nicht satt ist, weißt du, was er dann tut? Dann sucht er sich etwas, um seinen Hunger zu stillen. Das ist auf einem Hof wie dem deinen nicht schwer. Heute ist keiner hungrig vom Tisch gegangen, das weiß ich. Und wenn das in Zukunft so bleiben würde, dann könnte sich manches hier ändern. Dein Geiz ist ja geradezu krankhaft. Aber jede Krankheit ist zu heilen. Freilich braucht man zu deiner keinen Doktor. Bloß ein bißl Verständnis für andere Menschen. Bei mir zu Haus ist es arm hergegangen, das ist wahr, und wir Kinder sind oft hungrig vom Tisch aufgestanden. Was war dann die Folge davon? Wir haben uns halt heimlich Kartoffeln gekocht und sie im Bett gegessen. War das etwa besser, meinst du?«

»Das geht mich nichts an, was ihr bei euch daheim gemacht habt. Auf meinem Hof geschieht das, was ich will. Ich seh schon, wir zwei kommen nicht miteinander aus, und es ist besser, wenn du wieder gehst. Kannst gleich gehn oder in vierzehn Tagen. Das liegt bei dir.«

»Gut, dann geh ich in vierzehn Tagen. Aber solange ich da bin, bitt' ich mir aus, daß du mir nicht in alles dreinnörgelst. Dein Geiz nimmt einem ja jede Lust zu arbeiten. Vielleicht kommst du später einmal drauf, daß ich recht habe.«

Ohne noch eine Antwort zu geben, ging er hinaus, und sie bekam ihn erst am Abend nochmals flüchtig zu sehen, als ihn die Neugierde hereintrieb, festzustellen, was die Leute zu essen bekämen. Es gab nichts anderes als sonst. Eine große Schüssel voll Milch, in die Brot hineingebrockt wurde. Nur für ihn hatte sie drei Spiegeleier mit grünem Salat aufgetischt. Aber er verlor kein Wort darüber und verzehrte alles mit schweigendem Trotz.

Das war der erste Tag der Cäcilie Vogt in der Einöde Kronwied.

Nach vierzehn Tagen sah alles anders aus. Es war Sonntag, und der Kronwieder zahlte in der Stube seine Leute aus. Er zahlte auch die Zilli aus und fragte sie, wo heute sein Frühstück bliebe.

Die Zilli lächelte und antwortete:

»Du hast vergessen, Kronwieder, daß meine Zeit um ist. Die Lena wird dir dein Frühstück schon bringen.«

Sie sah, wie es in seinem Gesicht zuckte, und wie er sie dann verlegen anstarrte. Aber es waren die anderen noch in der Stube, und so sagte er:

»Ach so, die vierzehn Tag sind schon um. Ich hab ganz vergessen, daß du gehn willst.«

»Du hast mir ja gekündigt«, antwortete die Zilli.

»Was? Ich? Das ist mir nicht erinnerlich.«

In diesem Augenblick trat der Großknecht vor ihn hin.

»Ich möchte dir bloß sagen, Bauer, wenn die Zilli geht, dann gehn ich und der Alois auch.«

»Und ich auch«, sagte die Agi.

»So ist's recht. Und warum, wenn ich fragen darf?« krächzte der Kronwieder.

»Weil es dann wieder von vorne losgeht mit der ewigen Knauserei. Jetzt wissen wir, wie es ist, wenn man satt von einem Tisch aufsteht. Und überhaupt, alles ist jetzt so sauber, und überall herrscht Ordnung.«

Der Kronwieder strich sich mit gespreizten Fingern über die Haare, wie immer, wenn er ratlos war. Die Feiertagshose, die er heute trug, war sauber gebügelt und das Hemd schneeweiß. Es fehlte kein Knopf am Hemd wie sonst, und die Krawatte hing gebügelt über der Stuhllehne. Auf einmal übermannte ihn wieder der alte Trotz.

»Na ja«, sagte er, »ich kann es nicht ändern. Dann geht halt.«

Als er allein war, ließ er sich an dem kleinen Tischchen nieder und stützte den Kopf in die Hände. Die Lena kam und stellte ihm mürrisch seine Schüssel mit dünnem Kaffee hin und schob ihm den Brotlaib zu. Mit wütenden Augen schaute er auf.

»He, was ist denn das? Wo bleibt mein anständiger Kaffee? Das Ei? Die Butter? Willst du mich jetzt wieder auf halbe Ration setzen?«

»Ich hab mir gedacht, du willst es wieder so haben wie früher. Im übrigen will ich dir sagen, daß du dich zu Lichtmeß auch für mich um eine andere umschaun mußt.«

Die Tür schlug hinter ihr zu. Er saß allein, schob die Kaffeeschüssel zurück und stützte den Kopf in beide Hände. So starrte er lange auf den Fußboden, der vielleicht seit dem Tode seiner Frau nicht mehr so blankgescheuert war wie jetzt. Die Wahrheit sah nämlich so aus, daß er die Kündigung längst vergessen und sich in die neue Ordnung mit jedem Tag besser hineingefunden hatte. Es war nun so, daß er sich alle Morgen, wenn er aufstand, schon ein wenig freuen konnte. Die Zilli stellte ihm, außer dem Frühstück, zu Mittag oft so verführerische Schmankerln hin, die man unmöglich ablehnen konnte, sondern bis zum letzten Rest aufessen mußte. In diesen vierzehn Tagen hatte er bereits um sechs Pfund zugenommen. Vielleicht schlug ihm das so an, weil die Zilli ihm keine Ruhe gelassen hatte, bis er sich nach dem Mittagessen eine Stunde hinlegte. Das hatte er sich so angewöhnt, daß er schon nicht mehr ohne diesen Mittagschlaf sein konnte. Am Abend setzte sie ihm einfach ein Gläschen Wein vor, und wenn er sich am ersten Abend auch dagegen gesträubt hatte, jetzt freute er sich immer schon auf diesen Abendtrunk, auf den er so gut schlafen konnte.

Ja, es war alles anders geworden in diesen vierzehn Tagen. Selbst im Dorf unten hatte man ihn schon daraufhin angesprochen. Es fiel auf, daß er nun nicht mehr in solch abgeschabtem Anzug ins Dorf kam, und es war am letzten Sonntag vor allem seinen Kartenbrüdern aufgefallen, daß er sich statt der sonstigen Leberwurst ein Schnitzel leistete!

Das alles war nicht ganz spurlos an ihm vorübergegangen. Vor allem war die Zilli auch ein bildhübsches Mädchen, und es tat doch wohl, von ihr so umsorgt zu werden. Sie richtete ihm das Rasierwasser her, drang darauf, daß er mindestens jeden zweiten Abend ein Fußbad nahm und die Hemden öfter wechselte. Es war fast alles wieder so wie in jener schönen Zeit, als seine Frau noch lebte.

Und jetzt wollte sie gehen. Alles war dann wieder zu Ende, denn so wie sie würde sich kaum mehr jemand um ihn kümmern.

In diesem Augenblick kam sie herein. Sie war im Sonntagsstaat, und sein Mund wurde ganz schmal, als er sie in ihrer blühenden Schönheit so vor sich stehen sah.

»Ich habe vergessen, es dir zu sagen, Kronwieder. Gestern habe ich dreihundert Eier verkauft. Der Händler war da. Hier sind die achtundvierzig Mark.«

Sie zählte ihm das Geld hin. Er rührte es nicht an, sondern schaute nur starr darauf hin. Endlich hob er den Kopf.

»Wie kommst du zu dreihundert Eiern, Zilli?«

Sie lachte und griff nach dem Kettchen an ihrem Hals.

»Das ist doch ganz einfach, die Hühner haben sie gelegt. Ich habe außerdem noch hundertfünfzig Stück eingekalkt.«

Verdutzt und immer verdutzter wurde sein Gesicht.

»Das versteh ich nicht. Bevor du gekommen bist, haben die Hühner doch im Tag bloß zwanzig Stück gelegt, und die sind immer so ziemlich im Haushalt schon aufgegangen.«

Nun hätte ihm die Zilli ganz offen sagen können, wohin die anderen Eier alle gekommen waren. Aber sie wollte niemanden belasten und antwortete nur:

»Steck das Geld ein, und gönn dir einmal einen anständigen Frühschoppen nach dem Hochamt.«

Da sah sie ihn zum erstenmal seit ihrem Hiersein ganz still und vergnügt lächeln. Ein Leuchten ging über sein zerfurchtes Gesicht und machte es auf irgendeine Weise vertraulich.

»Gut, ich folg dir.« Dann gab es ihm plötzlich einen Ruck. »Aber du bist doch noch da, wenn ich komme?«

Sie blinzelte ihn von der Seite her an.

»Eigentlich müßte ich ja dann schon über alle Berge sein.«

Sie sah, wie er mit sich kämpfte, wie schwer es ihm wurde, das Wort zu finden für das, was er sagen wollte. Er fand nicht recht den Mut, die Hand zu heben, um eine Zacke in der Krone seines Bauernstolzes niederzubiegen, die er unsichtbar auf seinem eisengrauen Schädel trug. Er räusperte sich, als wäre ihm eine Gräte in den Hals gekommen. Endlich konnte er sich aufraffen:

»Zilli, bleib da bei mir.«

Sie schaute ihn lange an, dann zupfte sie einen Zwirnsfaden von seinem Hemdkragen.

»Wenn du aber auf die Gant kommst mit mir?«

»Ah geh, nimm doch nicht alles so wörtlich. Siehst schon, was sie mir heut wieder für eine Kaffeebrühe hingestellt haben. Nein, Zilli, du mußt bleiben. Es ist — alles so schön geworden, seit du da bist. Und — ich hab ja auch Zeit gehabt, nachzudenken. Es war vielleicht vieles falsch, was ich gemacht habe.«

»Ja, vieles war falsch, Kronwieder. Aber jetzt geh, man läutet schon dreiviertel.«

Sie half ihm in die Joppe, nahm noch schnell eine Bürste und wischte damit über den Kragen.

»So, heut schaust ganz manierlich aus«, lächelte sie. »Du bist allweil noch ein gutgewachsenes Mannsbild.«

»Meinst?« fragte er zweifelnd.

»Ja, ja, du mußt bloß mehr auf dich halten. Und daß ich nicht vergesse: Beim Metzger mußt du das Fleisch für heut noch bezahlen. Ich hab gesagt, daß du nach dem Hochamt hinkommst.«

»Ah so? Warum, was gibt es denn heute?«

»Heute gibt es Rindsbraten mit Makkaroni. Und laß dich nicht übers Ohr haun. Drei Pfund hab ich genommen, das Pfund kostet zweizwanzig!«

Keine Widerrede mehr. Er setzte den Hut auf und ging. Als er schon draußen war, fragte er nochmals zum Stubenfenster herein:

»Ich kann mich also darauf verlassen, Zilli, du bleibst da, gelt?«

»Ja, geh nur grad jetzt.«

Nachdenklich blieb die Zilli zurück. Ihr war ja selber ein Stein vom Herzen gefallen, weil sie nun bleiben konnte. Sie hatte sich in diesen vierzehn Tagen fortgelebt aus ihrer bisherigen Welt. Steinlehen war weit, das Elternhaus war weit, und der Jäger Valentin Kling noch viel weiter. An ihn dachte sie am wenigsten. Es war, als wäre sie seinem Bann entwichen und könnte nun erst frei atmen.

Wohl dachte sie manchmal daran, weshalb man sie eigentlich hierhergeschickt hatte, und daß sie »schlau« sein sollte. Aber den Einflüsterungen so weit entrückt, hatten diese keine Gewalt mehr über sie. Es war, als fände sie jetzt erst zu ihrem wirklichen Wesen, das so lange verschüttet gewesen. Nie im Leben — das erkannte sie jetzt — brächte sie es fertig, dem alternden, ahnungslosen Manne Liebe zu heucheln. Alles in ihr bäumte sich dagegen auf. Nein, sie wollte einen geraden Weg gehen. Es hatte ihr riesige Freude bereitet, hier Ordnung zu schaffen. Vierzehn Tage waren keine lange Zeit. Aber es war ihr gelungen. Das mußten auch die anderen Leute am Hof anerkennen. Es sperrte niemand mehr mit Nachschlüsseln den Hühnerstall auf, weil sie satt waren. Es sperrte niemand mehr heimlich die Räucherkammer auf, um ein Stück Rauchfleisch verschwinden zu lassen, und als die Zilli eines Nachts von einem Geräusch wach wurde, den rotschopfigen Blasius in der Speisekammer ertappte, wie er gerade mit einem Messer ein Stück Butter vom Ballen schneiden wollte, da nahm sie ihm schweigend das Messer aus der Hand und gab ihm eine schallende Ohrfeige. Aber sie verriet ihn nicht. Nur nahm sie jetzt den Schlüssel zur Speisekammer mit in ihr Bett und trug ihn tagsüber in ihrem Kittelsack.

Es hätte ihr weh getan, wenn sie jetzt hätte fortgehen müssen. Aber ihr Entschluß hatte bereits festgestanden: Nach Steinlehen wäre sie auf keinen Fall zurückgegangen.

Der Metzgerwirt kam an den Tisch des Kronwieders, verlangte zwar nicht das Geld für die drei Pfund Fleisch, aber er fragte, was denn da für eine bildsaubere Person auf dem Kronwied wäre.

Der Kronwieder strich mit Daumen und Zeigefinger über sein sauber rasiertes Kinn. Seine Äuglein leuchteten in freundlicher Selbstgefälligkeit.

»So?« fragte er. »Ist sie sauber? Das hab ich noch gar nicht gesehen.«

»Nicht bloß sauber, sondern auch recht tüchtig«, lobte der Metzgerwirt weiter. »Und verstehn tut sie was vom Fleischeinkaufen. Das beste Stück Lende war ihr gerade gut genug.«

Der Kronwieder fühlte eine eigentümliche Freude in sich, aber er wollte von dem Lob wenigstens einen Teil für sich einstreichen und antwortete:

»Ich hab es ihr ja angeschafft, daß sie Lende nehmen soll. Das kriegst übrigens noch bezahlt. Sechs Mark sechzig. Stimmt das?«

»Stimmt genau. Aber wo hast du sie her?«

»Wen?«

»Na, die Dingsda.«

»Die Zilli?« Der Kronwieder zählte das Geld für das Fleisch hin und bezahlte auch gleich seine Halbe Weißbier mit. »Ja, die hab ich schon länger in Aussicht gehabt«, flunkerte er. »Und sie läßt sich ganz gut an.«

Das hätte er nicht zu sagen brauchen, denn das sagten auch die anderen. Wann war seit dem Tode seiner Frau der

Kronwieder so ordentlich gekleidet an den Frühschoppentisch gekommen! Wann wäre es geschehen, daß er eine Runde Weißbier ausgab für die sechs Kleinhäusler, die am Nebentisch saßen! Das schlug wie eine Bombe ein, und seine Freigebigkeit sprach sich noch am selben Nachmittag herum, so daß der pensionierte Postrat Ertl ihn nicht ganz ohne Hintergedanken fragte, ob der Kronwieder vielleicht heute die Zeche seiner Mitspieler auf sich nähme.

Da lachte der Kronwieder, wie sie ihn selten gehört hatten.

»Das hieße Wasser in die Donau tragen, wenn man euch drei was schenken tät. — Also, Pichler, gib aus. Ein anständiges Blatt brauch ich.«

Ja, es ließ sich nicht leugnen. Der Kronwieder war aufgelockert worden. Er war ein ganz anderer Mensch auf einmal, und der Dekan sah ihn ein paarmal prüfend von der Seite her an. Er konnte aber nichts Verdächtiges entdecken. Mit sichtlichem Wohlbehagen gab er sich heute dem Vergnügen des Spiels hin, und seine Lippen preßten sich nicht schmal zusammen, wenn er einmal verlor.

Der Pichler und der Ertl besprachen es dann beim Heimgehen. Sie standen zuerst lange vor den Steinstufen, die zum Krämerladen hinaufführten, bis es dem Pichler einfiel, sie könnten doch noch auf ein Gläschen Kirschlikör zu ihm ins kleine Büro gehen. Dort packte der Postrat mit seinen Vermutungen aus.

»Ich fresse einen Besen, wenn nicht diese fremde Frauensperson hinter allem steckt. Der Kerl ist ja wie umgewandelt, äußerlich wie innerlich.«

Daraufhin sah ihn der Krämer lange und nachdenklich an. Sein rundes Gesicht begann zu glänzen, als hätte ihn eine Erleuchtung überkommen.

»Meinst, daß ihn vielleicht gar die Lieb' nochmals zwickt?«

»Vielleicht«, sagte der Postrat und machte ganz wissende Augen. »Ich hab das Mädl diese Woche einmal gesehn. War sie nicht bei dir einkaufen? Also, ich sag dir, Pichler, so was hab ich selten gesehen. Ich bitte dich, meine Person scheidet hier völlig aus — du weißt, was ich einmal geliebt habe, liegt seit drei Jahren am Friedhof, meine gute, selige Amalie. Aber ich glaube, die als Haushälterin zu haben, da würde man selber nochmals jung.«

»Ja, ja«, gab der Pichler zu, der natürlich die Zilli auch genau beobachtet hatte, als sie bei ihm einkaufte. »Aber bei dir wär das auch so eine Sache. Du hast doch immer mit den Gallensteinen zu tun.«

»In letzter Zeit nicht mehr. Und wie gesagt, rein äußerlich stell ich doch immerhin noch viel mehr vor als der dürre Kronwieder.«

Depp, dachte der Kaufmann, aber er sprach es nicht aus, denn der Postrat holte bei ihm in der Woche immerhin für zehn Mark Zigarren. Aber sie wurden sich dann im Laufe der nächsten Stunde doch einig, daß ebendiese Person den Kronwieder gewandelt hätte. Und sie kamen damit der Wahrheit sehr nahe.

Diese Meinung hatten übrigens alle, die in nächster Zeit mit dem Bauern zusammenkamen. Sie spielten auf alle mögliche Weise darauf an, und der Kronwieder hörte es nicht ungern. Als ihn aber einer in derber Offenheit fragte, ob er sich denn noch so stark fühle, es mit so einer Jungen aufzunehmen, bekam der Kronwieder einen feuerroten Kopf und gab dem Spötter zur Antwort:

»Kümmere dich um deine Sachen und nicht um die meinen.«

»Na, na«, lachte der andere. »So was Sauberes tät auch ich heiraten.«

Dieses Wort saß und ließ den Kronwieder nicht mehr los. Oh, es machte ihm schwer zu schaffen, und er überraschte sich bei der Feststellung, daß die Zilli für sein Leben sehr notwendig geworden wäre. Er fühlte doch selber den Aufschwung in sich, es war gerade, als ob seit ihrem Kommen eine helle Sonne in sein Leben leuchten würde. Ihr bezwingendes Wesen hatte ihn herausgerissen aus einer mit den Jahren gewachsenen Vereinsamung. Und zuweilen hatte er schon im verborgensten Winkel seines Herzens das Verlangen verspürt, seinen Arm um sie zu legen, sie an sich zu drücken, ganz gleich, was daraus entstünde.

Ja, er hatte ihr viel zu verdanken. Mit jedem Tag erkannte er das mehr. Sie kam auf Dinge, über die er bisher nicht nachgedacht hatte. So fragte sie ihn einmal:

»Wieviel Kühe hast du eigentlich auf der Alm, Lechner?« Sie sagte selten Kronwieder zu ihm oder Bauer. Lechner sagte sie, oder manchmal auch Adam Lechner.

»An die dreißig Kühe und zehn Jungrinder. Und Schafe, glaube ich, werden es an die zwanzig sein.«

»Du bist schon gut, wenn du es nicht einmal genau weißt. Zwanzig Schafe also.«

»Es können auch achtzehn sein. Genau weiß ich es nicht. Warum fragst du?«

»Weil mir für dreißig Kühe die Butter viel zuwenig ist, die von den Kuflerischen abgeliefert wird jede Woche.«

Die Kufler waren ein älteres Ehepaar, die der Kronwieder jedes Jahr für die Schwertriegelalm einstellte. Im Herbst wurden sie wieder entlassen und zogen in ihre Baracke, die außerhalb Tanns in einer Kiesgrube stand.

Der Kronwieder schaute die Zilli eine Weile nachdenklich an. »Zuwenig meinst du?«

»Ja, vorige Woche brachte er ganze dreißig Pfund.«

»Es werden viel Fremde zukehren und Milch trinken.«

»Aber dann stimmt die Abrechnung nicht. Vierundvierzig Mark waren es.«

»Dann meinst also, daß mich die übers Ohr hauen?«

»Und zwar ganz schön. Ich hab gehört, daß die Kuflerischen sich einen Grund gekauft haben und im nächsten Frühjahr ein Häusl bauen wollen.«

Diese Mitteilung brachte ihn nicht mehr, so wie es vor Wochen noch der Fall gewesen wäre, außer Rand und Band, sie stimmte ihn vielmehr recht traurig.

»Gibt es denn überhaupt keine ehrlichen Menschen mehr?«
»Doch, doch, Lechner. Es gibt schon noch welche.«

Zu Kronwied gehörten insgesamt mit Wald und Streuwiesen etwa an die vierhundertfünfzig Tagwerk. Die Grundstücke waren alle zusammenhängend, so daß Adam Lechner die eigene Jagd ausüben konnte. Früher war er auch viel im Revier gewesen, in den letzten Jahren aber kaum mehr. Der Wildbestand war daher sehr reich.

Das wußten auch die anderen Jäger, die die Gemeindejagd gepachtet hatten. Und sie nahmen es mit der Grenze nicht ganz genau. Der Kronwieder ging ja doch nie hinaus, und seine Jagdhütte am Lärchenhang war seit Jahren dicht verschlossen. Oft und oft hatte die Lena gemeint, der Bauer möge doch wieder einmal einen Rehbock schießen zur Bereicherung der Küche. Aber sie konnte ihn nie dazu bewegen.

Die Zilli packte es anders an. Eines Nachmittags, es war gerade ein kleines Gewitter niedergegangen, sagte sie:

»Es ist bloß schad, Lechner, daß du schon so ein schlechtes Auge hast und eine so unruhige Hand.«

Verblüfft schaute er sie an. »Wie meinst das?«

»Na ja, ich hätte so gern einmal ein Wildbret gehabt. Aber du bist wohl kaum mehr imstand, einen Rehbock sicher zu treffen.«

Der Kronwieder sagte nichts darauf. Aber er suchte seinen Rucksack hervor, nahm den Drilling aus dem Gewehrschrank und steckte sich Munition ein.

In der späten Dämmerung kam er zurück. Alles war schon schlafen gegangen, und auch die Zilli schickte sich gerade an, in ihre Kammer zu gehen, aus der sie längst die Pferdegeschirre hinausgeworfen hatte.

Wortlos warf er den prall gefüllten Rucksack in der Küche auf den Boden. Aus der Verschnürung ragte der Kopf eines Rehbockes mit herrlichem Sechsergehörn heraus.

»Tatsächlich«, sagte die Zilli und schlug die Hände zusammen, »er bringt einen Bock.«

Über den dürren Hals hinauf lief ihm eine Röte der Verlegenheit. Er schnürte den Rucksack auf. Der Bock war schon ausgenommen. Herz, Leber und Niere hatte er in ein Tuch gewickelt. Mit dem Finger deutete er auf die Einschußstelle.

»Ein Blattschuß wie gezirkelt«, sagte er pochend vor Stolz. Die Zilli kam aus dem Staunen gar nicht heraus, aber sie übertrieb ihr Spiel nicht.

»Nein, so was«, lachte sie. »Da muß ich ja alles zurücknehmen, was ich gesagt hab wegen der schlechten Augen und so. Aber — du wirst jetzt Hunger haben. Komm, bleib bei mir in der Küche sitzen. Ich mach dir eine saure Rehleber.«

Da faßte er blitzschnell nach ihrem nackten Arm. »Aber du mußt auch mitessen, Zilli.«

Sie erschrak nicht, sie sah ihn nur mit staunenden Augen an. Um ihren Mund spielte ein kleines Lächeln.

»Gern, Lechner«, sagte sie. »Komm, laß mich aus jetzt, du tust mir ja weh.«

Erschrocken ließ er seine Hand sinken. Erst jetzt wurde ihm sein Handeln bewußt.

Eine halbe Stunde später saßen sie sich am Tisch gegenüber und aßen die Rehleber. Der Kronwieder meinte, daß ihm noch nie etwas in seinem Leben so gut geschmeckt habe. Sie aßen gemeinsam aus der schwarzen, rußigen Pfanne, und hernach tunkten sie noch Brot in die Soße und strichen alles heraus.

»Willst du die Hälfte vom Rehbock verkaufen?« fragte ihn die Zilli.

»Ja, meinst du?«

»Ich würde die Hälfte davon einbeizen, dann haben wir nächste Woche auch noch was. Möchte dir aber nichts dreinreden, Lechner. Wenn du gern die Hälfte dem Metzgerwirt geben willst, dann nimm dafür Rindfleisch.«

»Wenn du meinst, machen wir es so«, antwortete er und fügte noch hinzu: »Seit du da bist, Zilli, bin ich ein anderer Mensch geworden. Das sagen alle.«

Mißtrauisch horchte sie auf.

»Alle? Was sagen sie denn noch?«

»Daß du — daß du schön bist —, ja, und ich glaub, Zilli, daß sie ein wenig neidig sind. Das Komische ist, daß ich dann immer stolz bin auf dich, wenn sie dich so loben.«

»Stolz? Du auf mich stolz? Wie kommst denn auf so was?«

Er wußte keine Antwort. Aber es war nun wieder dieser brennende Wunsch in ihm, sie in seine Arme zu nehmen. Die Zilli fühlte genau, wie es in dieser Minute um ihn stand, und sie hätte gar nicht »schlau« zu sein brauchen. Aber sie konnte es nicht tun. Alles in ihr sträubte sich dagegen. Es kam ihr so erbärmlich vor, denn was sie für ihn empfand, war nichts als ein aufrichtiges Gutsein, aber keine Liebe. Sie sah seinen bettelnden Blick auf sich gerichtet. Gute braune Augen waren es, die sie ansahen. Sie hob die Hand und strich ihm über die Wange. Dann stand sie auf und räumte das Geschirr weg.

»Gute Nacht, Lechner«, sagte sie und ging hinaus.

Er sah ihr nach, bis die Tür sich hinter ihr geschlossen hatte.

Dann stützte er seufzend den Kopf in die Hände.

Warum kann ich nicht um fünfzehn oder zwanzig Jahre jünger sein? fragte er sich, und zugleich begann er sich zu wundern, wieso er in seinem Alter nochmals alles neu belebt fühlte, alles, was er schon verschüttet glaubte. Er stand auf und streckte sich. Steckte nicht die Kraft eines Jungen in seinen Gliedern? Wer sollte ihm wehren, nochmals die Hände nach dem Glück zu strecken, nach Jahren so vieler Einsamkeit? Und — war sie nicht seine Magd, die froh sein mußte, Herrin auf seinem Hof zu sein, eine junge, blühende Herrin, um die ihn alle beneiden würden?

Hatte nicht der Haager von Blöß mit sechzig Jahren eine

Dreißigjährige geheiratet und noch vier Kinder mit ihr gezeugt?

Wie ein Rausch erfaßte ihn dieser Gedanke und verfolgte ihn bis tief in seine Träume hinein.

Es war Samstag, als die Zilli einen Brief von ihrer Mutter erhielt. Sie las ihn nur flüchtig durch, weil sie wenig Zeit hatte, und nahm ihn erst am späten Abend nochmals in die Hand.

Liebe Zilli!
Danke schön auch für die vierzig Mark, die Du uns geschickt hast. Sie sind gerade recht gekommen, denn die Sina und der Pepperl brauchen neue Schuh. Es geht uns wie immer. Und wie steht es mit Dir? Du bist jetzt schon fünf Wochen von uns fort, und der Vater und ich meinen, daß dieses schon eine recht lange Zeit ist, wo Du was hättest ausrichten können. Wie ist denn der Alte überhaupt? Ist er schon auf den Leim gegangen? Wenn nicht, so liegt das an Dir, denn mit Deiner Jugend muß es leicht sein, so einen alten Krauterer rumzukriegen. Wenn es soweit ist, dann laß nur nimmer aus. Du sagst ganz einfach, Du wärst so dran, dann muß er Dich heiraten. Die Hauptsach ist, wenn Du ihn vors Standesamt bringst. Was dann hernach ist, wirst Dir schon zu helfen wissen. Wir setzen große Hoffnung auf Dich, der Vater und ich, daß wir auch einmal aus der ewigen Not herauskommen. Wir haben genug getan für Dich, jetzt darfst schon Du auch einmal was für uns tun.

Es grüßt Dich Deine Mutter

Sie ließ den Brief sinken und starrte vor sich hin. Auf einmal warf sie sich auf das Bett hin und weinte zum Gotterbarmen. Sie hatte sich wohl und frei gefühlt in diesen Wochen, und nun hatte sie eine rauhe Hand an die Vergangenheit erinnert und hineingezerrt in einen Wirbel aus

Berechnung, Gemeinheit und Schamlosigkeit. Am meisten schmerzte es sie, daß die eigene Mutter es war, die sich nicht schämte, sie auf diesen Weg hinzustoßen.

Wie stellte die Mutter sich das eigentlich vor? War sie selber nie jung gewesen, um zu wissen, daß man so etwas nicht abwickeln konnte wie ein Geschäft, daß es doch auch ein Herz gab, das mitsprechen mußte?

Sie weinte sich in den Schlaf und hatte am nächsten Morgen dunkle Ringe unter den Augen.

Mit schönem Klang läuteten die Glocken von Tann herauf. Der Herbst machte sich jetzt stark bemerkbar. Im Bergwald wirbelte ein Rausch von Farben durcheinander. Dazwischen stand das schwermütige Grün der Fichten. Über dem Schartengebirge wogten die Nebel hin und rissen meist erst um die neunte Morgenstunde auf.

Der Kronwieder war zum Kirchgang fertig. Seit zwei Sonntagen trug er jetzt einen dunkelgrünen neuen Lodenanzug, der ihn beinahe jugendlich erscheinen ließ.

Die Zilli räumte in der Stube den Tisch ab. Sie war verschlossen und wortkarg an diesem Morgen. Der Kronwieder merkte es wohl und fand nicht das richtige Wort.

»Dann geh ich halt jetzt«, sagte er.

»Bet für mich auch«, antwortete sie.

Er hob betroffen den Kopf. Was soll denn jetzt das? »Zilli, mit dir ist was los? Sag mir's.«

Es tat ihr so wohl, daß er sie fragte. Aber sie konnte es ihm doch nicht sagen. Den Brief hatte sie in kleine Stücke zerfetzt und in den Ofen gesteckt. Sie zwang sich ein Lächeln ab.

»Es ist nichts, Lechner. Geh nur.«

»Nein, nein, du kommst mir heut so spaßig vor. Sag, Zilli, drückt dich was? Oder — oder meinst, daß du weggehen mußt, weil die Leut' über uns reden?«

Mit einem Ruck fuhr sie herum.

»Was reden sie?«

»Na ja, daß du — und ich — — — «

Da konnte sie auf einmal wieder lachen.

»Geh, Lechner, du wirst dich doch nicht um so ein Geschwätz kümmern!«

»Ich nicht, aber es geht doch in dem Fall auch um dich, um deine Ehre.«

»Ehre, Ehre«, spöttelte sie wie über sich selber. »Lechner, ich will dir was sagen: Laß die Leut' reden. Es ist nicht wichtig. Wichtig ist nur das, was wir vor uns selber verantworten können, und daß wir vor niemandem die Augen niederschlagen müssen. Und jetzt geh, du kommst sonst zu spät.«

»Ja, jetzt geh ich schon lieber, weil du wieder gelacht hast«, sagte er und ging schnell hinaus.

Es war die Wahrheit. Das Gerücht, der Kronwieder hätte sich eine junge Haushälterin zugelegt und mit den beiden wäre es nicht ganz sauber, hatte sich schon über das ganze Tal verbreitet.

Der Viehhändler Schwab wußte zu berichten, daß diese Person mit dabeistünde, wenn der Kronwieder ein Stück Vieh verkaufte, daß sie sich in den Handel hineinmischte und daß der Kronwieder sich das willig gefallen ließe.

Der Kaminkehrer erzählte, er hätte mit eigenen Augen gesehen, wie die Zilli am Morgen dem Kronwieder ein Butterbrot gestrichen hätte und daß sie dabei ganz nah bei ihm gesessen wär.

Das war soweit die Wahrheit. Aber nicht stimmte, was noch alles hinzugedichtet wurde, wonach die beiden sich geküßt hätten und daß der Kronwieder sich gebärdete wie ein Auerhahn zur Balzzeit.

Lüge und Wahrheit gemengt, so lief das Gerücht wie ein giftiges Gewürm von Haus zu Haus, von Hügel zu Hügel, und so gelangte es auch durch den Hausierer Vinzenz Knogler zum Wimmer in Vorderbach.

Lächelte man anderswo über den verliebten Auerhahn, in

Vorderbach schlug es ein wie ein Blitz aus heiterem Himmel, denn die Wimmer waren verwandt mit dem Kronwieder. Der Wimmer hatte die zweite Schwester des Kronwieder geheiratet. Sie hatten drei Kinder, die mit der fetten Erbschaft rechneten.

Der Wimmer hatte sich seit Jahren nicht um den Schwager gekümmert. Sie hatten seinen Geiz belächelt und waren doch damit einverstanden, denn je mehr der Kronwieder zusammenraffte, desto größer war einmal das Erbe. Daß sie alles erben würden, davon waren die Wimmer fest überzeugt gewesen. Nun aber kam dieser Vinzenz Knogler daher und erzählte zwischen dem Anpreisen von Waschseifen und Schnürsenkeln mit sichtlicher Wonne die erlogenen Liebesabenteuer des Adam Lechner von Kronwied. Es kam ihm dabei auf eine Lüge mehr oder weniger nicht an, und er hatte eine diebische Freude, als er beobachtete, wie die Wimmerischen blaß wurden und einander ansahen, als kämen sie von einem Grabe.

Kaum war der Hausierer gegangen, platzte der Wimmer schon heraus: »Jetzt haben wir's.«

»Was haben wir?« fragte die Frau gereizt zurück.

Vor Aufregung rutschte sein Adamsapfel erregt auf und ab.

»Begreifst denn du nicht, wieviel es geschlagen hat? Wenn wir uns nicht gleich auf die Socken machen, können wir mit dem Ofenrohr ins Gebirge schaun! Am Ende heiratet er die Person auch noch, und wir haben das Nachsehn.«

»Da müssen wir so schnell wie möglich hinfahren«, fiel es der Frau ein.

So kam es, daß an diesem Sonntagnachmittag ein Gäuwägerl mit einem Rappen bespannt langsam den Berg von Tann heraufkam, als der Kronwieder in sonniger Zufriedenheit auf der Hausbank saß und sein Pfeiflein rauchte. Er machte die Augen ein wenig schmal und erkannte in den beiden, die auf dem Bock des leichten Gefährtes saßen, seinen Schwager und seine Schwester. Er nahm die Pfeife aus dem Mund und klopfte sie am Boden aus. Dann lächelte er vor sich hin. Die beiden besuchten ihn so selten, daß er sich schon an den Fingern abzählen konnte, was sie heute her trieb. Gemocht hatte er diesen vierschrötigen Schwager nie, der seine wahre Meinung immer hinter einem Schwall von frommen Sprüchen verbarg.

Er stand auf, streckte sich und streifte dann die Ärmel seines blütenweißen Hemdes herunter. Die grünsamtene Weste wies keine Staubfaser auf. Die silberne Uhrkette, an der ein kleiner Taler hing, glänzte in der Sonne.

Die Wimmerin stieß ihren Mann derb in die Seite, als sie über die letzte Steigung heraufkamen und der Rappe eine schnellere Gangart angeschlagen hatte.

»Du, schau hin, wie gut der auf einmal ausschaut!«

Der Wimmer senkte seinen Stiernacken und schielte aus gesenkten Brauen heraus auf den Schwager, dessen graues Haar heute so sauber gescheitelt war.

»Tatsächlich«, sagte er. »Er macht sich. Und früher hat er allweil ausg'schaut wie der Tod von Altötting. Ich mein, da dürfen wir uns heut fest einspreizen, sonst rinnt uns die Erbschaft weg.«

»Red nur nicht zuviel, und reg dich nicht auf«, ermahnte ihn die Wimmerin. »Schön tun müssen wir ihm jetzt.«

Dann hielten sie im Hof, und sie sahen es sofort, daß ihnen ein ganz anderer Schwager entgegenging. Umständlich stieg die Wimmerin vom Wagen und streckte dem Bruder beide Hände hin.

»Grüß dich Gott, Bruder. Schon lang wollten wir einmal vorbeischaun bei dir. Aber weißt es ja, die viele Arbeit.«

»Lieber, lieber Schwager«, lachte der Wimmer dröhnend und kam um das Gefährt herum. »Gut schaust aus, ganz gut. Geht's dir jetzt wieder ein bißl besser mit deiner Gicht?«

»Ganz gut geht's mir jetzt«, sagte der Kronwieder und lächelte wieder so eigentümlich. Dann drehte er den Kopf zurück und rief in den Hausflur: »Zilli, koch Kaffee! Besuch ist kommen!«

Für einen Augenblick sahen die Wimmer das schmale Gesicht der Zilli am Fenster auftauchen. Sie hatte wohl nachsehen wollen, für wieviel Personen sie auftragen müßte.

Weil sich sonst niemand sehen ließ, brachte der Wimmer den Rappen selber in den Stall, und der Kronwieder wartete inzwischen mit seiner Schwester auf der Grät. Sie besah sich die Geranienstöcke am Fenster und mußte wider Willen loben.

»Die sind aber fett. Was machst denn du damit, daß die so schön blühen?«

»Das weiß ich nicht. Die Zilli macht das. Ich glaub, sie weicht Eierschalen ein und gießt dann mit dem Wasser.«

»So? Das muß ich auch einmal probieren«, sagte die Wimmerin und sah dann den Bruder aufmerksamer an. Wie sauber er rasiert war! Seine Gesichtshaut war straff und zog sich nicht mehr in hundert Falten über die Backenknochen.

»Zilli heißt sie, die — — —«, fragte sie spitzig.

»Ja, Zilli«, bestätigte der Kronwieder und nickte.

»Man hört, daß sie — — —«

»Recht tüchtig ist«, unterbrach der Kronwieder sie. »Soso, hat sich das auch schon bis zu euch rübergesprochen? Das stimmt auch. Sie ist recht tüchtig. Alles andere, was man sonst noch sagt, ist erlogen.«

»Gott sei Dank«, rutschte es der Wimmerin heraus. Dann wollte sie sich verbessern. »Das heißt — wir haben sonst noch nichts gehört.«

»Das wundert mich aber.« Der Kronwieder sah an der Schwester vorbei nach dem Schwager, der jetzt auf seinen Säbelbeinen über den Hof kam und mit flinken Augen umhersah, ob nichts zu entdecken wäre, über das er nörgeln könnte.

Dann gingen sie zusammen ins Haus, und da war es nun an der Wimmerin, die Augen flink umhergehen zu lassen. Sie konnte aber mit dem besten Willen nichts entdecken, was ihr mißfallen hätte. Im Gegenteil, sie sah sofort, daß hier eine energische Hand Ordnung geschaffen hatte.

»Die Kinder lassen dich halt auch recht schön grüßen«, sagte dann der Wimmer, nachdem er hinter dem mit einem weißen Leinen gedeckten Tisch Platz genommen hatte. »Hast du gewußt, daß wir heut kommen, lieber Schwager?«

»Aber woher denn?«

»Ich mein bloß, weil der Tisch so schön gedeckt ist.«

»Das ist bei uns jetzt immer so«, antwortete der Kronwieder.

»Hat das die Dingsda eingeführt?« fragte die Wimmerin spitz.

»Die Dingsda heißt Zilli, ich hab dir's vorhin schon gesagt.«

Eine Weile war Schweigen. Die Sonne schien freundlich durchs Fenster, und im Luftzug bewegten sich leicht die Efeublätter, die den Herrgottswinkel umrankten.

»Ja«, sagte dann der Kronwieder, »da hab ich ein rechtes Glück gehabt mit der Zilli. Seit ich die hab, läuft alles wie am Schnürl im Haus. So gut ist es mir nimmer gegangen, seit die Babette, Gott hab sie selig, gestorben ist.«

»Die gute Babette, ja«, meinte der Wimmer mit todtraurigem Gesicht, »die darfst nicht vergessen, Schwager. So eine wie die, gibt es kaum mehr.«

Der Kronwieder wartete nur darauf, den ersten Backenstreich anzubringen. Vielleicht war jetzt der Augenblick dazu.

»Die Zilli ist genauso tüchtig. Ja, in manchem ist sie der Babette sogar überlegen. Aber das mag daher kommen, daß sie noch jung und voller Kraft ist.«

Der Wimmer zitterte innerlich vor Wut, beherrschte sich nur mühsam und lächelte süßsauer.

»So tüchtig ist sie? Bloß gut, daß du schon so alt bist, sonst müßt man am Ende auch noch mit einer Hochzeit rechnen, was?«

»Wer ist alt?« fragte der Kronwieder. »Ich bin um drei Jahr jünger als du, und hat nicht der Haager auch nochmal geheiratet, obwohl er schon sechzig war?«

»Der Haager hat ja schon gleich ein Jahr, nachdem ihm seine Frau gestorben war, geheiratet. Aber du hast jetzt über zehn Jahre schon Enthaltsamkeit geübt und wirst doch jetzt nimmer auf den dummen Gedanken kommen, zu heiraten.«

Der Kronwieder lachte laut heraus. »Ob der Gedanke gar so dumm wäre?« fragte er und sah die beiden spitzbübisch an. »So schön wie jetzt hab ich es noch gar nie gehabt«, fuhr er fort. »In der Früh wird mir der Tisch gedeckt zum Frühstück, vormittag richtet sie mir eine nette Brotzeit her, aufs Mittagessen freu ich mich schon wieder, weil sie so gute Schmankerln kocht. Am Abend, wenn sie sieht, daß ich die Schuh auszieh, stellt sie mir die Filzpantoffeln hin, und wenn ich ins Bett geh, ist die Bettdecken schon z'rückgeschlagen, und ich brauch mich bloß mehr niederzulegen.«

Die Wimmerin schnaufte wie in Angst, und der Wimmer fragte in mühsam verhaltener Wut:

»Zudecken tut sie dich dann noch nicht?«

»Tät sie auch, wenn ich's haben möcht«, antwortete der Kronwieder.

»Ich weiß nicht, ich weiß nicht«, meinte der Schwager bedenklich und wiegte seinen massigen Kopf hin und her, »ob das grad so gut ist für dich. In dem Alter soll man Z'rückhaltung üben in allem. Du hast nämlich schon ein ganz nettes Bäucherl angesetzt, wie ich seh. Der gache Wechsel ist nicht gut für die Blutzirkulation, hab ich mir einmal sagen lassen. Da gibt es gern Kreislaufstörungen.«

Prompt antwortete der Kronwieder:

»Du mit deinem Schmerbauch darfst ganz stad sein. Du bist mir ja bloß neidig, weil ich mich jetzt so wohl fühl.«

»Ich dir neidig?« fragte der Wimmer und verdrehte die Augen. »Der liebe Himmelsvater ist Zeuge, wie wir jeden Abend für dich beten, daß du noch recht lang lebst und g'sund bleibst.«

»Ist's wahr?« fragte der Kronwieder und gluckste innerlich vor Lachen. »Ich glaub schon, daß euer Beten hilft, denn ich fühl mich so wohl wie noch selten in meinem Leben. Vielleicht werd ich gar hundert Jahre alt.«

»Wir gönnen es dir von Herzen«, sagte die Wimmerin und schnupfte ein paarmal heftig auf.

In diesem Augenblick öffnete sich die Tür. Die Zilli kam mit dem Kaffee herein. Sie trug alles auf einem Brett, Kaffee und Zopf.

»Ich hab leider nicht gewußt, daß wir Besuch kriegen«, sagte sie freundlich, »sonst hätt ich einen Kuchen gebacken.« Sie nahm die Tassen aus dem Schrank und schenkte ein. »Hoffentlich schmeckt euch mein Kaffee. Du magst zwei Stückl Zucker, gelt, Lechner?« Sie nahm zwei Stücke Zucker aus dem Glasschüsselchen und tat sie in seine Tasse. Dann wirbelte sie wieder hinaus. Locker schlug der Rock um ihre Beine. Die Tür schloß sich lautlos hinter ihr. Der Kanarienvogel in seinem Bauer machte ein paar helle Triller.

»So was Raffiniertes«, entfuhr es der Wimmerin. Sie wackelte dabei vor Empörung mit ihrem Doppelkinn. Der Wimmer zog bedeutungsvoll die Brauen hoch und sagte:

»Ich mein, da hast dir was Gefährliches ins Haus gesetzt, Schwager!«

»Ah, woher denn«, lachte der Kronwieder. »Die ist viel harmloser, als ihr meint. Aber zugeben müßt ihr wenigstens, daß sie sauber ist.«

Der Wimmer gab es zu. Aber seine Frau sagte einschränkend:

»Na ja, sie lauft halt auch mit dem Haufen. Unsere Mali kann sich jederzeit neben sie hinstellen. Du glaubst gar nicht, Bruder, wie sich das Dirndl in letzter Zeit entwickelt hat.«

»Ich hab sie schon lang nimmer gesehn«, meinte der Kronwieder. »Hat sie ihren Kropf nimmer und ihre Sommersprossen?«

»Den Kropf läßt sie sich demnächst rausschneiden, und die Sommersprossen stehn ihr grad gut, sagen die Leut'. Im übrigen, daß ich es nicht vergesse — das ist ja eigentlich der Grund, warum wir heut gekommen sind — unser Toni ist jetzt auch schon soweit hergewachsen, daß man ihn zur Arbeit brauchen kann. Wir können also die Mali entbehren und haben beschlossen, daß wir sie zu dir rüberschicken.«

»Zu was denn? Ich hab genug Leut'.«

»Du kannst ja die da wieder wegschicken dann. Die kostet dich doch bloß einen Haufen Geld.«

»Umsonst wird eure Mali auch nicht arbeiten wollen. Nein, gebt euch keine Mühe. Die Zilli bleibt da, und damit basta.«

Damit war die Geduld des Wimmer erschöpft. Er vergaß, daß der Kronwieder sein ›lieber‹ Schwager war. Unbeherrscht schrie er heraus:

»Ich weiß schon, warum du sie nicht weglassen willst! Sag einmal, schämst dich denn gar nicht? Auf deine alten Tag noch solche Seitensprünge zu machen!«

Dem Kronwieder liefen die Adern am Hals ganz dick an. Er schrie den Schwager nieder, aber dieser Koloß war nicht so leicht niederzuschreien. Er gab zurück, und das nicht schlecht. Es gab keinen ›lieben‹ Schwager mehr, sondern nur einen alten Bock, den dieses Frauenzimmer schon ganz verhext hätte, so daß er meinte, er dürfte seine Verwandtschaft so niederträchtig behandeln.

»Ich hab euch ja nicht gerufen«, sagte der Kronwieder ruhiger werdend. »Habt ihr euch die ganzen Jahre um mich gekümmert? Da ist ja der Wilhelm noch besser, der schreibt mir wenigstens ab und zu. Was war denn euch an mir gelegen? Wenn es nach euch gegangen wäre, hätte ich zerrissen umherlaufen müssen. Jetzt, weil sich jemand um mich kümmert, jetzt taucht ihr auch auf und redet daher, als ob ihr alle Weisheit der Welt gepachtet hättet. Angst habt ihr — ja, nur die Angst hat euch hergetrieben, daß mir vielleicht nochmals das Heiraten einfallen könnte und ihr leer ausgeht bei der Erbschaft. Schaut mich nicht für so dumm an.«

»Nein, Bruder, was du alles von uns denkst«, jammerte die Wimmerin. »Wir haben doch nur dein Bestes im Auge.«

»Ja, das hab ich gemerkt, die ganzen Jahre her.«

»Wir haben allweil für dich gebetet. Das kann der Rupp nicht anders sagen, gelt, Rupp?«

Rupert Wimmer nickte heftig, als sei er es gewesen, der am meisten gebetet hätte.

»Beten kann man nie genug«, meinte der Kronwieder. »Als ich aber niemanden gehabt habe im Haushalt, da hättest du mir unter die Arme greifen sollen, Schwester. Doch das war euch gerade recht so. Da wird er mürb, habt ihr gedacht, und gibt dann gern sein Sach schon vorzeitig aus den Händen, weil der ewige Ärger mit fremden Leuten ihn doch einmal verdrießen muß.«

»Du bist gemein«, sagte die Wimmerin und bemühte sich angestrengt, ein paar Tränen hervorzubringen. Aber es gelang ihr nicht.

»Ich glaub, es ist besser, wenn wir gehn«, knurrte der Rupert. »Bei dem ist Hopfen und Malz verloren. Jetzt mein ich, müssen wir erst recht um dein Seelenheil beten, damit du nicht ganz versinkst im Sündenpfuhl.«

»Der Vater und die Mutter, wenn sie es wüßten, die würden sich noch im Grab rumdrehen«, jammerte die Wimmerin.

Da hatte es der Kronwieder satt. Er stand auf und öffnete die Tür ganz weit. Er sagte nichts dabei, deutete nur mit dem Daumen über die Schulter in den Flur hinaus. Der Wimmer wurde ganz blaß.

»Soll das vielleicht heißen, daß wir gehn sollen?«

»Ja, es ist mir lieber.«

Jetzt gelang es der Wimmerin endlich, ein paar Tränen herauszupressen.

»Aus meinem Elternhaus schaffst mich raus? Gut, wir gehn. Aber du wirst schon sehn, wo du noch hinkommst, wenn du so weitermachst. Du hast ja deine fünf Sinne gar nimmer beieinander.«

»Komm, Alte, der ist ja nimmer zurechnungsfähig«, sagte der Wimmer und schob seine Frau zur Tür hinaus.

»Ja, bloß noch einen Moment«, meinte die Wimmerin.

»Zuerst muß ich dem Weibsbild die Meinung noch richtig sagen. Vielleicht hat die mehr Schamgefühl als er.«

Da packte der Kronwieder seine Schwester am Handgelenk und schubste sie zur Haustür hinaus. Hinter den beiden schlug er die Tür zu und schob krachend den Riegel vor. Dann ging er in die Stube zurück.

Schad, jetzt ist noch soviel Kaffee in der Kanne, fiel ihm ein. Dann rief er nach der Zilli.

Sie kam erst nach einer Weile, blieb unter der Tür stehen und sah ihn an.

»Was willst, Lechner?«

»Setz dich zu mir her, und trink mit mir Kaffee.«

Draußen jagte der Wimmer seinen Rappen in scharfem Trab über den Hof.

»Das waren meine Schwester und mein Schwager«, sagte der Kronwieder.

»Ja, das hab ich gehört.«

»Hast gehorcht?«

»Ihr habt ja laut genug geschrien, horchen war gar nicht nötig.«

Der Kronwieder lachte und tunkte ein Stück Zopfkuchen in seine Kaffeetasse.

»Hätte ich vielleicht nicht schreien sollen, wenn sie mir so kommen?«

Die Zilli wischte ein paar Krumen vom Tischtuch, sah lange auf ihre Hände nieder und hob dann plötzlich den Kopf.

»Von ihrem Standpunkt haben sie vielleicht recht«, sagte sie. »Sie müssen mich ja für das halten, was sie gemeint haben.«

»Laß doch die denken, was sie wollen.«

»Das sagst du leicht. Du bist ein Mann. An mir bleibt mehr hängen von all dem Gerede.«

»Ach so«, sagte er und wurde nun doch auch recht nachdenklich.

»Man müßte halt — dem Gerede — ich meine, man

könnte es schon aus der Welt schaffen, Zilli.« Dieses »Zilli« kam eine Weile später, und es lag viel verhaltene Zärtlichkeit darinnen.

Da war es nun mit einem Schlag. Ohne krummen Weg und ohne ›schlau‹ gewesen zu sein, war es auf die Zilli zugekommen. Selbst die Stunde war wie geschaffen dafür. Sie waren allein im Haus. Die Knechte waren drunten im Dorf auf der Kegelbahn, die Mägde zu einem Nachmittagsbesuch auf den Nachbarhöfen.

Die Stille war mit einer spürbaren Spannung geladen, so als müßte etwas aus ihr herausbrechen, etwas ganz Entscheidendes.

Laut ging das Pendel der großen Standuhr. Die Zilli sah auf die Zeiger hin. Es ging auf halb fünf Uhr. Es war die Zeit, zu der sich der Kronwieder sonst anschickte, zu seinem Sonntagskartenspiel zu gehen. Nun aber saß er da, ein wenig steil aufgereckt, die Hände um die Tischplatte geklammert. Sie fühlte, wie sein Blick sie umfangen hielt.

»Du hast mir noch keine Antwort gegeben, Zilli.«

Tief holte sie Atem. Es war ihr, als entscheide sich in dieser Minute ihr ganzes Leben. Als würde ihr jetzt vom Schicksal die einmalige Chance geboten, und sie hatte nicht den Mut, diese zu ergreifen.

Nein, es ging nicht! Mit dem besten Willen nicht. Sie konnte ihm kein Theater vorspielen. Alles sträubte sich in ihr.

»Das Gerede wäre gleich zu Ende«, sagte sie endlich, »wenn ich von Kronwied fortging.«

Sie sah, wie er die Farbe wechselte und ein paarmal heftig schluckte.

»So leicht fiele dir das, Zilli?«

Hart lachte sie auf.

»Leicht? Ach, was weißt du, wie gern ich hier bin! Ich hab es ja selber nie geglaubt, daß man sich in einen fremden Besitz so einleben könnte, daß das Herz mit jeder Faser dranhängt. Dieses Kronwied hab ich so liebgewonnen, und manchmal ist mir, als sei ich immer schon hiergewesen. Ich denk oft daran, wie du mir bei unserer ersten Begegnung gesagt hast, es gäbe keinen schöneren Platz im ganzen Umkreis. Das ist wahr, Lechner. Vielleicht weißt du es selber gar nicht einmal, wie herrlich es hier ist.«

Er legte seine Hand auf ihren Arm.

»Das ist schön, Zilli, daß du das sagst.« Dann stand er auf, nahm seine Joppe vom Haken an der Tür und schlüpfte hinein. »Wenn es dir so gut gefällt hier, dann gehst du auch nicht. Das ist mir ein Trost, wenn auch bloß ein kleiner.«

Mit ein paar raschen Schritten war sie bei ihm.

»Bist mir jetzt bös, Lechner?«

»Ich? Warum denn? Du bleibst ja, hast g'sagt.«

»Ja, Lechner, solange du mich brauchst.« Sie richtete ihm die Krawatte, die verrutscht war. Dabei berührte ihre Hand seine Wange. »Heut hast dich aber nicht sauber rasiert.«

Ach, wie verlegen er dastand. Wie ein Knabe, der gescholten worden war. In der Zilli sprang stürmisch eine Welle von Zärtlichkeit auf, eine Zärtlichkeit, hinter der kein verlangender Gedanke stand, sondern nur der Wunsch, Güte zu verschenken. Aus diesem Gefühl heraus nahm sie plötzlich sein Gesicht in ihre Hände und sagte:

»Meinetwegen hast du dich heute ärgern müssen mit deinen Verwandten. Kauf dir jetzt ein paar Schoppen Wein, dann vergißt du alles.«

Sie reichte ihm den Hut und öffnete ihm die Tür. Und er ging.

Als sie allein war, dachte sie über alles gründlich nach. Sie dachte auch daran, wie der Vater und die Mutter jetzt über sie herfallen würden, weil sie so wenig ›schlau‹ gewesen war. Auch an Valentin Kling dachte sie, und was er sagen würde. Dabei war ihr, als habe sie ihn nie geliebt. Sie wußte nicht, was es war, daß er so eine Gewalt über sie gehabt hatte. Heute war das alles anders, heute war das so fern gerückt, in den hintersten Winkel der Erinnerung. Sie hatte ihm nie geschrieben und hatte auch von ihm nichts gehört. Das gab ihr dieses wunderschöne Gefühl der Freiheit.

Oft, wenn sie allein war und vor sich hin grübelte, meinte sie zu fühlen, daß ihr Leben noch einen ganz anderen Weg gehen müßte. Einen Weg, der in eine große, wirkliche Liebe einmündete. Eine Liebe, die ganz anders sein müßte als das schweigende Gehorchen, wie sie es bisher unter der fordernden Gewalt des Silberäugigen gekannt hatte.

Draußen am Fenster waren Schritte zu hören. Es war der Großknecht, der zum Pferdefüttern heimkam. Bald darauf kamen auch die Agi und die Lena. Sie machten sich mit Wonne über den guten Bohnenkaffee her, den eine verbitterte Verwandtschaft zu trinken verschmäht hatte.

Der Kronwieder dachte an diesem Abend immer wieder daran, daß die Zilli ihm geraten hatte, er möge doch ein paar Schoppen Wein trinken, um seinen Ärger zu vergessen. Beim zweiten Schoppen fragte ihn der Postrat Ertl, ob er jetzt unter die Verschwender gegangen wäre.

Der Kronwieder blinzelte vergnügt. »Der Wein macht vergessen, hat mir heut jemand gesagt.«

Der Pichler sah ihn bedeutungsvoll an und sagte ehrlich: »Du hast dein Leben in letzter Zeit überhaupt völlig geändert. Wer ist denn daran schuld?«

Der Kronwieder schaute in seine Karten, überlegte, ob er ansagen sollte, und überließ es dann doch dem Herrn Dekan. Zum Pichler aber sagte er:

»Du bist schuld dran. Dir hab ich jahrelang zugeschaut, wie du dir's wohl sein läßt. Dann hab ich mir gedacht, was der kann, kann ich auch.«

»Ach so«, antwortete der Krämer und warf zerstreut eine falsche Karte hin. »Ich hab mir denkt, da wär ein ganz anderer schuld.«

»Gebt auf das Spiel Obacht, das ist mir lieber«, sagte der Dekan etwas verdrossen. Natürlich wußte auch er von dem Gerücht, das über den Kronwieder im Umlauf war. Aber er hütete sich, etwas zu sagen und den Kronwieder zu verärgern, denn die Altardecken hatte er wohl gestiftet, aber der Beichtstuhl war noch nicht fertig. Im übrigen glaubte er beileibe nicht alles, was man so wichtigtuerisch über die Schwelle des Pfarrhauses plauderte.

Da geschah es aber beim Heimgehen, daß der Kronwieder selber davon anfing. Ohne jede Einleitung sagte er:

»Mich wundert bloß, Herr Dekan, daß Sie mir noch keinen Vorwurf gemacht haben. Sie wissen doch, was über mich und meine junge Haushälterin geredet wird?«

Sie standen vor dem Pfarrhof, und der Dekan suchte nach dem Schlüsselbund. Nun hatte er ihn und klirrte leise damit.

»Mein lieber Kronwieder«, antwortete er und sah über ihn hinweg zu den flimmernden Sternen hinauf, »du bist alt genug, um zu wissen, was du tun darfst. Ich bin nicht dein Vormund, und andererseits glaube ich nicht alles, was da getratscht wird. Ich kenne dich als einen Menschen, der sein Haus sauberhält. Eines muß ich freilich auch feststellen: Du hast dich gewandelt.«

»Wie gewandelt?«

»Zu deinem Vorteil. Und wenn das ein Verdienst dieser — Zilli, glaub ich, heißt sie — ist, dann hat sie ein gutes Werk an dir vollbracht.«

»Ja, das hab ich allerdings der Zilli zu verdanken«, gab der Kronwieder zu und verabschiedete sich.

Drei Schoppen Wein hatte er getrunken, und sie rumorten nun ein wenig in seinem Kopf. Aber er hatte ja den Wein nicht getrunken, um etwas zu vergessen, sondern um sich ein wenig Mut zu machen. Er fühlte sich um dreißig Jahre jünger und rannte den Berg hinauf, als jagte ihn jemand. Erst bei der Brücke über den Wasserfall hielt er an und setzte sich auf einen Felsblock. Der Mond spiegelte sich im Wasser, der Wind ging rauschend durch die Bäume, und eine Eule rief ihre Klage durch die herbststille Nacht.

Wenn der Wind ein wenig nachließ, war das Rauschen

des Wassers deutlich vernehmbar. Es gluckste über die Steine, rauschte weiter drunten auf, es war eine seltsame Melodie. Dem Einsamen war, als erzählte sie ihm die Geschichte seiner Kindheit, seiner Jugend und der Mannesjahre. Es war eine sorgenlose Kindheit gewesen, die Eltern waren zwar schweigsame Menschen, aber sie hatten seine und der beiden Schwestern Jahre sorgsam behütet. Dann waren sie gestorben, ganz schnell hintereinander, ohne vorher jemals in ihrem Leben ernstlich krank gewesen zu sein. Sie hatten es nicht mehr erleben müssen, daß ihre jüngste Tochter Gundula bald nach ihnen im Kindbett starb.

Dann waren harte Jahre für ihn gekommen. Die andere Schwester, die Barbara, hatte ihre Hochzeit mit dem Wimmer in Vorderbach angesetzt und verlangte ohne Wimpernzucken von ihm die dreißigtausend Mark Mitgift, die ihr zustanden. Er hatte sie nicht und mußte Holz schlagen. Dann hatte er selber geheiratet. Es war eine glückliche, harmonische Ehe, die nur durch Kinderlosigkeit beschattet war. Ach, was hatten sie nicht alles unternommen und versucht, einen Erben zu bekommen. Es hatte nicht sein sollen, und an einem Morgen lag die Kronwiederin still und starr in den Kissen. Er wollte sie aufwecken, denn das Tagewerk am Hof hatte bereits begonnen. Aber sie war schon kalt und starr. Dabei war sie gesund und munter zu Bett gegangen. Herzschlag hatte die Diagnose gelautet.

Das war vor zehn Jahren. Er war ein verbitterter, mißtrauischer Mann geworden, ein Mensch, dem nirgendwo mehr eine kleine Freude lächelte, den man überall hinterging und der dann selbst vor seinem eigenen Schatten mißtrauisch wurde.

Nein, es gibt in keines Menschen Leben eine schönere Zeit als die sorglosen Kinderjahre, die unwiederbringlich sind. Der Wasserfall rauschte damals schon mit der gleichen Melodie wie heute, unberührt von den Geschicken der Menschen, die seitdem gekommen und gegangen waren.

Solche Gedanken bewegten heute den Kronwiedbauern

Adam Lechner. Und während sein Blick in den dunklen Tannenwald hineinging, in dem der Mond nur die Wipfel streichelte, kam er zu der Erkenntnis, daß das Schicksal niemandem die Gnade zuteil werden läßt, seine Kindheit wiederzufinden, es sei denn, er suchte sie in seinen Kindern.

Mit einem Ruck waren seine Gedanken wieder in der Gegenwart. Wie im Traum stand die Zilli vor ihm.

Was war denn bloß mit ihm los? Was hinderte ihn denn daran, daß er sie einfach in die Arme riß und sie zu seinem Weib begehrte? Er fühlte sich auf einmal so unerhört jung, und sein Herz dürstete nach ihr. Sie müßte ja eine Närrin sein, wollte sie nicht die reichste Bäuerin des Tales, die Kronwiederin, werden. Sie hatte heute nur einen Schock erlitten durch den Besuch der Wimmerischen. Aber hatte sie nicht vor ein paar Tagen selber noch gesagt, daß man die Leute reden lassen sollte und daß nur das wichtig wäre, was man vor sich selber verantworten könnte?

Ha, warum sollte er es nicht verantworten können, was ihm sein Herz zu tun befahl! Es lag ja nur an ihm! Warum griff er nicht zu? Sie war ihm doch gut gesinnt, das merkte er ja an den tausend Handreichungen, die mehr waren als nur Magddienste. Nicht einmal seine Frau hatte ihn so umsorgt, wie die Zilli es tat. Immer blieb sie wach in der Küche sitzen, stopfte Strümpfe oder flickte und wartete auf sein Heimkommen. Sie half ihm aus der Joppe, kniete sich nieder und schnürte ihm die Schuhe auf. Die Falzpantoffeln standen schon bereit, und im Ofenrohr stand die Schale mit Kaffee, den er immer trank, wenn er vom Wirtshaus heimkam.

Dies alles ging ihm jetzt wieder durch den Kopf, und eine brennende Sehnsucht erfaßte ihn nach ihren weichen Armen, nach ihrem lockenden Mund. Er eilte den Rest des Weges hinauf, als hätte die Sehnsucht ihm Flügel geliehen. Dann aber stand er wie erstarrt am Pflanzgartenzaun. Das ganze Haus war dunkel. Heute, zum ersten Mal, wartete die Zilli nicht auf ihn.

Ein heißer Schreck durchfuhr ihn. Sollte sie fortgegangen sein für immer? Dieser Gedanke schmerzte ihn so sehr, daß er ein Stöhnen nicht unterdrücken konnte. Ein abgrundtiefer Jammer erfaßte ihn, und er schwor sich in dieser Minute, sie zu suchen, wo sie auch sein mochte.

Dann stand er in der Küche und stierte traurig vor sich hin. Die Filzpantoffeln waren hergerichtet, im Ofenrohr stand der Kaffee mit seiner dicken bräunlichen Haut. Nur die Zilli war nicht da.

Er schlich hinaus in den Gang und horchte an ihrer Tür, legte das Ohr ans Schlüsselloch und atmete wie erlöst auf. Er hörte ihr gleichmäßiges, ruhiges Atmen.

Ob sie die Türe versperrt hatte? Er hatte kaum den Mut, es zu probieren.

Die Klinke knarrte ein wenig, als er sie niederdrückte. Dann stand er mit hochklopfendem Herzen im Dunkel. Als er die Tür hinter sich zumachte, fiel sie etwas laut ins Schloß, und die Zilli erwachte.

Sie griff nach dem Lichtschalter neben ihrem Bett und richtete sich auf. Sie erschrak nicht, aber ihre Augen sahen den Bauern doch recht merkwürdig an. Dann schüttelte sie langsam den Kopf.

»Lechner, was fällt dir denn ein?«

Ihm ward der Atem eng. So schön hatte er sie noch nie gesehen. Ihre Haare waren gelöst und hingen über ihre Schultern.

Auf einmal war ihm, als fließe eine Welle tiefer Scham über ihn hin. Wenn ein Mensch ihn hier sähe! Und was mußte die Zilli von ihm denken!

»Sei nicht bös«, flüsterte er. Dann drehte er sich um und wollte wieder hinaus. Da erreichte ihn ihre Stimme. Ganz ruhig und ohne jeden Zorn sagte sie:

»Komm her, Lechner.«

Zögernd näherte er sich und setzte sich auf den Bettrand. Sie hatte plötzlich ein grenzenloses Mitleid mit dem Manne. Aber sie schwieg, schob nur ihre Hand in die seine, die er inbrünstig umschloß, überwältigt von der Seligkeit des Augenblicks und herzensfroh, daß sie ihn nicht mit harten Worten hinausschaffte.

Nach einer Weile sagte die Zilli ruhig:

»Lechner, was soll denn das werden mit uns zweien, was meinst du? Schau, wenn jemand wüßte, daß du jetzt bei mir bist, ich müßte vom Hof gehn.«

Der Kronwieder schluckte, und der Glanz seiner Augen erlosch. Aber dann warf er alle Bedenken zur Seite. Er griff nach ihren Armen und sah sie flehentlich an.

»Zilli, du darfst nie mehr fortgehn von Kronwied. Ich — hab dich so gern, und du mußt meine Bäuerin werden.«

»Deine Bäuerin«, sprach sie tonlos nach. »Lechner, ich bin doch um soviel jünger als du.«

»Das macht doch nichts, Zilli. Durch dich werd ich doch selber wieder jung. Und — ich mein, du kennst mich doch jetzt schon. So unrecht bin ich doch nicht, oder?«

»Nein, im Gegenteil, Lechner. Du bist ein guter Mensch.«

»Na also! Dann braucht doch der Sache nichts mehr im Wege zu stehen. Dann ist ja alles klar!«

Die Zilli ließ sich in die Kissen zurückfallen und schloß die Augen. In ihr stritten Für und Wider wie zwei hartnäckige Gegner. In Sekundenschnelle zog ihre armselige Kindheit an ihr vorüber, die harte Fron des Dienens beim Kastner. Und wenn sie jetzt nicht zugriff, dann würde vielleicht ewiges Magddasein ihr Los bleiben. Wie eine wunderbare Fügung hatte sich alles geschickt. Der Mann liebte sie, sie fühlte es und wußte, daß er es ehrlich meinte.

Und doch! Ihr Herz fand nicht zum richtigen Gegenschlag. Irgendeine Stimme in ihr sagte, dieses Gefühl, das sie für den Menschen Adam Lechner empfand, wäre ein ganz anderes, als es das Weib zum Manne empfinden müßte, wenn es nicht aus kalter Berechnung handelte. Das war es, was sie so stumm und verwirrt machte. Der Mann meinte es ehrlich, und sie könnte ihm nicht genauso begegnen, obwohl sie sich nichts lieber wünschte, als es zu tun.

»Du sagst ja gar nichts«, flüsterte der Kronwieder. »Du tust gradso, als wäre ich nichts.«

»Du bist sehr viel, Lechner. Du bist mehr, als du weißt«, antwortete sie und sah ihn an. Ja, sie lächelte sogar dabei, und das machte ihm Mut.

»Wenn du mich auch jetzt nicht gern haben kannst«, meinte er, »aber mit der Zeit wird sich das sicher ändern.«

Wehmütig schüttelte die Zilli den Kopf.

»Da ändert sich nichts, Lechner. Wenn ich bloß wüßte, wie ich es dir sagen soll. Ich möchte dir nicht weh tun.«

»Sag doch nicht allweil Lechner. Sag doch Adam zu mir.«

Sie sagte nicht Adam, sondern sprach seinen ganzen Namen aus.

»Du hast eine ganz falsche Meinung, Adam Lechner, wenn du glaubst, ich hätte dich nicht gern. Und nicht erst jetzt. Nein, Adam Lechner, ich war kaum acht Tage da und habe schon gemerkt, daß du mir nicht gleichgültig bist. Wäre es anders gewesen, dann wäre ich nicht hiergeblieben, bei deinen Launen und deinem Geiz. Du hast dich aber ganz geändert, wie ein neuer Mensch bist du mir vorgekommen —«

»Ja, ja, das hast du zuwege gebracht«, unterbrach er sie.

»Laß mich ausreden, Lechner. Ja, ich hab dich liebgewonnen, von Woche zu Woche mehr. Aber schau, es ist halt nicht die Lieb', die ein Weib für den Mann haben muß. Ich hab dich lieb, so wie ein Kind seinen Vater liebhat oder liebhaben sollte. Daheim hab ich das nicht kennengelernt. Von meinem Vater trennt mich alles — wir haben uns nie verstanden, und manchmal war es so, daß ich ihn habe hassen müssen. Jetzt, seit ich dich kenne, weiß ich erst, wie ein Vater sein müßte — genauso ein Mensch wie du.« Sie hob die Arme, legte sie um seinen Hals und zog seinen Kopf auf ihre Brust nieder. »Ja, Lechner, genauso ist es. Ob du mich verstehst, das weiß ich nicht.« Ihre Hand streichelte lange über seinen Scheitel hin. Er getraute sich kaum zu atmen, so tief berührte ihn das Streicheln ihrer Hand.

Nein, er verstand es nicht gleich, es dauerte eine lange

Zeit, bis er es begriff, daß ihm diese Stunde mit unbarmherziger Deutlichkeit die Grenze zwischen Alter und Jugend aufzeichnete. Diese Erkenntnis tat weh, aber dann durchströmte ihn plötzlich eine nie gekannte Wärme und machte sein Gesicht auf seltsame Weise schön.

Es kostete der Zilli keine Überwindung, zu dulden, daß seine Wange sich jetzt unbeholfen in die Beuge ihres Armes schmiegte. Es war ihr, als ruhe dort ein Kind, und sie müsse es leise in den Schlaf singen.

»Wenn du es so sehen könntest«, sagte sie später, »ich wäre sehr glücklich, Adam Lechner.«

Da richtete er sich auf. Er war nun in keiner Weise mehr linkisch oder verstört über die ungeheure Neuigkeit, die ihm die Zilli soeben offenbart hatte. In diesen Minuten machte er einen inneren Wandel durch, der ihm in seinen Ausmaßen selber nicht ganz bewußt war.

»Kinder waren es«, sagte er langsam, fast feierlich, »Kinder waren es, die ich mir immer gewünscht habe, weil es nun einmal so zum Leben gehört und weil ich im Alter nicht einsam hab sein wollen. Aber es waren mir keine vergönnt. Und jetzt — soll ich ein Kind haben an dir? So hab ich es verstanden, Zilli ...«

»Wenn du mich so haben willst — ich geh dann nie fort von dir, und du brauchst nicht einsam zu sein.«

»Das ist schön, Zilli, und wenn es so wahr ist, wie es schön ist, dann wär es auch das Glück für mich.«

»Es ist wahr, Adam Lechner. Und weil wir doch bei der Wahrheit bleiben wollen, so bedenke: Ich hätte auch sagen können, daß ich in dir den Mann liebte. Aber das wäre eine Lüge gewesen, und ich wäre mit einer Lüge im Herzen mit dir vor den Altar getreten. Und das hättest du nicht verdient.«

Zaghaft schob er den einen Arm unter ihre Schulterblätter. Seine andere Hand spielte verlegen mit dem rot eingemerkten Zipfel des Leintuchs, und er dachte dabei an die Hände, die diese Initialen einmal eingestickt hatten, die Hände seiner Frau. Es waren Hände, die nie müde wurden, die aber auch keines so zärtlichen Streichelns fähig waren, wie die dieser jungen Magd, die es ausgeschlagen hatte, Bäuerin auf Kronwied zu werden und lieber sein Kind sein wollte.

Auf einmal stand er auf, zog ihr die Decke bis ans Kinn und ging. Er gab sich dabei keine Mühe, leise aufzutreten. Mochten sie ihn hören! Er hatte nichts zu verbergen und hatte sich vor niemandem zu schämen! Sie würden es morgen schon selber merken, wie er zu der Zilli stand, und das giftige Geschwätz würde dann mit der Zeit schon seinen Stachel verlieren. Man konnte sich höchstens das unwahrscheinliche Märchen vom alternden Kronwieder über die dreizehn Hügel hin bis in die letzte Armeleutehütte hinein erzählen, dem seine junge Haushälterin in kindhafter Liebe zugetan sei. Das mochten sie dann glauben oder belächeln, es änderte nichts daran, daß ihm in dieser Herbstnachtstunde etwas Wunderbares widerfahren war, von dem nur er ganz allein wußte.

Die Leute am Hof sahen es am nächsten und in den übernächsten Tagen schon, wie sehr sich das Verhältnis zwischen dem Bauern und der Zilli geändert hatte. Ja, der Kronwieder machte gar kein Hehl daraus, wie nahe die Zilli ihm stand, daß er sie als seine Tochter betrachtete und daß man ihr zu gehorchen hätte.

Das war ein etwas saurer Brocken, denn schließlich waren die anderen Mägde schon viel länger da. Die Zilli war nur so hereingewirbelt und hatte es halt verstanden, den Alten um ihre Finger zu wickeln. Ja, sie standen beisammen und hatten viel darüber zu tuscheln. Der Neid spielte dabei natürlich auch eine Rolle, aber sie mußten doch anerkennen, daß die Zilli einen neuen Schwung hereinbrachte, daß sie den Bauern von Grund auf gewandelt hatte und daß es sich jetzt viel schöner auf Kronwied lebte als vorher.

Die Zilli fühlte wohl die Ablehnung, und sie begriff, daß es nur an ihr lag, die Brücke zu finden. Es fiel ihr nicht schwer, weil sie keinen Nutzen aus ihrer veränderten Lage schlug. Sie dünkte sich nicht mehr als die anderen und zog sich auch von keiner Arbeit zurück. Es gelang ihr, ein kameradschaftliches Verhältnis herzustellen, so daß das Mißtrauen sich verlor und man es aufgab, hinter den beiden her zu spionieren. Es gab nichts zu spionieren, denn die Zilli machte aus ihren Gefühlen kein Hehl, und die anderen konnten es ruhig sehen, wenn sie den Kronwieder verhätschelte und ihm zuweilen über das Haar strich.

Inzwischen war es tiefer Herbst geworden. Auf den Äckern leuchteten in der frühen Dämmerung die Kartoffelfeuer. Das Vieh war von der Alm heimgekehrt, und die Kufler fielen aus allen Wolken, als der Kronwieder ihnen in aller Freundlichkeit die Frage stellte, um wieviel sie ihn diesen Sommer betrogen hätten.

Das Ehepaar Kufler überschlug sich fast in der Versicherung seiner Treue und Ehrlichkeit, aber sie konnten dann doch nicht sagen, wo die beiden Schafe geblieben waren, denn sie brachten nur mehr achtzehn zurück, während sie mit zwanzig im Frühjahr hinaufgezogen waren.

»Abgestürzt werden sie vielleicht sein«, versuchte sich die Frau hinauszureden.

»Aha, abgestürzt«, sagte der Kronwieder mit bitterem Hohn und bemühte sich, seinen Grimm niederzuzwingen. »Ob abgestürzt oder verkauft oder geschlachtet, es bleibt sich so ziemlich gleich. Auf alle Fälle werdet ihr verstehn, daß ich euch im nächsten Jahr nicht mehr brauchen kann.«

»Ich fresse einen Besen«, sagte die Frau hernach, als sie mit ihrem Mann talwärts ging, »wenn nicht diese Neue dahintersteckt.«

»Freilich steckt die dahinter. Die hat ihn aufgehetzt«, antwortete der Kufler. »Aber mach dir nichts draus, Alte, wir haben unser Scherfl schon ins trockene gebracht. Seien wir froh, daß es so gut abgegangen ist.«

Und immer früher fielen die Abende ins Land. Aber die Tage waren noch von traumhafter Schönheit. Es war, als wollte dieser leuchtende Herbst die Menschen für den verregneten Sommer entschädigen.

Der Zilli kam es vor, als hätte sie noch nie so gerne gelebt wie in dieser Zeit. Die Vergangenheit war untergegangen und konnte nie mehr aufstehen. So dachte sie, weil sie in ihrem ausgeglichenen Gemüt die Schatten der Vergangenheit nicht dulden wollte.

Eines späten Abends aber, als sie nochmals vor das Haus ging, um ein paar vergessene Wäschestücke von der Leine zu nehmen, leuchtete hinter dem Heckenrosenstrauch beim Pflanzgarten ein Funke auf. Zuerst dachte die Zilli an ein Johanniskäferchen, aber die gab es im Oktober wohl kaum mehr. Dann flog der leuchtende Funken in einem weiten Bogen ins Gras, und hinter dem Heckenrosenstrauch trat eine Gestalt hervor.

Der Zilli fuhr der Schreck in alle Glieder. Selbst in der Dunkelheit schienen die Silberaugen des Jägers Valentin Kling zu leuchten. Bevor er auf sie zutrat, tappte er mit dem Schuh auf die weggeworfene Zigarette, um die Glut zu löschen.

Die Zilli wollte weglaufen, zurück ins schützende Haus, aber es war geradeso, als wären ihre Füße in den Boden gerammt.

Sie schauderte, als sie den Griff seiner Hände an ihren Schultern spürte. Sein Lächeln, das nun dicht an ihrem Gesicht war, erschien ihr wie eine höhnische, verzerrte Fratze, und vor seinem Atem bog sie den Kopf zur Seite.

»Da bin ich halt, Schatzl«, sagte er. Oh, wie verhaßt ihr auf einmal seine Stimme war! »Du mußt schon recht viel Sehnsucht nach mir gehabt haben, weil du gar nichts hast hören lassen von dir.«

»Ich hab nicht gewußt, was ich dir schreiben sollte.«

»Ah, da schau her. Du, das kommt mir aber merkwürdig vor. Sag einmal, was ist mit dir los?«

»Mit mir ist gar nichts los.«

»Mir scheint doch. Ich verzehr mich fast vor Sehnsucht nach dir und kann kaum mehr schlafen vor lauter Sorgen um dich, und du — du läßt einfach nichts von dir hören. Und jetzt komm her, jetzt möcht ich endlich wieder einmal ein anständiges Busserl.«

Die Zilli hätte aufschreien können unter seinen Küssen. Aber sie duldete sie wie gelähmt, preßte nur fest die Lippen zusammen und empfand nicht die leiseste Beglückung. Schließlich stieß sie ihn zurück.

»Laß mich gehn«, sagte sie gequält.

Blitzschnell griff er nach ihrem Arm. In seinen Augen blitzte ein drohendes Licht.

»Sonst nichts weiter? Zuerst mach ich den weiten Weg, und jetzt geh ich wieder? So war es nicht ausgemacht zwischen uns. Du gehörst zu mir, verstanden! Und jetzt gehst hinein und bringst mir was zu essen raus. Mich hungert. Und dann zeigst mir das Fenster, wo du schlafst. Ich kann in der Nacht auf keinen Fall übers Gebirg zurück.«

»Ich kann dich nicht ins Haus lassen, das geht nicht«, sagte sie.

»Alles geht, wenn man will. Wie weit bist denn übrigens mit dem Alten? Ich habe mir sagen lassen, daß er ganz lappert ist mit dir. Schau, hab ich mir gedacht, sie macht's schon recht, mein Schatzerl. Sie tut schon was für unser Glück.«

Mit einem Ruck machte sie sich los.

»Geh jetzt«, zischte sie ihn an. »Mir graust vor dir.«

Und ehe er noch nach ihr fassen konnte, war sie davongerannt. Die Haustür schlug hinter ihr zu, und er hörte, wie auch der Riegel vorgeschoben wurde.

Ein hämisches Lächeln spielte um seinen Mund. »Meinst du? Geht es auf diese Weis' nicht, dann eben auf eine andere. So leicht kommst du mir nicht aus!«

Er schlug den Kragen seiner Überjoppe hoch und wandte sich bergwärts. Ein Gewehr trug er nicht bei sich, denn er hatte seinen Posten als Aushilfsjäger beim Baron von Stein vor vierzehn Tagen verloren, so wie er seine Posten immer nach einer gewissen Zeit verloren hatte, wenn man ihm auf seine dunklen Machenschaften kam.

Nach etwa einer halben Stunde kam er an einen Heustadl. Mit geübtem Griff riß er das Vorhängschloß weg und trat ein. Er warf sich ins Heu und schlief, müde wie er war, bald ein. Das veränderte Wesen der Zilli machte ihm nicht die geringste Sorge. Er wußte schon, wie er sie wieder gefügig machen konnte. Nur mußte er das noch überdenken.

Ganz anders erging es der Zilli. Sie konnte die ganze Nacht kein Auge zutun, und ihr verstörtes Wesen fiel am nächsten Morgen dem Kronwieder sofort auf.

»Hat dir schlecht geträumt heut nacht, Zilli?« fragte er. »Du bist so blaß.«

»Ach, wenn es doch bloß ein Traum wär.«

Er sah sie aufmerksamer an. Er sah die dunklen Ringe unter ihren Augen und ihren schmerzhaft verzerrten Mund.

»Du weißt doch, Zilli, daß du mir alles sagen kannst, wenn dich was drückt.«

»Ja, das weiß ich, und ich bin dir auch so dankbar. Aber schau, es gibt halt auch Dinge, die man mit sich allein ausmachen muß.« Sie sah sofort, daß sie ihm weh getan hatte und legte ihre Hand auf seine Schulter. »Faß es nicht so auf, daß ich kein Vertrauen zu dir hätte. Aber manchmal überkommt einen halt etwas, und — ich sag dir's ehrlich —, ich habe Angst, daß es nicht so bleibt, wie es jetzt ist, so schön und so friedsam ...«

»Geh, du dummes Dirndl«, lachte der Kronwieder. »Was soll sich denn ändern? Solang du bei mir bist, kann dir nichts fehlen.«

Dankbar drückte sie seine Hand.

»Es kann schon sein, daß ich dich einmal notwendig brauche. Du hilfst mir doch dann, oder?«

»Zweifelst du daran? Komm, lach jetzt ein bißl, sonst schmeckt mir der Kaffee nicht.«

Und die Zilli lächelte, aber nur mit dem Mund. In ihrem Herzen saß die Angst. Als aber am zweiten und auch am dritten Tag der Jäger nicht mehr auftauchte, verlor sich diese Angst wieder. Ja, sie dachte sogar, daß sie ihn nun für immer losgeworden wäre.

In diesen Tagen bekam der Kronwieder nach langer Zeit wieder einmal einen Brief von seinem Neffen Wilhelm. Es war ganz außer der Zeit, in der er sonst schrieb. Sein Namenstag war längst vorbei, und Neujahr lag noch sehr ferne.

Als er die ersten Zeilen gelesen hatte, flog eine dunkle Röte über seine Stirne, die ebenso schnell wieder verging. Wilhelm schrieb:

Lieber Onkel Adam!
Es wird Dich wundern, außer der Zeit von mir ein Lebenszeichen zu erhalten. Es tut mir manchmal leid, daß wir uns beide so wenig zu sagen haben, denn wie es auch aussehen mag, auf meine Weise habe ich Dich doch recht gern. Nun erhielt ich gestern vom Onkel Rupert einen Brief, der mich nachdenklich machte. Um es aber gleich vorwegzunehmen, lieber Onkel Adam, es liegt mir fern, Dir Vorwürfe zu machen. Das stünde mir nicht zu, und warum sollte ich Dir ein spätes Glück nicht gönnen. Ich habe Dir in aller Deutlichkeit damals gesagt, als wir uns trennten, daß ich nicht mit einer Erbschaft rechne. Du hast in Deiner Güte schon genug für mich getan, und wenn ich heute mein Leben so betrachte, weiß ich genau, daß ich eigentlich alles Dir zu verdanken habe. Ich möchte Dir nur einen Rat geben, und das darf ich doch? Kümmere dich nicht um das Geschwätz der Leute. Tue das, was Du für richtig hältst und was Dir Freude macht. Man schrieb mir von einer jungen, schönen Haushälterin. Recht hast Du, lieber Onkel. Eine alte, häßliche kostet Dich genausoviel, und Du hast keine Freude dabei. Ich bin klug genug, um zu wissen, daß

nur die Angst die Wimmer dazu getrieben hat, an mich zu schreiben. Die jämmerliche Angst, Du könntest nochmals heiraten und sie um die sehnlichst erhoffte Erbschaft bringen. Die Wimmer sind ja auch nicht ganz unschuldig, daß zwischen mir und Dir diese Kluft entstanden ist. Ich war ihnen immer schon ein Dorn im Auge. Jetzt bräuchten sie mich, um Dich »zur Vernunft zu bringen«, schreiben sie. Ist es denn so unvernünftig, was Du tust? Ich glaube nicht. Und — ob man sechzehn ist oder sechzig, ein wenig Liebe braucht man immer. Denke Dir nichts bei dem Gerede, bleibe gesund, und sei für heute herzlichst gegrüßt von

Deinem Neffen Wilhelm

Als der Kronwieder den Brief gelesen hatte, fühlte er sich von einer großen Fröhlichkeit erfaßt. Der Brief freute ihn wider Erwarten ungemein, und es tat ihm wohl, jemanden auf seiner Seite zu wissen.

Am Abend gab er den Brief der Zilli zu lesen. Als sie damit fertig war, sah sie lange auf das Blatt Papier in ihren Händen. Endlich gab sie den Brief zurück.

»Dein Schwager scheint mich sehr zu hassen«, sagte sie dann.

»Den Wimmer meinst. Aber du siehst ja, wie Wilhelm darüber denkt.«

»Du hast mir bisher noch nie etwas über ihn erzählt. Er muß nicht nur ein grundgescheiter, sondern auch ein guter Mensch sein.«

»Ach was«, polterte der Kronwieder, um ja keine Rührung in sich aufkommen zu lassen. »Ein Dickschädel ist er.«

»Ein Lechnerschädel, meinst du«, lächelte die Zilli zurück. »Wie schaut er denn aus?«

»Wie er ausschaut? Wenn ich das wüßte! Wir haben uns schon bald zehn Jahre nimmer gesehn.«

»So wie ich dich kenne, wirst du ihn auch nie eingeladen haben«, meinte die Zilli.

»Was? Einladen hätt' ich ihn auch noch sollen, wo er gerade das Gegenteil von dem getan hat, was ich immer wollte?«

»Sei nur still«, lachte die Zilli. »Wie oft hast du das Gegenteil von dem getan, was du hättest tun müssen!«

Ein anderer hätte ihm das nicht sagen dürfen. Aber von der Zilli nahm er alles geduldig hin. Er stopfte sich gemütlich seine Pfeife und zündete sie an.

»Tu ich denn jetzt auch noch allweil das Gegenteil?« fragte er nach einer Weile.

»Nein, jetzt nicht mehr«, gestand sie offen.

»Ja, siehst, und daran bist du schuld.« Er griff nach ihrer Hand, und sie schob sie tief in die seine hinein. Es war eine Geste von Güte und verborgener Zärtlichkeit. »Was schreibt er da, der Lausbub? Ob man sechzehn oder sechzig ist, Lieb' braucht man immer.« Er lachte trocken. »Na ja, er muß es ja wissen. Möcht nicht wissen, wie er es manchmal treibt. Schon als Student waren die Mädeln ganz verrückt nach ihm.«

»Ja?« fragte die Zilli und dachte zurück an jene Zeit, in der Valentin Kling in ihr Leben getreten war. War sie auch verrückt nach ihm? War es überhaupt Liebe? Nein, das konnte nicht Liebe gewesen sein, sonst empfände sie jetzt keinen solchen Abscheu vor ihm.

»Ist er denn überhaupt schon verheiratet?« fragte sie unvermittelt.

Verblüfft schaute er auf.

»Wer? Der Wilhelm? Das weiß ich gar nicht. Aber ich glaub kaum, weil er mir das sicher geschrieben hätte.« Der Kronwieder stand auf und zog die Gewichte der Uhr hoch. Dann stand er eine Weile mitten in der Stube und sah vor sich hin, als denke er über etwas angestrengt nach. Auf einmal lächelte er und sagte:

»Das mit der Lieb', die man braucht, wenn man sechzig ist, da hat er nicht ganz recht, der Wilhelm. Ich glaub, was der Mensch in dem Alter am notwendigsten braucht, ist

Wärme und Zufriedenheit, so wie ich's jetzt gefunden hab bei dir. Mir ist oft so wohl zumute, Zilli, daß ich's dir gar nicht sagen kann. Du schenkst mir soviel Wärme und weißt es gar nicht. Und grad das ist das Schönste an dir. Wär es anders, so müßte ich meinen, daß es vielleicht Berechnung wäre. Aber bei dir habe ich das Gefühl, daß du es durchaus ehrlich meinst.« Er ging langsam auf sie zu, legte einen Arm um ihre Schultern und hob mit der anderen Hand ihr Kinn hoch. »Du darfst mich nie anlügen, Zilli. Von dir könnt ich es nicht ertragen.«

Sie meinte, in den Boden versinken zu müssen vor Scham, denn ursprünglich war sie doch gekommen, ihn zu belügen und zu hintergehen. Ach, wie war sie froh, es nicht getan zu haben! Nun brauchte sie die Augen nicht vor ihm niederzuschlagen. Aber seine Güte überwältigte sie fast, und sie konnte nicht anders, als die Arme um seinen Hals zu legen und ihn auf beide Wangen zu küssen. Dann lag sie ganz still eine Weile an seiner Brust und fühlte sich so wohlbehütet und geborgen, daß sie meinte, es könnte nie mehr etwas Dunkles an sie herankommen.

»Ach — Vaterl«, schluchzte sie plötzlich ganz laut auf. »Du mußt immer an mich glauben, auch wenn einmal etwas anders ausschauen sollte.«

Der Kronwieder schnappte nach Luft, so sehr ergriff ihn dieses eine Wort »Vater«.

»Das war schön jetzt, Zilli. Komm, sei still, brauchst doch nicht zu weinen. Ich bin doch bei dir und werd immer bei dir sein als der, den du mich soeben geheißen hast.«

Es war ihm, als habe er sich in diesem Augenblick endgültig in die Gewißheit des Alterns gefügt. Und er sah im Geiste einen wunderschönen Lebensabend vor sich, der beschirmt und behütet war von den nimmermüden Händen des Mädchens Zilli, deren Güte vielleicht tiefer war, als es die Güte einer wirklichen Tochter sein könnte.

Die Zilli hatte in allem freie Hand, und es wäre nicht nötig gewesen, daß sie dem Kronwieder über alles, was sie einkaufte, die Rechnungen mitbrachte, vom Krämer Pichler, vom Metzgerwirt, vom Bäcker. Einmal in der Woche fuhr sie mit dem Braunen vor dem Gäuwagerl hinunter nach Tann und besorgte alles, was man für eine Woche brauchte.

Als sie an einem trüben Oktobernachmittag heimwärts fuhr, dachte sie nicht daran, daß gerade an diesem Tag das Schicksal daran war, ihr einen bösen Streich zu spielen.

Auf den Kämmen des Schartengebirges lag schon Schnee. Graue Nebel wogten zwischen den Hügeln hin, und ein rauher Wind strich durch die Fichtenwipfel.

Zilli war abgestiegen und schritt, sich mit der einen Hand am Wagen festhaltend, daneben her. Als sie auf den Hof zufuhr, sah sie den Kronwieder beim Gartenzaun stehen. Er ging ihr entgegen, um ihr das Ausspannen des Pferdes abzunehmen. Dabei sagte er:

»Besuch hast kriegt, Zilli.«

»Besuch?« fragte sie erschrocken. Sie dachte an ihren Vater oder an ihre Mutter.

»Ja, dein Bruder ist gekommen. Drinnen in der Stube sitzt er.«

Die Zilli schaute schnell auf, Erschrecken überflog ihre Augen, denn sie wußte auf einmal, wer da drinnen saß und sich für ihren Bruder ausgab.

»Ein geschwätziger Bursch, dein Bruder«, sprach der Kronwieder weiter, während er das Pferd ausspannte und in den Stall brachte.

Die Zilli nahm die Pakete vom Wagen und wartete nun klopfenden Herzens, bis der Bauer wieder aus dem Stall kam. Sie hatte nicht den Mut, allein hineinzugehen, und war überhaupt nahe daran, dem Kronwieder die Wahrheit zu sagen, eingedenk dessen, daß er erst vor einer Woche zu ihr gesagt hatte: »Du darfst mich nie anlügen, Zilli. Von dir könnt ich es nicht ertragen . . .«

Aber konnte sie ihm die Wahrheit sagen? Konnte sie ihm

sagen, daß der Mensch da drinnen gelogen hatte, daß der nicht ihr Bruder, sondern ihr Geliebter gewesen war? Ja, gewesen war, das erkannte sie jetzt ganz klar. Nichts mehr verband sie mit ihm.

Ach, hätte sie doch dem Kronwieder die Wahrheit gesagt! Hätte sie doch den Hund am Halsband genommen und auf den Jäger gehetzt! Aber der Kronwieder kam aus dem Stall und staunte ein wenig, daß sie noch dastand. Er nahm ihr ein paar Pakete ab und sagte:

»Komm, Zilli, geh doch rein, und koch deinem Bruder was auf, er wird hungrig sein.«

Sie stand trotzig da und sprach mit ungewohnter Schärfe:

»Der wird nicht gleich verhungern. Und — morgen muß er wieder weiter. Ich will nicht haben, daß er uns zur Last fällt.«

Verwundert schaute er sie an.

»Aber, Zilli, so kenn ich dich doch gar nicht! Dein Bruder fällt mir doch nicht zur Last! Im Gegenteil, wir haben ausgemacht, daß wir miteinander auf drei oder vier Tag in meine Jagdhütte raufgehn. Möcht wieder einmal nach Herzenslust jagern. Und verstehn tut er was von der Jagd, das hab ich gleich gemerkt.«

Sie standen jetzt auf der Schwelle, und die Zilli hätte noch sagen können: Es ist doch alles Lüge. Er ist nicht mein Bruder ... Aber sie brachte es nicht mehr fertig, nahm sich jedoch vor, noch heute die Wahrheit zu bekennen.

Aber es war bereits zu spät dazu, denn in diesem Augenblick wurde von drinnen die Tür geöffnet. Valentin Kling streckte der Zilli beide Hände entgegen.

»Grüß dich Gott, Schwester. Gelt, da staunst, daß ich da bin!«

Weil die Zilli beide Hände voll mit Paketen hatte, kam sie darum herum, ihm die Hand reichen zu müssen. Sie schritt an ihm vorbei, warf die Pakete aufs Sofa und nahm den Wollschal von den Schultern.

»Ja, da staun ich«, sagte sie in mühsam beherrschtem

Zorn. Sie sah ihn kaum an, und es nützte ihm rein gar nichts, daß er sein sonnigstes Lächeln aufgesetzt hatte und sich auch durch ihre Herbheit nicht verblüffen ließ.

»Gut schaust aus, Schwester«, lobte er. »Da hast ein gutes Platzl erwischt. Ist dir auch zu vergönnen. Bist im Leben hart genug herumgeworfen worden. Der Bauer hat mir schon erzählt, wie tüchtig du bist.«

»So?« sagte die Zilli hart und sah ihn jetzt zum erstenmal näher an. Er hatte sich fein herausgeputzt, trug einen neuen dunkelgrünen Lodenanzug und ein sauberes Hemd. Sie sah seinen prall gefüllten Rucksack in der Ofenecke und begriff auf einmal, daß er nicht die Absicht hatte, so schnell wieder von hier fortzugehen. Tief seufzte sie auf, und ihre Hand wurde schneekalt, als der Kronwieder sie jetzt fragte, ob sie denn ihrem Bruder nicht einmal die Hand geben wollte.

Sie fühlte den harten Druck von Valentins Hand, sie sah auch in seine Augen und atmete hernach befreit auf. Sein Blick hatte keine Bannkraft mehr über sie, und damit war viel gewonnen.

»Die Eltern lassen dich auch recht schön grüßen«, sagte jetzt der Valentin und setzte sich wieder hinter den Tisch, wo er vorher schon gesessen hatte.

Die Zilli horchte auf. Sollte der Jäger bei ihren Eltern gewesen sein?

»Ja«, sagte sie. »Wie geht es ihnen?«

»Nun, sie wursteln halt so dahin auf ihre alten Tag'«, log Valentin, denn er war nie dort gewesen. »Hauptsächlich die Mutter zieht es jetzt recht zusammen. Aber wenn sie wüßt, wie gut du es beim Kronwieder hast, bräucht sie sich keine Sorgen zu machen.«

»Ja, ich hab es auch gut hier«, antwortete die Zilli offen. »Besser, als ich es hätte erwarten dürfen.« Um es ihm noch deutlicher zu sagen, fügte sie rasch hinzu: »Du glaubst gar nicht, wie weit man kommt, wenn man ehrlich ist.«

Er blinzelte sie mit seinen Silberaugen an und zweifelte

in diesem Augenblick erstmals daran, ob er noch Macht über sie besaß und in ihr noch eine Verbündete sehen könnte.

»Und wann gehst du wieder?« fragte sie kalt.

»Aber, Zilli«, mischte sich der Kronwieder ein. »Er ist ja grad gekommen. Und wir haben ausgemacht, auf ein paar Tage in die Jagdhütte raufzugehn. Schließlich ist er doch dein Bruder, dem ich die Gastfreundschaft nicht verwehren möchte.«

»Wie du denkst«, antwortete die Zilli und ging hinaus, um das Abendessen herzurichten.

Der Kronwieder zeigte unterdessen dem Jäger, was es auf dem Hof zu zeigen gab. Es war viel und des Lobens wert. Valentin Kling merkte sofort, daß der Kronwieder einem Lob zugänglich war und nützte dies auf seine Weise aus.

»Ich muß dir ehrlich sagen, Kronwieder«, begann er, »ich bin schon viel herumgekommen, aber so einen schönen Besitz, wie du ihn hast, hab ich selten angetroffen. Und alles blitzt vor Sauberkeit.«

»Das ist Zillis Verdienst«, gestand der Kronwieder ehrlich. »Sie hat Schwung und Ordnung reingebracht. Die erste Zeit hat sie nichts getan als gestöbert und geputzt.«

»Das hat sie immer schon gern getan. Muß Vererbung sein, weißt. Unsere Mutter hat auch so gern geputzt und gestöbert. Der Vater hat oft g'sagt zu ihr: Du hast einen Putzfimmel.«

»Sie hat ganz recht g'habt, die Zilli. Es war schon ein bißl Saustall bei uns, bevor sie kommen ist. Ich kann unserm Herrgott nicht genug danken, daß er mir die Zilli ins Haus geschickt hat.« Sie waren inzwischen wieder in der Stube angekommen, und der Kronwieder füllte zwei Gläser mit Aprikosenschnaps. »Also, zu dir g'sagt, Valentin: Mit der Zilli hab ich das große Los gezogen! Für sie könnt ich alles tun.«

Der Valentin Kling machte ganz treuherzige Augen.

»Du bist ein guter Mensch, Kronwieder, das hab ich

gleich gemerkt. Prost, auf deine Gesundheit. Sollst recht lang leben. Es ist bloß schad, daß ein so guter Mensch keine Kinder hat.«

»Du, sag das nicht«, lachte der Kronwieder ganz fröhlich. »Ich hab schon ein Kind. Die Zilli ist mir wie eine eigene Tochter.«

Valentin Kling verschluckte sich fast an seinem Schnaps, so sehr erfreute ihn die Mitteilung des Kronwieders. Die Zilli hatte ja den alten Knochen schon schön um den Finger gewickelt. Es war gar nicht zu verstehen, warum sie mit ihm so patzig war. Aber das würde er ihr schon austreiben. Es würde sich schon die Gelegenheit ergeben, wo er mit ihr allein sein konnte. Jetzt galt es nur, den Kronwieder auch für sich zu gewinnen. Und drauf verstand er sich schon.

Der Kronwieder aber fuhr vertrauensselig fort:

»Dir, als ihrem Bruder, kann ich's ja sagen. Einmal war ich sogar schon so weit, daß ich sie vom Fleck weg geheiratet hätte. Aber dann hat die Zilli g'meint, es wär halt doch nicht die richtige Lieb'.«

»So ein Rindvieh«, entfuhr es dem Valentin. »Wie kann man denn sein Glück so mit Füßen treten.«

»Na, ich weiß nicht, ob sie nicht recht gehabt hat. Ich bin halt doch schon ein bißl alt für sie, weißt. Und ich muß sagen, es ist so auch ganz schön. Die Einbildung, daß sie meine Tochter wär, hat mich mit der Zeit so weit gebracht, daß ich oft meine, es ist wirklich so.«

»Tatsächlich?« fragte der Valentin, der mit dem Gedanken immer noch nicht fertig war, daß die Zilli eine Heirat mit dem Kronwieder abgelehnt hatte.

»Ja, und so hab ich mich halt jetzt damit abgefunden, daß mir der Herrgott auf meine alten Tag' doch noch einen Menschen geschenkt hat, der es gut und ehrlich meint mit mir.«

»Ja, ja, der liebe Herrgott macht halt allweil wieder alles recht«, antwortete Valentin und sah mit einem Blick zum Herrgottswinkel, als möchte er sich dort bedanken.

Mittlerweile wurde es Zeit zum Abendessen. Der Kronwieder stellte den Valentin seinen Leuten als den Bruder der Zilli vor, und er brauchte nicht vorne am Tisch mitessen, sondern durfte am kleinen Tischchen beim Kronwieder Platz nehmen. Das allein war schon eine große Auszeichnung. Aber der Valentin nahm dies als eine Selbstverständlichkeit hin und blinzelte während des Essens von Zeit zu Zeit zur blondschopfigen Agi vor, die vor seinem seltsamen Blick verwirrt die Augen niederschlug.

Erst am nächsten Morgen ergab sich die Gelegenheit, daß die Zilli mit dem Valentin allein reden konnte. Sie wartete in der Küche den Augenblick ab, bis sie in der Kammer darüber Schritte vernahm und damit wußte, daß der Valentin jetzt aufgestanden war. Sie sah auf die Uhr. Die Zeiger standen auf neun.

Weil man herunten nicht sicher war, von jemandem gehört zu werden, ging die Zilli die Stiegen hinauf. Sie war ganz ruhig und gefaßt, als sie, ohne anzuklopfen, eintrat.

Valentin hatte sich gerade rasiert und gewaschen. Als er sich umdrehte und die Zilli gewahrte, hoben sich seine weißen Augenbrauen hoch. Sein Mund lächelte sie siegesgewiß an.

»Na ja«, sagte er, »ich hab's gewußt.«

»Was hast du gewußt?« fragte sie hart.

»Daß du mich aufsuchst, weil dich nach mir genauso verlangt wie mich nach dir.«

In ihren Augen stand Haß. Aber sie zwang ihre Stimme zur Ruhe.

»Da täuschst du dich gewaltig, Valentin Kling. Ich bin nimmer das dumme Tschapperl, das dir einmal folgsam war wie ein Hunderl.«

»Stimmt, stimmt«, nickte er beinahe fröhlich und tupfte sich mit dem Handtuch an die Stelle, an der er sich beim Rasieren geschnitten hatte. Dann ging er mit weitspurigen

Schritten auf sie zu. Das Handtuch flog in die Ecke, und seine Arme rissen sie an sich. »Aber ich muß sagen, so gefällst du mir noch besser. In dir steckt eine Rass'. Das hab ich früher gar nicht so gemerkt.«

Mit einem Ruck war sie frei. Valentin taumelte und konnte gerade noch nach dem Bettpfosten greifen, um nicht hinzustürzen.

»Rühr mich nicht an«, sagte sie drohend. »Über das, was wir zwei uns notfalls noch zu sagen haben, wirst du sowenig einen Zweifel haben wie ich.«

Er setzte sich ein wenig verdutzt auf den Bettrand. »Da bin ich aber jetzt gespannt.«

Sie ging hin und schloß zuerst das Fenster, denn es könnte wohl sein, daß ihre Stimmen lauter wurden. Dann lehnte sie sich mit dem Rücken an das Fenstersims und verschränkte die Arme über der Brust.

»Du hast dich hier eingeschlichen unter dem Vorwand, mein Bruder zu sein. Dir ist kein Mittel zu schlecht.«

»Warum? Hätte ich vielleicht sagen sollen, daß ich dein Geliebter bin?«

Die Zilli empfand diese Worte wie einen Dolchstich. Zugleich aber wuchs in ihr eine wundersame Kraft. Es hatte keinen Zweck, mit diesem Menschen noch zu verhandeln. Sie würde nun ihre Worte genauso scharf setzen wie er, sonst ging die Rechnung einseitig auf.

»Daß du es gewesen bist, hättest du sagen müssen. Denn damit du es weißt, ich hab für dich nicht mehr soviel übrig, als Schwarzes unterm Nagel ist.«

»Ah — da schau her«, tat er verblüfft. »Seit wann denn?«

»Das kann ich dir ganz genau sagen. Seit der Stunde, in der du damit einverstanden warst, daß ich nach Kronwied ging mit Plänen, die mir heut noch das Blut ins Gesicht treiben. Da habe ich deine Erbärmlichkeit durchschaut.«

»Du bist aber schon ganz schön weit gekommen bei dem alten Knochen, wie ich sehe«, sagte er ungerührt ob ihres Vorwurfs, der ihn gänzlich kalt ließ.

»Nenne diesen Mann, wie du willst. Er hat im kleinen Finger mehr Charakter als du überhaupt. Wir haben uns verstehen gelernt, aber anders, als du und meine Eltern es sich gedacht haben.«

»Die Mittel bleiben sich gleich. Hauptsache ist der Erfolg, und den hast du gehabt, das kannst nicht abstreiten. Abstreiten kannst du auch nicht, daß du mit der Absicht hergegangen bist, ihn hinters Licht zu führen. Wenn ich ihm das sage, wird er dich mit anderen Augen ansehen.« Mit einem Ruck sprang er auf und umklammerte ihre Handgelenke. »Und jetzt wird pariert, sonst zeig ich dir, wo der Bartl den Most holt. Dich mach ich klein, so klein, daß er dich mit Schand und Spott vom Hof jagt. Du sollst mich kennenlernen!«

Es blieb ihr keine andere Wahl, von seinem eisernen Griff freizukommen, als zuzubeißen. Und sie biß ihn in den Handrücken, daß er sie mit einem Schmerzensschrei losließ.

»Bist denn du verrückt?«

»Das frag ich dich«, schrie sie zurück. »Ich rate dir, rühr mich nicht mehr an. So billig wie jetzt kommst ein zweites Mal nimmer weg. Ich renn dir einmal ein Messer in den Bauch.«

Das war so unheimlich ernst gesagt, daß selbst ihn dabei fror. Er zweifelte keinen Augenblick, daß sie das tun würde. Und trotzdem sagte er:

»Das wirst dir überlegen.«

»Da überlege ich gar nichts mehr. Die Welt ist dann von einem Teufel befreit.«

Er leckte sich das Blut mit der Zunge von der Hand. Dann hob er die Augen.

»Teufel ist gut. Es hat aber einmal eine Zeit gegeben —«

»Erinnere mich nicht daran. Wenn ich an sie denke, dann könnte ich mich verkriechen vor Scham. Du hast mich in der Hand, ja, du kannst reden, wenn du willst. Du kannst dem Kronwieder erzählen, daß ich einmal so dumm war, dir in die Falle gegangen zu sein. Aber dann mußt du zuerst die Lüge bereinigen, mit der du dich hier eingeschlichen hast. Doch zur Wahrheit bist du zu feig. Pack deinen Rucksack und geh! Das ist ein gutgemeinter Rat von mir. Wenn du es nicht tust, dann nimm zur Kenntnis, daß von jetzt an nur mehr erbitterte Feindschaft herrschen kann zwischen dir und mir. Glaub nur nicht, daß ich mich durch Drohung, Gewalt oder Gemeinheiten von dem abbringen lasse, was ich dir jetzt gesagt habe.«

Die Zilli öffnete das Fenster wieder und ging zur Tür hinaus. Was ihrer Meinung nach geredet werden mußte, war geredet.

Freilich nur nach ihrer Meinung. Der Valentin dachte gar nicht daran, aus diesem Gespräch irgendwelche Konsequenzen zu ziehen. Wieder schleckte er das Blut an seiner Hand ab. »So ein bissiges Luder...«, schimpfte er und überlegte hernach, in welcher Art er jetzt vorgehen müßte, nachdem mit Gewalt bei der Zilli nichts zu machen war. Auf keinen Fall konnte er jetzt fort, weil er nicht wußte, wohin er gehen sollte. Zweimal hatte ihm der Baron von Stein durch die Finger gesehen, daß er einen Rehbock abschoß und heimlich verkaufte. Beim drittenmal hatte er ihn fristlos entlassen.

Zum erstenmal in seinem Leben vielleicht ahnte er, daß doch nicht alles so ging, wie er es wollte. Am meisten verblüffte ihn die Wandlung der Zilli. Das konnte nach seiner Überzeugung nur mit einem anderen Mann zusammenhängen. War das am Ende doch der Kronwieder? Nun, er würde schon dahinterkommen. Auf alle Fälle blieb er erst einmal auf dem Hof.

Er schlüpfte in die Joppe und ging, leise vor sich hin pfeifend, hinunter.

Zum Glück war gerade die blonde Agi in der Küche, so daß die Zilli nicht gut was sagen konnte, als er mit freundlichem Gruß zu ihr an den Herd trat.

»Guten Morgen, Schwester! Hast vielleicht ein kleines Frühstück für dein Bruderherz? Geschlafen hab ich, sag ich dir, so gut wie ein Fürst.«

»Und auch so lang«, sagte die Agi etwas voreilig. Valentin schenkte ihr daraufhin einen seiner zündenden Blicke, so daß der Agi gleich ganz bänglich wurde. Aber sie wich seinem Griff nicht aus, mit dem er sie leicht in die Wange kniff.

»Jetzt weiß ich bloß nicht mehr, was ich geträumt hab«, sagte er. »Die Träume der ersten Nacht in einem fremden Bett sollen in Erfüllung gehen.«

Die Zilli drehte den Kopf über die Schulter zurück. »Auch wenn es gleichzeitig die letzte Nacht war?«

»Du Witzvogel du«, lachte er. »Ich bleib doch noch länger hier. Ah, du hast ja meinen Kaffee schon. Nett von dir, Schwester.« Er nahm die Schale, die gar nicht für ihn bestimmt gewesen war, vom Herd, setzte sich gleich in der Küche zurecht und schnitt sich Brot in den Kaffee.

Hernach machte er sich daran, die Gewehre des Bauern auseinanderzunehmen und gründlich zu reinigen. Als der Kronwieder gegen elf Uhr von den Streuwiesen heimkam, zeigte der Valentin ihm sein sonnigstes Lächeln.

»Mein lieber Kronwieder«, sagte er, »du magst ein recht guter Bauer und Viehhalter sein, aber deine Büchsen sind doch ein bißl arg runtergekommen. An dem Drilling hab ich jetzt genau eine Stunde gearbeitet. Aber jetzt schau durch.« Er hielt ihm den Lauf hin.

Ja, er funkelte wirklich, der Kronwieder erkannte sein eigenes Gewehr kaum mehr und nickte zufrieden. Valentin nützte die gute Stimmung gleich aus.

»Bleibt es dabei, daß wir heute noch raufgehn in deine Jagdhütte?«

Der Kronwieder kratzte sich hinter dem Ohr.

»Mir ist eingefallen, daß die Schonzeit schon angegangen ist.«

»Für Rehböck und Hirschen, ja. Es kommt halt drauf an, was du heuer schon alles geschossen hast.«

»Einen Rehbock, und voriges Jahr überhaupt nichts«, gestand der Kronwieder.

»Waas?« Dem Valentin wurden die Augen ganz groß. »Ja, Kronwieder, das ist doch sogar deine Pflicht, daß du abschießt. Nein, da brauchst du dich ans Gesetz nicht zu halten, zumal es doch deine eigene Jagd ist.«

»Meinst?« fragte der Bauer zweifelnd.

»Wenn ich dir's sag. Schließlich bin ich doch nicht umsonst Jäger von Beruf. Ich glaub, du läßt dir fröhlich dein Wild von anderen wegschießen. Jetzt tu ich's nimmer anders. Du gehst heut mit mir rauf, und ich wette, daß ich dir einen Hirschen vor den Lauf bring, daß dir grad das Herz hupft vor Freud. Ich mein, es war höchste Zeit, daß ich hergekommen bin. Wie schaut es denn mit den Futterständen aus und mit den Hochständen? Schlecht natürlich, das kann ich mir denken. Aber das wird in Ordnung gebracht, Kronwieder. Das heißt, wenn du es haben willst. Andernfalls gehe ich morgen wieder. Ich möchte mich nicht in deine Sachen mischen. Nur gut mein ich es, das darfst mir glauben.«

»Ja, ja, ich glaub es schon. Müßtest ja kein Bruder von der Zilli sein. Gut, dann gehn wir heut. Kümmere du dich um alles, was wir mitnehmen müssen. Ich freu mich jetzt geradezu auf ein paar Tage in der Jagdhütte oben. Weiß schon gar nicht mehr, wann ich zuletzt oben war.«

»Und gibt doch nichts Schöneres als so ein Leben im Wald«, sagte der Valentin.

Der Kronwieder trug der Zilli auf, den großen Rucksack herzurichten und sagte ihr, was sie alles hineintun müßte.

»Ein Flascherl Rum zum Tee wär auch recht«, meinte der Valentin.

»Aber kochen mußt du, das sag ich dir gleich«, verlangte der Kronwieder gutgelaunt, und der Valentin lachte.

»Da wirst schaun! Aufkochen tu ich dir wie eine Hotelköchin! Tu auch ein bißl Paprika mitgeben, Zilli.«

»Zyankali doch nicht?« fragte sie und schaute ihn dabei scharf an. »Aber dann nur für dich.«

Ihre Blicke kreuzten sich wie die Klingen zweier Gegner. Dann schlug der Valentin zum erstenmal seinen Blick vor ihren Augen nieder, in denen der blanke Haß glühte. Sein Lächeln war gezwungen, als er sagte:

»Was du für ein Witzvogel geworden bist, Schwester!«

»Ja, manchmal sagt sie schon so kuriose Sachen«, meinte der Kronwieder und schüttelte Rauchtabak aus einer Schachtel in einen schweinsledernen Beutel. Immer voller wurde der Rucksack, so als wollten sie vierzehn Tage ausbleiben. Es waren aber nur drei geplant.

Valentin ächzte ein wenig, als er den Rucksack auf die Schultern lud. Er hatte sich den kurzen Stutzen genommen, der Kronwieder trug den funkelnden Drilling.

»Patronen haben wir?« fragte er, als sie auf der Grät standen.

»Patronen für fünfzig Zwölfender«, lächelte Valentin und trat ungeduldig von einem Fuß auf den anderen. Es drängte ihn, aus dem Bannkreis von Zillis zornigen Augen zu kommen.

Der Kronwieder reichte jetzt der Zilli die Hand.

»B'hüt dich Gott. Und gib mir aufs Haus gut Obacht. Wegen der Arbeit weiß der Martin schon Bescheid, darum brauchst dich nicht zu kümmern.«

Die Zilli trat einen Schritt näher zu ihm hin und strich ihm mit der Hand über die Wange.

»B'hüt dich, Herr Vater«, und sie neigte ihren Mund an sein Ohr — »und gib Obacht, daß du gesund und heil heimkommst.«

»Weidmanns Dank«, sagte der Valentin barsch, der meinte, »Weidmannsheil« verstanden zu haben, und wandte sich zum Gehen.

Die Zilli stand auf der Grät und winkte dem Bauern, solange sie ihn sehen konnte. Weil aber dem Winken nicht anzusehen war, daß es nur einem galt, bezog der Valentin es auch auf sich und winkte ebenfalls zurück.

Dann nahm der Wald sie auf.

Die Hornsteinhütte lag oberhalb der Schwertriegelalm auf einer weit vorspringenden Rasenkuppe. Hinter ihr ragten hohe, wetterfeste Fichten auf, so daß der Blick zum Schartengebirge verdeckt war, über dem um diese Stunde das Abendrot brannte.

Die Tiefe lag schon von Schatten und Nebeln umschlungen, als die beiden den kurzen Hang von der Schwertriegelalm hinaufschritten. Dabei sah der Kronwieder, daß die Zäune überall zerrissen oder von einem Sturm zum Teil umgelegt waren. Kopfschüttelnd blieb er mitunter stehen und klagte:

»Der Kufler muß ja rein gar nichts getan haben, sonst gäb es so was nicht.«

»Mir scheint das auch«, hakte der Valentin gleich ein. »Wenn halt niemand da ist, der nachgeht, lassen die Leut alle fünfe grad sein. Aber 's Geld wollen s' einstecken.«

Die Jagdhütte war nur ein kleines, roh gezimmertes Blockhaus mit niederen Fenstern und zwei Räumen. Der erste war mehr Wohnraum. In ihm standen außer dem Herd nur noch ein Tisch mit Bänken und ein altes Sofa. Im zweiten Raum standen zwei Betten übereinander und ein alter Schrank.

Als der Kronwieder endlich den Schlüssel hervorgezerrt und aufgesperrt hatte, schlug ihnen dumpfer Modergeruch entgegen.

»Donnerwetter, ist das eine Luft herinnen«, sagte Valentin und riß gleich die Fenster auf. »Wie lang ist denn hier niemand mehr gewesen?«

»Kann schon etliche Jahre her sein«, meinte der Kronwieder.

An den Wänden hingen Spinnwebnetze, auf dem Ofen lag der Staub fingerdick, der Boden sah aus, als habe er seit einem halben Jahrhundert kein Wasser mehr gesehen.

Valentin Kling nahm einen Besen und kehrte damit über Tisch und Bänke. Dann suchte er Holz und zündete ein Feuer an.

»Wenn es hier schon nicht gemütlich ist, soll es wenigstens warm sein«, meinte er. »Tu dich nur niedersetzen und ausrasten, Kronwieder. Du wirst müd sein von dem Weg.«

»Ist mir ein bißl in die Füß gegangen, ja«, gab der Bauer zu. »Hoffentlich lohnt sich der Weg.«

»Was? Du wärst recht! Bei so einem Wildstand!« antwortete Valentin und lachte. »Auf Schritt und Tritt begegnet dir Wild. Höchste Zeit, daß du ein bißl aufräumst. Wart nur, für morgen früh mach ich dir einen Hirschen aus, der sich Sie schreibt. Ich muß noch ein bißl raus jetzt und nach einem Wechsel schaun.«

Bleib doch da, wollte der Kronwieder sagen, aber der Valentin war schon draußen und rannte eine Steinmulde hinauf, als würde er gejagt.

Der Kronwieder blieb allein zurück und konnte es gar nicht fassen, daß er nach Jahren wieder einmal hier saß, wo er früher so gerne gewesen war. Das hatte er nur dem glücklichen Umstand zu verdanken, daß dieser Valentin gekommen war. Ein tüchtiger Mensch, mit Augen, die gleich alles sahen. Und während er so dasaß und das Feuer im Ofen lustig brannte, wurde ihm ganz glücklich zumute. Ja, er freute sich nun sogar auf die kommende Morgenpirsch. Einmal stand er auf und legte ein paar Scheite nach. Dann begann er, den Rucksack auszupacken, und staunte, an was alles die Zilli gedacht hatte. Nichts hatte sie vergessen, sogar ein paar Flaschen Milch hatte sie mitgegeben, wohl wissend, daß man jetzt auf keiner Alm mehr eine bekommen konnte, weil alle schon geschlossen waren.

Und wie er das so bedachte, überkam ihn Sehnsucht nach dem Mädchen. Er war es nun schon so gewohnt, von ihr verwöhnt zu werden, daß ihm einfach etwas abging. Ja, richtiggehende Sehnsucht hatte er nach ihr, und er nahm sich vor, sie demnächst in die Kreisstadt mitzunehmen. Da sollte sie dann einmal in dem großen Kaufhaus Aschenbrenner nach Herzenslust in den Stoffballen wühlen können. Was ihr dann am besten gefiel, das sollte sie haben.

Es dunkelte schon sehr, und der Kronwieder hatte bereits die Petroleumlampe angezündet, als Valentin Kling zurückkam.

»Na? Hast was g'sehn?« fragte ihn Adam Lechner.

Valentin lehnte die Büchse an die Holzwand und warf seinen Hut auf das Sofa.

»Kronwieder, du hast Wild in deinem Revier, daß einem das Herz lacht! Morgen früh bring ich dich auf einen Bock, so was Schönes hab ich selten gesehn.« Er suchte in seiner Tasche nach Zigaretten und zündete eine an. »Aber eins muß ich dir leider sagen: Gewildert wird auch in deiner Jagd, und das nicht schlecht. Fünf Aufbrüche hab ich gefunden.«

»Tatsächlich?« Der Kronwieder konnte das kaum fassen, er hatte ja längst keinen Überblick mehr über seine Jagd.

»Ist auch kein Wunder. Die Lumpen haben ein leichtes Geschäft. Sie haben ja nichts zu fürchten. Ich möcht einmal ein halbes Jahr hier sein. Dann verginge ihnen die Lust!«

»Bleibst halt da«, meinte der Kronwieder arglos.

Valentin erfaßte sofort seine Chance, aber er machte eine wegwerfende Geste mit der Hand.

»Ich habe jetzt wirklich nicht an mich gedacht, Bauer. Allerdings, für das, was dir alle Jahre an Wild gestohlen wird, könntest du zweimal einen Jäger halten, dann hättest auch die Gewähr, daß deine Jagd gehegt wird.« Er machte ein paar tiefe Züge an seiner Zigarette. »Hast du schon gegessen?«

»Nein, ich hab auf dich gewartet.« Der Kronwieder wollte aufstehen und etwas herrichten. Aber Valentin drückte ihn entrüstet aufs Sofa nieder.

»Sitzen bleibst«, sagte er mit biederer Herzlichkeit. »Wär ja noch schöner, daß du für mich sorgst! Ich richt schon was her. Magst vielleicht von der Zervelatwurst was? Ein bißl Käs und Butter? Tomaten hat sie auch einpackt. Schau nur grad die Zilli an, an was die alles denkt!«

»Ja, ja, die Zilli«, seufzte der Kronwieder. »Ist ein gutes

Mädl. Du stehst ihr aber nicht nach. Das muß bei euch in der Familie liegen, was?«

»Ja, bei uns sind alle so«, antwortete Valentin leichtfertig. »Magst ein bißl Rum in den Tee, Kronwieder?«

Sie aßen beide mit gutem Appetit. Der Valentin sorgte rührend für den Mann, den er bei sich den ›alten Knochen‹ nannte. Er richtete ihm das Bett draußen, während er selber in der Stube auf dem Sofa schlief. Kaum daß der Kronwieder sich niedergelegt hatte, wollte ihn auch schon der Schlaf übermannen. Der Weg hatte ihn doch recht müde gemacht.

»Schlafst schon, Valentin?« fragte er durch die offene Tür mit schon schlafbedeckter Stimme.

»Grad bin ich jetzt beim Beten«, antwortete Valentin scheinheilig und überlegte heftig, wie er diese günstige Lage am besten für sich nützen konnte. Auf alle Fälle mußte er den Alten so weit bringen, daß er ihn als Jäger einstellte. Dann konnte die Zilli sich dagegen spreizen, wie sie wollte. Saß er einmal fest, war er nicht mehr wegzubringen.

Endlich schlief er ein, um im ersten Morgengrauen, wie er es sich vorgenommen hatte, zu erwachen.

Als er den Kronwieder ganz sanft weckte, stand schon der Kaffee bereit, ein paar Eier waren gekocht und Butterbrote gestrichen. In einer Schüssel stand Waschwasser bereit und daneben lagen Handtuch und Seife. Der Kronwieder sollte in den Tagen des Aufenthalts hier oben nichts vermissen.

Es dämmerte noch, als sie die Jagdhütte verließen. Träg zogen die Nebel durch die schmalen Talgassen.

Sie hatten nicht allzuweit zu gehen. An einer Jungholzschneise blieben sie stehen.

»Da hab ich gestern den Bock gesehen, und der Teufl soll mich holen, wenn er heut nicht wiederkommt.« Er breitete seinen Lodenmantel auf dem Boden aus und drängte den Kronwieder zum Niedersetzen.

»Mach dir's nur bequem, Kronwieder«, flüsterte er. »Es kann sein, daß wir eine Stunde warten müssen.« Fürsorglich schlug er die Enden des Mantels um die Knie des Bauern und setzte sich dann hinter ihn auf eine Wurzel.

Eine halbe Stunde verging und eine ganze. Valentin schaute ein paarmal auf die Uhr. Auf der Höhe zerriß der Nebel schon, und die Zinnen des Schartengebirges leuchteten wie Silber im Morgenlicht. Wind kam auf und fuhr raunend in die Latschenbüsche. Langsam wandte der Kronwieder den Kopf.

»Wo bleibt er denn, dein Kapitalbock?«

Valentin legte den Finger auf den Mund. Dann flüsterte er kaum hörbar: »Nur Geduld, er muß ja kommen.«

Und er kam.

Auf zweihundert Schritt trat der Bock zwischen den schütteren Büschen hervor. Herrlich hob sich sein Krückerl zwischen den Lusern. Valentin zupfte den Kronwieder am Ärmel. Doch der hatte den Bock schon selber gesehen und hob die Büchse an die Wange. Hallend krachte der Schuß. — Mit einer steilen Flucht quittierte der Bock den Empfang der Kugel und verschwand in einer kleinen Senkung.

»Der muß liegen, Valentin. Was meinst du?«

»Gleich werd ich nachschaun.«

Valentin rannte den Hang hinunter in die Senkung. Gleich darauf hörte man einen gellenden Juchschrei, und langsam setzte sich nun auch der Kronwieder in Bewegung.

Mitten im Sprung war das Wild zusammengebrochen, die Kugel im Herzen. Neidlos mußte sogar der Valentin eingestehen, daß es ein Schuß wie gezirkelt war. Das hätte er dem alten Knochen gar nicht zugetraut. Aber strahlend reichte er ihm den grünen Bruch.

»Gratulier, Kronwieder! Besser hätte auch ich ihn nicht treffen können!«

Lachend steckte der Kronwieder den Bruch auf seinen verwaschenen Filzhut und sagte: »Ja, die Zilli hat auch einmal gemeint, ich hätte kein sicheres Auge mehr. Aber der Bock freut mich jetzt selber. Schau dir nur das Krückerl an. So eines hab ich in meiner ganzen Sammlung noch nicht. Brich ihn auf, Valentin. Ich geh derweil voraus und mach ein Wasser heiß.«

Eine halbe Stunde später kam der Valentin, warf den Bock vor der Hütte zu Boden und schnitt das Geweih mitsamt der Hirnschale heraus.

»Hast du so was schon g'sehn, Kronwieder?«

Mit angehaltenem Atem betrachtete Adam Lechner das seltene Geweih. Die Freude trieb ihm das Blut in die Wangen, und seine Augen hingen immer noch an dem Geweih wie an einem unbezahlbaren Schatz.

»Valentin, das hab ich dir zu verdanken. Ich werd mich schon erkenntlich zeigen. Morgen früh sollst du zu einem Schuß kommen.«

»Aber, aber«, stammelte Valentin wie erschrocken. »Ich mach mir doch nichts draus. Die Hauptsach ist, daß du deine Freud hast.«

Die hatte er. Mit einer fast kindlichen Andacht kochte er die Schale des Gehörns aus. Eine volle Stunde saß er vor dem Herdrand und wandte keinen Blick von dem sprudelnden Wasser, aus dem die wunderschönen Sechserzacken des Gehörns hervorragten. Und wessen Herz freudig erfüllt ist, dem läuft es gerne über, so auch beim Kronwieder, der von dem zu sprechen anfing, was ihn doch am meisten bewegte.

»Gleich als sie hergekommen ist, die Zilli, da habe ich gemeint, mit der könnte ich keine vierzehn Tag' hausen. Und jetzt verstehn wir uns so gut.«

Der Valentin wollte nun ganz vorsichtig gehn und antwortete: »Ja, sie ist allweil schon ein bißl eigenartig gewesen, die Zilli.«

Die Stirnhaut hatte sich inzwischen von den Knochen gelöst, und der Kronwieder schabte mit geduldiger Sorgfalt die letzte Muskelfaser von dem weißen Bein.

»Nicht einmal«, sagte er. »Ich bin es gewesen, der eigenartig war. Mich hätte ja bald der Geiz aufgefressen. Aber davon hat sie mich geheilt. Bloß manchmal, ich weiß selber nicht, da hat sie einen Tag, wo sie recht viel sinniert.«

Valentin senkte den Kopf, als habe er auch zu grübeln.

»Direkt schwermütig ist sie da«, sprach der Kronwieder weiter, trug das Gehörn zum Fenster hin und stellte es in die Sonne, damit die Schale trocknen und bleichen könnte.

»Ja, ja«, seufzte der Valentin schwermütig. »Ich glaub, ich könnte dir's schon sagen, woran das liegt.«

»Dann sag mir's«, verlangte der Kronwieder. »Das macht mich nämlich selber ganz nachdenklich, wenn sie so ist. Dann mein ich allweil, ich hätt' was Dummes gesagt oder getan.«

»Daran liegt es nicht«, sagte Valentin und blinzelte durch den Lauf des Drillings, den er gerade durchgewischt hatte. »Es ist halt so, weißt, Kronwieder, überall ist es bekannt, daß du sie wie eine Tochter behandelst und daß sie dich gern hat wie einen Vater. Aber das ist alles nur äußerlich. Du müßtest ihr deinen Namen geben, adoptieren müßtest du sie, dann hört gleich alles Gemunkel auf, und du wirst sehen, du hast dann eine Zilli, die allweil fröhlich ist und lachen wird.«

»Ach, so meinst du?« fragte der Kronwieder und betrachtete nachdenklich die Schale in der Sonne, die schon zu trocknen begann. »Hat sie mit dir darüber geredet?«

»Sie hat mir halt ihr Herz ausgeschüttet. Bei wem soll sie es sonst tun, wenn nicht bei mir, ihrem Bruder! Kennst ja die Leut, wie sie sind. Es sind halt doch welche drunter, die meinen, das Verhältnis Vater und Tochter wär bloß so nach außen hin, in Wirklichkeit aber wärt ihr Liebesleut.«

Dem Kronwieder schoß eine rote Lohe über die Stirn. Man sah ihm an, wie peinlich ihm dieser Gedanke war.

»Und du meinst, wenn ich die Zilli adoptiere, dann hört dies Gerede auf?«

»Natürlich hört es dann von selber auf. Du kannst ja dann jeden gerichtlich belangen, der anderes behauptet.«

»Und was hab ich dann für Verpflichtungen?«

Valentin überlegte sehr lange. Jetzt durfte er keine Dummheit machen, sondern mußte dem Kronwieder den Gedanken einer Adoption möglichst schmackhaft auftischen.

»Was heißt Verpflichtung! Du gibst ihr deinen Nam' und mußt sie halten wie dein eigenes Kind. Lohn brauchst ihr dann gar keinen mehr geben.«

»Aber dafür später halt einmal eine Aussteuer?«

»Dazu kann dich niemand zwingen, wenn du nicht magst.«

»Ja, dann hätte ich eigentlich bloß einen Vorteil dabei?«

»Nachteil auf keinen Fall.«

Damit war das Gespräch zunächst beendet. Aber der Kronwieder hatte doch recht viel darüber nachzudenken, und je mehr er das tat, desto besser gefiel ihm der Gedanke. Gegebenenfalls könnte er ihr dann sogar einmal den Hof vermachen. Den Wimmerischen grad zum Trotz. Dieser Gedanke belustigte ihn so sehr, daß er hellauf lachte. Und wenn er dann ihr Vater war, dann konnte er ja auch einmal bestimmen, wen sie heiraten sollte.

Er sprach nun nicht mehr darüber, und erst am späten Abend, als sie von der Pirsch zurückkamen, fragte er unvermittelt:

»Das müßte natürlich vor einem Notar abgemacht werden?«

Da wußte Valentin, daß ihn dieser Gedanke den ganzen Tag über beschäftigt hatte.

»Das freilich«, antwortete er. »Aber das sind ja bloß Formalitäten.«

»Was meinst, was meine Verwandten dann für eine Wut haben! Den Wimmer muß es ja zerreißen vor lauter Zorn!«

Da erkannte Valentin Kling, daß er auf diesem Schachbrett zum erstenmal gewonnen hatte.

Die Zilli schnitt im Pflanzgarten die letzten Weißkrautköpfe ab und legte sie in den großen Waschkorb. Wenn die Knechte von der Streu zurückkamen, konnten sie ihn in den Keller tragen.

Die Sonne schien noch recht warm für diesen Oktobertag,

und die Astern am Zaun ließen müde die Köpfe hängen. Das lange Schnittmesser in der Hand, stand sie nachdenklich am Zaun und sah zu den Bergen hinauf, als plötzlich von der Zufahrt her Motorengeräusch vernehmbar war. Sie wandte den Kopf und sah ein dunkelrotes Sportkabriolett über den letzten Hügel heraufkommen. Wenig später hielt der Wagen im Hof. Ein großer, schlanker Herr stieg aus, ging um den Wagen herum und öffnete einer Dame den Schlag. Der Herr trug einen hellgrauen Zweireiher. Sein Gesicht war braungebrannt, seine Bewegungen von federnder Kraft.

Seine Begleiterin trug eine blaukarierte Dreiviertelhose, die sehr eng war, und weiße Sandaletten. Die Bluse war rosarot, und darüber hatte sie eine hellbraune Lederjacke gehängt. Sie nahm jetzt das Seidentuch vom Kopf und bot der Sonne ein kurzgeschnittenes, fast weißlich schimmerndes Haar.

Das alles hatte die Zilli mit dem ersten Blick in sich aufgenommen. Nun schloß sie das Gartentürchen hinter sich und ging auf die beiden zu. Sie sagte nichts, sondern wollte warten, bis sie angesprochen wurde. Und das tat der Mann dann auch. Er fragte nach dem Kronwieder.

Die Zilli dachte, daß seine schöne, klangvolle Stimme genau mit seinem Äußeren übereinstimmte. Sie schüttelte den Kopf.

»Der Kronwieder ist leider nicht da. Er ist auf der Jagd.«

Der Herr sah einen Augenblick verwundert drein. Dann sagte er:

»Schade, ich hätte meinen Onkel gerne einmal wiedergesehen.«

Die Zilli erinnerte sich sofort, und es fiel ihr auch gleich jener Brief wieder ein.

»Ach, Sie sind der . . .?«

»Wenn Sie gestatten, ja — ich bin der«, lächelte Wilhelm verbindlich. »Wilhelm Lechner ist mein Name. Und Sie sind vermutlich die . . .?«

»Die Zilli, ja.«

»Gedacht habe ich mir's. Übrigens«, er deutete auf seine Begleiterin, »meine angehende Braut, Fräulein Pacher. Tja, schade, daß mein Onkel nicht da ist. Ich hätte ihn wirklich gerne wiedergesehn.«

»Er kommt heute zurück. Sie könnten doch warten.«

Wilhelm sah auf die Uhr am Handgelenk, dann zu seiner angehenden Braut. »Es wird mir halt zu spät werden.«

Da schaltete sich die Zilli in ihrer resoluten Art ein. »Ist doch gleich, ob Sie eine Stunde früher oder später heimkommen. Überlegen S' nicht lange, und kommen Sie mit ins Haus. Ich koch Ihnen einen guten Kaffee. Soviel wird Ihr Onkel Ihnen doch wert sein, daß Sie ein paar Stunden warten. Ich an Ihrer Stelle würde überhaupt über Nacht hierbleiben, schließlich sind Sie ja sein einziger Verwandter.«

»Sie vergessen die Wimmerischen«, lächelte Wilhelm, und sie sah ihm zum erstenmal tiefer in die Augen. Sie waren braun und strahlten viel Wärme aus.

Zilli schritt ihnen voran ins Haus. Als Wilhelm hinter ihr die Stube betrat, blieb er mit einem glücklichen Lächeln stehen. Diese Sauberkeit hatte auch geherrscht, als seine Tante, die Kronwiederin, noch gelebt hatte.

Fräulein Irmy Pacher zog das hübsche Näschen auf, weil durch die halbgeöffnete Tür, die zum Stall hinausführte, ein Duft von Landwirtschaft hereinkam.

»Und hier hast du Armer deine Jugend verleben müssen«, sagte sie, als die Zilli hinausgegangen war.

»Verleben dürfen«, verbesserte er, streckte sich wohlig und holte tief Atem. »Ach, weißt du, Irmy, es waren doch recht gern gelebte Jahre hier.«

»Aber du mußt doch zugeben, daß es sich in der Großstadt doch ganz anders leben läßt.«

»Das sind zwei verschiedene Welten, und jede hat etwas für sich. Bitte, nimm Platz. Und — stör dich nicht daran, wenn der Onkel in seiner grobklotzigen Art etwas sagt, das nicht ganz für dein Ohr sein sollte.«

Irmy Pacher verzog das rotgeschminkte Mündchen und meinte: »Es wird ja doch so sein, daß man sich nicht alles gefallen lassen braucht.«

»Allerdings nicht. Aber bei dem Onkel ist es besser, man läßt sich auf nichts ein. Übrigens — die Zilli scheint hier Ordnung hereingebracht zu haben. Vielleicht ist es ihr gelungen, auch den Onkel etwas zu ändern.«

Ja, Wilhelm fühlte sich ausgesprochen wohl hier. Er dachte gar nicht daran, daß über zehn Jahre vergangen waren, seit er den Hof zum letztenmal betreten hatte. Vielleicht wäre er auch heute nicht hergekommen, wenn er nicht in Matzberg, der Kreisstadt, zu tun gehabt hätte. Vielleicht hatte ihn auch die Eitelkeit verführt, dem Onkel zu zeigen, welch rassige Freundin er hatte. Genau betrachtet aber war es doch wohl ein wenig Neugierde, was der Onkel sich da für einen »Satan« zugelegt haben mochte, denn die Wimmerischen schrieben ihm so, als hätte die Haushälterin den guten Onkel schon mit Haut und Haaren verschluckt. Zwar gestand er es nicht offen ein, aber bei sich mußte er doch zugeben, daß die Zilli ein hübscher Kerl war. Ihre gewinnende Art gefiel ihm, man mußte nur ein wenig Abstand halten von einer Person, die es verstand, einen so verknöcherten Menschen wie den Kronwieder umzukrempeln.

Da kam sie auch schon mit dem Kaffee, und wieder mußte Wilhelm sie mit heimlicher Bewunderung betrachten. Hier war nichts gemacht, kein kosmetisches Mittel brauchte dieser natürlichen Schönheit Hilfestellung zu leisten. Und sie trug das dunkle, derbe Bauernkleid mit dem viereckigen Halsausschnitt mit einem Charme, der bezaubernd war. Bezaubernd war auch die Art, wie sie sagte:

»Ich habe es mir überlegt und meine, daß ihr über Nacht bleiben sollt. So ein kurzer Besuch lohnt sich ja gar nicht. Natürlich müßt ihr in zwei Zimmern schlafen, weil ihr noch nicht verheiratet seid.«

Fräulein Irmy schaute recht entrüstet drein und fand diese Sprache mehr als derb. Wilhelm aber schmunzelte.

»Sie wissen ja gar nicht, ob meinem Onkel das recht ist.«

»Wenn ich es sag, ist es ihm recht«, antwortete die Zilli mit Nachdruck.

»Sooo?« fragte Wilhelm. »Das finde ich allerdings merkwürdig. Ich kenne meinen Onkel nämlich anders. Wenn er sich wirklich so sehr verändert hat, dann ...«

Die Zilli schaute ihn offen an. Dann lächelte sie ein wenig.

»Warum reden Sie denn nicht aus, was Sie denken? Sie wollten doch sagen, wenn er sich geändert hat, dann sei das meine Schuld. Diese Schuld nehme ich gerne auf mich. Und wie schrieben Sie doch? Ob man sechzehn oder sechzig ist, ein wenig Liebe braucht man immer. Und das war es, was er gebraucht hat, der Kronwieder. Um ihn war ja nur Lieblosigkeit und Falschheit. Alle haben ihn hintergangen, belogen und betrogen. Und er hat es nicht einmal gemerkt. — Aber ich schwatz da und schwatz, und Sie haben nichts zu essen. Entschuldigen Sie. Gleich bring ich Butter und Brot.«

Draußen war sie wieder.

»Ich weiß nicht«, sagte Fräulein Irmy nach einer Weile, »ich finde diese Person ein wenig anmaßend.«

»Ja, mir kommt es auch so vor, als hätte sie hier mehr Rechte, als einer Haushälterin zustehen. Immerhin, ihr Kaffee ist in Ordnung.« Wilhelm schlürfte genießerisch an seiner Tasse und lachte plötzlich, weil ihm einfiel, daß er sich früher immer soviel Brot in die Kaffeeschüssel einbrockte, bis der Löffel steckenblieb.

»Ich habe das Gefühl, es ist besser, wenn wir nach dem Kaffee wieder abhauen. Besonders scharf bin ich gerade nicht auf die Bekanntschaft dieses Herrn.«

Wilhelm konnte keine Antwort mehr geben, denn die Zilli kam mit duftendem Bauernbrot, Butter und Honig.

»Wie ist das eigentlich«, fragte Wilhelm. »Meine Verwandten haben mir immer geschrieben, daß der Onkel so geizig geworden sei? Wenn er nun sähe, wie fürstlich wir hier Nachmittagskaffee trinken ...«

»Ja, das stimmt, sein Geiz war krankhaft. In Wirklichkeit ist er es gar nicht. Dazu haben ihn nur die Menschen getrieben. Im Grunde genommen ist er ein guter Mensch.«

»Siehst du, Irmy, dasselbe habe ich dir auch gesagt.«

Die Zilli war ans Fenster getreten und sah angestrengt zum Hang hinauf, über den ein Mensch herunterkam. Er ging ein wenig gebückt, und sie kannte ihn nicht gleich, bis er sich der Bachbrücke näherte. Dann stieß sie einen glücklichen Schrei aus:

»Jetzt kommt er!«

Draußen war sie. Durch das Fenster konnte Wilhelm beobachten, wie sie leichtfüßig den Hang hinaufwirbelte. Ob die Wimmerischen doch recht hatten, daß der Onkel sich auf seine alten Tage noch eine Geliebte zugelegt hatte?

Unterdessen war Zilli beim Kronwieder angekommen. Sie fiel ihm um den Hals, so groß und ehrlich war ihre Freude, daß er wieder da war. An den Valentin dachte sie gar nicht. Dann hing sie sich in seinen Arm. Er gab mit dem Ellbogen der Büchse einen Schupfer, daß sie weiter hinter die Schulter flog, dann lachte er sie an.

»Schön war's, Zilli. Vier Böck hab ich geschossen, einer besser als der andere.«

Einen davon trug er im Rucksack bei sich. Plötzlich dachte die Zilli an den Valentin.

»Wo ist denn der Jäger?«

»Ach so, den Valentin meinst. Der bleibt heute noch oben. Morgen früh muß gleich der Blasius mit dem Almkarren rauffahren und die anderen drei Böck runterholen. Zilli — grad freun tut mich 's Leben wieder.«

»Dann ist's recht, Herr Vater.« Sie streichelte schnell einmal über seine Wange. »Was meinst, wer heut gekommen ist?«

Er hatte wohl den Wagen schon lange im Hof stehen sehen. Aber es stand öfter ein Wagen im Hof.

»Der Holzhändler vielleicht?«

»Nein, dein Neffe Wilhelm!«

Jäh blieb er stehen.

»Waas? Wie kommt denn der dazu?«

»Nicht bös sein, Herr Vater. Er ist ein recht netter Mensch.«

Er gab keine Antwort mehr, aber er machte unwillkürlich schnellere Schritte.

Von der Stube aus hatte Wilhelm alles beobachtet, und er konnte sich gar nicht genug wundern über das vorteilhafte Aussehen des Onkels.

Der Kronwieder warf den vollgepackten Rucksack im Flur auf den Boden. Dann betrat er die Stube.

Wilhelm ging mit ausgestreckter Hand auf ihn zu.

»Guten Tag, Onkel. Du siehst blendend aus. Jaja, die Jagd. Wer es so gut hat wie du.«

Der Kronwieder riß ruckartig den Kopf zurück. In seinen Augen flimmerte blanker Spott.

»Ich kenn einen, der hätte es genausogut haben können. Wilhelm Lechner heißt er.« Der Kronwieder hing seinen Drilling an die Ofenstange. Dann rieb er sich die Hände. Im Grunde genommen freute es ihn, daß Wilhelm gekommen war, andererseits aber riß ihn sein Spotteufel hin und her.

»Und was verschafft mir die Ehr', daß du gekommen bist?« fragte er.

»Ich hatte in der Nähe zu tun, Onkel Adam.«

»Aha, extra zu mir herfahren, das wär dir wohl zu umständlich gewesen, was? Und wer ist der Herr dort?« Der Kronwieder deutete mit dem Kinn gegen Fräulein Irmy hin.

»Das ist meine zukünftige Braut, Onkel Adam.«

»Was? Ein Weiberleut soll das sein?« Der Kronwieder wischte sich die Augen, wie um besser sehen zu können. »Was Besseres hast nicht aufgabelt?«

»Das ist eine Unverschämtheit«, sagte Fräulein Irmy mit schriller Stimme und stand auf. »Komm, Wilhelm, wir gehn auf der Stelle!«

Da trat die Zilli auf den Bauern zu und legte ihm die Hand auf die Schulter.

»Nicht bös sein, Lechner.«

Sofort beruhigte er sich, und sich an Fräulein Irmy wendend, sagte er gutmütig:

»Reg dich nicht auf, Büberl, und setz dich nur wieder hin auf deine vier Buchstaben. Wilhelm, hast du es ihr denn nicht g'sagt, daß sie mich nehmen muß, wie ich bin?«

»Eigentlich wollten wir ja bloß grüß Gott sagen und gleich wieder gehn«, sagte Wilhelm. »Aber das Fräulein hier war so liebenswürdig, uns gleich Kaffee aufzutischen.«

»Was für ein Fräulein?« fragte der Kronwieder dumm. »Ach so, die Zilli meinst. Jaja, die Zilli. Da hab ich eine Perle erwischt.«

»Ja, mir scheint, du hast Glück gehabt, Onkel.«

»Die Wimmerischen sind zwar anderer Meinung«, sagte der Kronwieder und lächelte boshaft. »Aber das ist mir wurscht. — Soso, da hast du also in der Nähe zu tun gehabt.«

»Eigentlich müßtest du es doch wissen, Onkel. Es stand ja in der Zeitung.«

»Zeitung halt ich mir keine außer dem Landwirtschaftlichen Wochenblatt. Was soll denn da dringestanden sein?«

»Daß ich bei der Bauausschreibung der Kreisstadt als Sieger hervorgegangen bin und dort das neue Schulhaus bauen werde.«

In des Kronwieders Augen spiegelte sich nun ehrliche Verblüffung.

»Donnerwetter, da fängt ja dein Handwerk an, goldenen Boden zu bekommen. Was hast kriegt als Preis?«

»Fünfzehn, Onkel.«

»Hundert?«

»Nein, tausend, Onkel.«

Grenzenloses Staunen und halbe Zweifel spiegelten sich im Antlitz des Kronwieders. Dann polterte er los:

»So ist's recht. So werfen sie mit unseren Steuergeldern

umeinander! Womöglich hat man dir dann den Plan noch obendrein bezahlt?«

»Natürlich. Der kostet extra zehntausend.«

»Brav, sag ich. Zehntausend Mark für so ein bißl Zeichnerei und obendrein noch fünfzehntausend nachgeworfen. Das können sich auch bloß die leisten. Wenn ein Bauer so wirtschaften tät, ging's schnell bergab mit ihm.«

Wilhelm lächelte und zündete sich eine Zigarette an.

»Übertreib es nur nicht, Onkel. Auf alle Fälle, du hast gut gewirtschaftet.«

»Das gibst also doch zu?«

»Ich habe das noch nie bestritten. Die Wimmerischen werden sich einmal ins Fäustchen lachen. Ich an deiner Stelle würde mehr an mich selber denken und mir das Leben so schön machen wie nur möglich.«

Listig blinzelte der Kronwieder seinen Neffen an. Dann nickte er: »Ich weiß, du meinst es ehrlich, und wenn einer soviel verdient wie du, braucht er nicht nach einer Erbschaft zu schielen. Was tätst du auch mit einem Bauernhof? Du könntest ihn ja gar nicht bewirtschaften.«

Gelassen antwortete Wilhelm, indem er die Asche von seiner Zigarette streifte:

»Was du mich gelehrt hast, Onkel, ist nicht vergessen. Gewiß, ich habe Freude an meinem Beruf, er füllt mich aus bis in den letzten Winkel meines Herzens hinein. Du kennst das nur nicht, Onkel. Zuerst ist gar nichts als ein Stück Papier und ein Bleistift. Dann wächst alles zu einem Gebilde empor, ganz organisch, Strich für Strich. Du jonglierst mit Hunderttausenden von Ziegelsteinen, mit Wagenladungen von Zement, mit Eisenträgern und Baumstämmen. Dann erlebst du den ersten Spatenstich, du siehst, wie sich nach deinem Gehirn Stein auf Stein fügt. Jeder Federstrich, den du in stillen Nächten getan hast, findet seine Erfüllung. Und man wächst selber mit, man bekommt Vertrauen zu sich, immer mehr. Als ich es das erstemal erleben durfte, war das wie ein Rausch, und ein unbändiger Stolz überkam mich, als ich es merkte, wie der Name Lechner Geltung und Klang bekam. Ich habe dir keine Schande gemacht, Onkel.«

»Das wär ja noch schöner«, polterte der Kronwieder, um seine Rührung zu verbergen. Er gestand es nur nicht offen ein, aber es war doch so, daß ihn ein mächtiger Stolz erfaßt hatte auf seinen Neffen Wilhelm, den einzigen aus seiner Familie, der noch seinen Namen trug, der einzige aber auch, der sich seinem Willen nicht gebeugt hatte und seinen eigenen Weg gegangen war.

»Dann wirst du den Bau in Matzberg auch ausführen?« fragte er.

»Ja natürlich, Onkel. Das heißt, ich habe die Bauleitung. Gleichzeitig habe ich noch einen Wohnhausblock in der Stadt zu bauen.«

»Aber wenn du in Matzberg bist, wirst ja wohl hin und wieder den Weg zu uns her finden. Es sind ja bloß zehn Kilometer.«

»Gern, Onkel, wenn es dir recht ist«, antwortete Wilhelm und zerdrückte seine Zigarette im Aschenbecher. »Ich wäre schon oft gerne gekommen, aber du hast mich ja nie eingeladen.«

»Ja freilich, für dich laß ich extra Einladungskarten drukken«, lachte der Kronwieder.

Fräulein Irmy Pacher stand jetzt auf und schlängelte sich an Wilhelm heran. Ihr Gang war wie ein Korkenzieher, so gewunden. Sie sagte ihm leise etwas ins Ohr, aber doch nicht so leise, daß die Zilli es nicht gehört hätte.

»Kommen S' mit mir«, sagte sie und führte die Irmy durch den Stall hinaus in das kleine Häuschen mit dem Herzausschnitt.

»Das Gestell g'fällt mir schon gar nicht«, sagte in der Stube der Kronwieder zu seinem Neffen. »Wo hast denn die aufgegabelt? Am Gemüsemarkt?«

»Aber, Onkel«, lachte Wilhelm, der dem Kronwieder überhaupt nichts übelnahm. »Ich gebe zu, sie ist für deine Augen nicht ganz vorteilhaft gekleidet. Sie ist die Tochter eines Baugroßunternehmers. Ich arbeite mit ihrem Vater viel zusammen, und da ergab es sich eben so.«

»Ja, für eine Mörtelmischerin könnt man sie halten mit ihren Hosen. Aber so weit muß es nicht her sein mit ihrem Reichtum. Sie hat ja zerrissene Schuh an. Hast das noch nicht g'sehn, daß ihr vorn die ganzen Zehen rausschaun?«

Wilhelm lachte laut heraus.

»Das ist doch jetzt modern, Onkel Adam. Aber wenn du mir schon keinen Geschmack zutraust, deiner jedenfalls ist nicht schlecht.«

»Wie meinst du das?« fragte der Kronwieder.

»Ich meine die Zilli.«

»Jaja, die Zilli«, schmunzelte der Kronwieder. »Du — so was wäre recht für dich. Da wärst in guten Händen.«

»Leider nicht mein Geschmack«, sagte Wilhelm und erkannte sofort, daß er nicht die Wahrheit gesagt hatte. »Überdies, sie hängt rührend an dir.«

»Wie weißt du das?«

»Ich habe es ja vom Fenster aus sehen können, wie sie sich aufgeführt hat, als du heimgekommen bist. Ehrlich gesagt, ich hätte dir so was Junges und Rassiges nicht mehr zugetraut.«

Einen Augenblick meinte der Kronwieder, er müsse nun den Neffen aufklären, wie es um ihn und die Zilli wirklich stand. Aber dann war es doch die männliche Eitelkeit, die es nicht zulassen wollte, einzugestehen, daß er gar nicht der Draufgänger war, für den man ihn hielt.

»Na ja«, sagte er, »schließlich bin ich ja noch kein altes Eisen.«

»Nein, keineswegs«, lachte Wilhelm. »Ich war überrascht, wie gut du aussiehst. Die Jahre, seit wir uns nicht mehr gesehen haben, sind fast spurlos an dir vorübergegangen. Und es ist eine alte Weisheit, daß man mit der Jugend selber wieder jung wird. Zur Hochzeit wirst du mich doch wohl einladen?«

Der Kronwieder zwinkerte vergnügt. Es würde nie eine

Hochzeit geben, das wußte er. Aber der Neffe sollte nur in dem Glauben bleiben.

»Da werden wir nicht viel Tamtam machen«, schmunzelte er. »Vielleicht heiraten wir ganz in der Stille.«

Im selben Augenblick kam Fräulein Irmy wieder herein.

»Ich meine, Wilhelm, wir sollten doch heimfahren. Bei mir zu Hause weiß man nicht Bescheid, wo ich bin.«

»Gut, wie du wünschst«, gab Wilhelm nach, zumal der Onkel auch nicht sagte, daß sie bleiben sollten. »Also, Onkel, es hat mich sehr gefreut, dich endlich wiederzusehen. Mach nur so weiter.«

»Ich bin so frei«, antwortete der Kronwieder spöttisch und fügte dann herzlich hinzu: »Schau bald wieder vorbei.«

»Gern, Onkel.«

Sie gingen hinaus in den Hof. Der Oktoberabend begann schon zu dämmern. Die Leute des Kronwiederhofes kamen gerade von den Streuwiesen heim. Wilhelm schaute sie der Reihe nach an. Er kannte keines von den Gesichtern. Ach ja, er war nun schon zehn Jahre fort von hier.

Er öffnete für Irmy den Wagenschlag. Dabei hingen seine Augen unverwandt an der Haustür. Ließ die Zilli sich wirklich nicht mehr sehen?

»Gehört der Karren dir?« fragte der Kronwieder, worauf Fräulein Irmy schmerzlich die Brauen hochzog, denn der »Karren« war immerhin ein schnittiger Mercedes 190 SL.

»Ja, er gehört mir«, sagte Wilhelm und zog seine Handschuhe über, die auf dem Sitz gelegen waren. In diesem Augenblick trat die Zilli aus dem Haus und kam mit raschen Schritten an den Wagen.

»Ach, ihr fahrt nun doch? Ich habe aber die Zimmer hergerichtet.«

»Es geht leider nicht anders«, sagte Wilhelm, zog den Handschuh der rechten Hand wieder aus und reichte sie der Zilli. »Haben Sie herzlichen Dank für Ihre Mühe. Und — leben Sie wohl.«

»Auf Wiedersehen«, sagte die Zilli, und sie betonte es auf eine besondere Weise. Dann sah sie den Kronwieder an. »Hast du ihm gesagt, daß er uns wieder besuchen soll?«

»Hab ich gesagt, jawohl.«

»Vielleicht ließe es sich auch so einrichten«, meinte die Zilli, »daß er überhaupt bei uns wohnt, wenn er in Matzberg das Schulhaus baut. Dann hat er keine Auslagen.«

Überrascht blickte der Kronwieder sie an. Die Zilli merkte, wie sie unter diesem Blick plötzlich rot wurde und meinte ablenkend: »Das war bloß so gemeint.«

Wilhelm war in den Wagen gestiegen und steckte den Zündschlüssel an. Aufheulend schoß der Wagen in einer scharfen Kurve über den Hof und dann auf die Straße hinaus. Bevor er hinter der Hügelkuppe verschwand, winkte Wilhelm noch einmal zurück.

Gedankenverloren stand die Zilli neben dem Kronwieder und horchte dem Motorengeräusch nach, das vom tiefer liegenden Wald heraufkam. Dann hob ein tiefer Atemzug ihre Brust.

»Was schnaufst denn so schwer?« fragte der Kronwieder und legte seinen Arm um ihre Schulter.

»Ach, nichts«, sagte sie und begann langsam auf das Haus zu zu gehen. Sie wußte wirklich selber nicht, wie ihr war. In ihrem Herzen war etwas frei geworden, ohne daß es ihr bewußt war. Aber mit diesem Neffen Wilhelm hing es zusammen, und unbewußt rutschte es ihr heraus: »Ein netter Mensch, dein Neffe.«

»Ja, ja, es geht«, schränkte der Kronwieder ein. »Aber das Gestell, das er dabeigehabt hat, wär grad gut genug auf den Acker raus als Krautscheuche.«

Die Zilli antwortete nichts darauf. Bevor sie ins Haus trat, horchte sie nochmals zurück. Nein, es war kein Motorengeräusch mehr zu hören.

Die beiden hatten bereits die Ortschaft Tann und damit die breite Teerstraße nach Matzberg erreicht. Lässig, die Beine weit nach vorne gestreckt, saß Irmy Pacher neben

Wilhelm. Sie hatten auf dem ganzen Weg noch kaum miteinander geredet, bis Wilhelm jetzt sagte:

»Ich möchte rauchen!«

Irmy griff in den Handschuhkasten, wo die Zigaretten lagen, zündete eine an und steckte sie ihm zwischen die Lippen.

»Danke, Irmy! Du bist so schweigsam? Es hat dir wahrscheinlich nicht gefallen auf Kronwied, was?«

Endlich hatte sie Gelegenheit, ihrem Herzen Luft zu machen.

»Na, hör einmal, du mußt doch zugeben, daß dieser Mensch einfach unmöglich ist!«

»Man muß ihn eben nehmen, wie er ist«, meinte Wilhelm wie zur Entschuldigung. »Er hat sich sowieso zu seinem Vorteil verändert. Ich war wirklich überrascht.«

»Dann kann ich mir nicht vorstellen, wie er früher gewesen sein soll. Und — diese hygienischen Verhältnisse! Ein hölzernes Häuschen, durch dessen Fugen es zieht, und ohne Spülung, das nennen sie Klosett!«

Wilhelm konnte nur mühsam ein Lachen unterdrücken.

»Es ist eben ländlich-sittlich.«

»Danke für diese ländliche Sittlichkeit. Ich kann mir nicht vorstellen, daß man unter solchen Verhältnissen leben kann. Dann — dieses aufdringliche Frauenzimmer! Hat denn die überhaupt keine Scham? Für uns wollte sie zwei Einzelzimmer herrichten, und sie lebt mit einem alten Mann zusammen, ohne verheiratet zu sein.«

Wilhelm gab zunächst keine Antwort. Er saß ein wenig vorgeneigt am Steuer und ließ die Tachonadel auf hundertzwanzig pendeln.

»Ich glaube gar nicht, daß sie mit ihm zusammenlebt, wie du es meinst«, sagte er nach einer Weile. »Das kann sich nicht einmal Onkel Adam leisten. Verkenn bloß die Bauern nicht, Irmy. Sie leben nach strengeren Gesetzen, als wir in der Großstadt es tun.«

»Hast du denn nicht gesehn, wie er willig alles befolgt?«

»Das allerdings«, gab Wilhelm zu.

»Und wie sie dich immer angestarrt hat, dieses Frauenzimmer!«

»Tatsächlich?« fragte Wilhelm erstaunt. »Das habe ich allerdings nicht bemerkt.«

»Um so mehr ist es mir aufgefallen.«

Wilhelm warf die halbgerauchte Zigarette zum Fenster hinaus. Dann griff seine Hand hinüber nach Irmys Schulter.

»Ärgere dicht nicht, Mauserl! Ich habe den Onkel Adam endlich wiedergesehen, und das genügt fürs erste.«

»Mich jedenfalls bringst du mit zehn Pferden nicht mehr dorthin. Aber du hast recht, warum sollen wir beide uns streiten. Halt einmal, und gib mir einen Kuß. Es ist schon eine Ewigkeit her ...«

Mitten auf der Landstraße hielten sie und küßten sich. Inzwischen war auch die Nacht vollends gekommen, und Wilhelm mußte das Licht einschalten.

Auf Kronwied ließ sich der Bauer an diesem Abend noch recht ausführlich aus über den unverhofften Besuch des Neffen. Insbesondere mußte seine Begleiterin durch die Peitsche seines Spottes laufen.

»Die möcht ich mal drei Wochen hier haben, dann verginge ihr das Naserümpfen. Die müßt den Kuhstall ausmisten, den Saustall räumen und die Senkgrube ausschöpfen.«

Die Zilli saß ganz still da, hatte die Hände im Schoße ruhen und den Kopf an die Wand gelehnt.

»Was hast du eigentlich gegen sie?« fragte sie. »Vielleicht paßt sie recht gut zu ihm?«

»Ja, wie die Faust aufs Aug'. So was Z'samm'zupftes möcht ich ja nicht einmal.«

»Die Geschmäcker sind eben verschieden.«

»Ja, das scheint mir auch. Geh zu, Zilli, schenk mir noch ein Glaserl Wein ein und dir auch.«

Und wieder begann er über die »z'samm'zupfte Henn« zu sprechen, geradeso, als ob ihm die Wahl seines Neffen, mit dem er nun doch ein gutes Jahrzehnt in schweigendem Trotz gelebt hatte, so sehr am Herzen läge, als müßte er sich aus Kummer darüber heute einen Rausch antrinken. Die Zilli hörte ihm weiterhin ruhig zu. Aber als er dann einmal eine kleine Pause machte, warf sie schnell ein:

»Ach, Herr Vater, laß doch noch ein kleins bisserl Gutes an ihr. Sie wird ja nicht lauter schlechte Eigenschaften haben. Ich glaube bestimmt, daß der Wilhelm sonst sie gar nicht möchte. Erzähl mir lieber was von ihm.«

»Von ihm? Vom Wilhelm? Ja mein, was gäb es von ihm schon viel zu sagen!« Der Kronwieder trank seinen Wein und drehte dann nachdenklich eine Weile sein Glas zwischen den Fingern. »Das war so ein Schrecken damals, als seine Mutter, also meine Schwester Gundula, in der Früh tot im Bett gelegen ist. Daneben in einem Körberl ist das Büberl gelegen und hat gottsjämmerlich geschrien. Meine Babette hat sich gleich gar keinen Rat mehr gewußt. Na ja, dann ist er halt aufgewachsen am Hof, der Wilhelm, wie unser eignes Kind. Wir haben viel Freud gehabt mit ihm. Als er dann größer geworden war, hat er angepackt, und keine Arbeit war ihm zu viel oder zu schwer. Ich hab mir allweil denkt, das gibt einmal einen guten Kronwieder. Aber dann haben sie auf mich und auf meine Babette eingeredet, der Oberlehrer Schuster seinerzeit und der Herr Dekan, daß es schad wäre für soviel geistige Fähigkeiten, wenn sie brachlägen. Die Babette war gleich Feuer und Flamme und hat im Wilhelm schon einen zukünftigen Pfarrer gesehn. Dazu hat er aber keine Lust gehabt, und auch der Herr Dekan hat g'sagt, zwingen dürft man ihn dazu schon gar nicht. Ich war dann damit einverstanden, daß er Rechtsanwalt studierte, weil ich mir g'sagt hab, einen studierten Bauern kann niemand so leicht übers Ohr hauen. Der kennt sich dann aus in allen Gesetzen und tut sich viel leichter als unsereiner. Zuerst hat er auch dagegen trutzt, aber ich hab nicht nachgeben. So hat er halt dann angefangen, Jura zu studieren.«

»Ich hab gemeint, er wär Architekt!« warf die Zilli ein,

»Nur Zeit lassen, das kommt noch. Ganze vier Semester hat er Rechtswissenschaft studiert, dann hat er umgesattelt, ohne daß er mir was g'sagt hat. Aber brav weiterzahln hat er mich lassen. Als ich es dann endlich erfahren hab — bei der Beerdigung meiner Babette hat er mir's g'sagt — da war er schon so weit, daß er mich nimmer braucht hat.«

»Ach, so war das? Darum seid ihr die ganzen Jahre verfeindet?«

»Das verstehst du nicht, Zilli, wie das ist, wenn man sich allweil gesagt hat, der muß einmal Kronwieder werden. Nebenbei hätte er recht gut auch noch Rechtsanwalt sein können. Die Bauern wären froh gewesen, wenn sie einen aus ihren Reihen gehabt hätten. Dann hab ich mir immer denkt, wenn es einmal an der Zeit ist, such ich ihm eine tüchtige Bäuerin aus, die ihm Kinder schenkt, daß endlich wieder Leben reinkommen wär auf Kronwied.«

»So wie ich ihn kenne, ist Wilhelm wohl kaum der Mensch, der sich mit einer Frau verkuppeln läßt.«

»Du, so was, wie er heut dabeigehabt hat, das hätte ich noch hinterm Misthaufen gefunden.«

»Nicht übertreiben, Herr Vater. Sie wird schon auch ihre guten Eigenschaften haben.«

»Haar hat s' gehabt, als ob s' ihr die Mäus abbissen hätten. Und die Zehennägel, hast es nicht g'sehn, die waren angestrichen. Mir kam's gradso vor, daß sie ihm deswegen gefällt, weil ihr Vater einen Haufen Geld hat.«

»Das — glaube ich nicht«, sagte die Zilli schnell und heftig. »So schätze ich ihn nicht ein. Leute, die aufs Geld aus sind, sehn anders aus als er.«

Der Kronwieder blickte sie eine ganze Weile prüfend an. Dann sagte er:

»Komisch, du redest recht warm für ihn. Grad als ob du ihn schon jahrelang kennen tätst.«

»Ja, du, so ist es mir tatsächlich.«

»Dabei bist du gar nicht einmal sein Geschmack.«

»Hat er das gesagt?«

»Ja, das hat er gesagt.«

Die Zilli schob das Kinn trotzig vor. Sie wollte sich nichts anmerken lassen. Aber es tat doch ein wenig weh. Mit einem Schluck leerte sie ihr Glas und stellte es recht unsanft auf den Tisch zurück.

»Und wie ist es dir auf der Jagd gegangen?« änderte sie schnell das Thema. Es wäre besser gewesen, sie hätte nicht danach gefragt, denn der Kronwieder sprach mit solch großer Begeisterung von ihrem »Bruder« Valentin, daß ihr bang ums Herz wurde. Und je länger er sprach, desto elender wurde ihr, denn sie merkte, wie es immer schwerer wurde, nun endlich die Wahrheit zu sagen. Sie erkannte, daß Valentin schon zu stark Fuß gefaßt hatte und es ihm gelungen war, sich in das Vertrauen des Kronwieder einzuschleichen, so daß dieser es wahrscheinlich gar nicht fassen könnte, wenn sie ihm jetzt noch alles sagte.

»Und wie lange bleibt er noch oben?« fragte sie.

»Diese Woche noch. Aber ich weiß nicht, ob ich ihn nicht gleich ganz behalte als Waldhüter. Er versteht nämlich wirklich etwas von Wald und Wild.«

Eine Woche Galgenfrist, dachte sie. Vielleicht fand sie bis dahin doch noch einen Ausweg. Auf keinen Fall durfte Valentin bleiben. Das würde ihren ganzen Frieden zerstören. Sie müßte dann weggehen von hier, und in diesem Augenblick, als sie das dachte, erkannte sie wieder, wie sehr ihr Herz an diesem Stück Land und auch an dessen Herrn hing.

»Ich geh jetzt schlafen«, sagte sie und reichte ihm die Hand. »Gute Nacht, Herr Vater.«

»Gute Nacht, Dirndl.« Er hielt ihre Hand fest und sah sie bittend an. »Na, was ist's? Gar kein Gutnachtbußl für den Herrn Vater?«

Sie küßte ihn auf beide Wangen, strich ihm noch übers Haar wie einem Kinde und ging.

Zilli wollte schnell einschlafen, um im Kreislauf ihrer

Gedanken nicht immer wieder bei dem Manne anzukommen, den sie heute zum erstenmal gesehen hatte. Darum hatte sie schon mit Absicht den Wein getrunken, weil sie wußte, daß man darauf schnell und tief einschlafen konnte. Aber es gelang ihr heute nicht. Die Begegnung hatte so stark auf sie gewirkt, daß sie jede Linie seines Gesichtes hätte nachzeichnen können, die hohe Stirn, den knabenhaften Mund, das energische Kinn. Das Schönste an ihm waren aber doch seine Augen, sprechende, lebhafte Augen und glanzbraun. Sie könnten vielleicht genauso befehlen, wie sie zu bitten verständen.

Aber — sie war ja nicht sein Geschmack. Ach, warum tat denn dies Wort so weh? Die Zilli schalt sich eine armselige Närrin, denn ihr zärtliches Verlangen war doch ein gewaltiger Gegensatz zu der Tatsache, daß sie einmal die Liebste des Jägers Valentin Kling gewesen war. Jetzt erkannte sie erst das Dunkle, Dämonische des Silberäugigen. Er war ein Teufel in Menschengestalt, gemessen an der lauteren Männlichkeit eines Wilhelm Lechner.

Sie hörte vom Stall herüber, daß ein Pferd stampfte, und einmal rasselte die Kette eines Rindes. Ja sie hörte sogar von der Stube herüber noch die Mitternachtsstunde schlagen.

In den Morgenstunden des nächsten Tages kam ein Wind auf, der keinen Zweifel mehr darüber ließ, daß es nun mit den schönen Tagen zu Ende war. Es war ein großer Unterschied zwischen den Stürmen des Frühlings und dem Wind dieser Tage, der wohl auch eine Stimme hatte, aber nicht die jubelnde des Frühlings, sondern eine voll strenger Mahnung, die da hieß: Seht doch die Vergänglichkeit aller Dinge.

Er riß die letzten Blätter von den Bäumen, am Nachmittag hatte er sogar Schneetreiben in seinem Gefolge, das allerdings nur für ganz kurze Zeit die Wiesen weiß schimmern ließ, denn rasch wurde der Schnee von der Erde aufgesogen, weil sie noch nicht gefroren war.

Auf Kronwied hatte man die Streu schon fertig, und die Zilli konnte die Mägde endlich einmal haben für einen gründlichen Hausputz, beginnend im Speicher, endend im Keller. Die Knechte schnitten Häcksel für die nächsten vierzehn Tage, weil sie am Montag mit dem Holzschlag beginnen sollten. Der Kronwieder stand im Wagenschuppen und bastelte an dem Werkzeug herum, das während des Sommers kaputtgegangen war. Es galt Rechenzähne einzusetzen, bei einigen Gabeln war ein neuer Stiel fällig, am Leiterwagen fehlten ein paar Sprossen, und am Schwadenrechen waren einige Schrauben locker.

Er saß auf der Schnitzbank und hatte seine Gedanken so für sich. Der Besuch des Neffen hatte ihn nicht ganz unberührt gelassen. Wenn er sich auch ganz anders gezeigt hatte, im Grunde genommen hatte der Bursche ihm doch mächtig imponiert, mit Ausnahme der Wahl seiner Zukünftigen. Er dachte dabei auch an die schönen Jahre, die er mit dem kleinen Wilhelm erlebt hatte, als er ihn an der Hand genommen hatte und mit ihm über die Felder gegangen war. Ja, es war immer so gewesen, daß er ihn wie einen eigenen Sohn betrachtet hatte, bis zu der Stunde ihrer Entfremdung. Und wenn er es nun so recht bedachte, war ja nur er schuld an dieser Entfremdung. Wilhelm hatte nie ein Hehl daraus gemacht, daß er ihm nach wie vor zugetan war.

Stur hatte er in all den Jahren immer den Gedanken von sich geschoben, daß Wilhelm einmal Kronwied erben sollte. Seit dessen Besuch war nun etwas anders geworden. Seither hatte er das Gefühl, daß er ihn nicht ganz leer ausgehen lassen dürfte. Am liebsten hätte er ihm den ganzen Hof vermacht. Aber mit dieser »Krautscheuch« als Bäuerin?

Der Kronwieder schüttelte den Kopf, als hätte ihm jemand einen Kübel mit eiskaltem Wasser darübergeschüttet. Wenn er wenigstens eine hätte wie die Zilli! Das wäre was anderes.

Ach ja, die Zilli. Da hatte ihm nun dieser Teufelskerl,

dieser Valentin, den Gedanken eingejagt, daß er die Zilli adoptieren könnte. Und er wird es auch tun, schon den Wimmerischen zum Trotz, und weil sie dann immer bei ihm blieb. Wenn sie aber dann notarisch seine Tochter war, konnte er ihr auch den Hof vermachen.

Ach, er kannte sich auf einmal selber nicht mehr aus, vermengte alles durcheinander, den Wilhelm und die Zilli, die sich ja dann auch Lechner schreiben würde. So bliebe also dann der Name auf dem Hof!

Plötzlich schlug er sich mit der Faust vor die Stirn.

»Ich Rindvieh. Als ob die Zilli ledig bleiben würde! Dann käme ja doch wieder ein anderer Name auf den Hof.« Wie er es bedachte, war es nichts, und er beschloß, sich zuerst einmal mit einem Rechtsanwalt darüber auszusprechen.

Er neigte sich wieder über seine Arbeit. Da rief die Zilli vom Haus her:

»Komm zur Brotzeit!«

»Ja, gleich«, sagte er. »Bloß den Rechenzahn muß ich noch reinmachen.«

Hernach hing er das Schnitzmesser in den Werkzeugschrank und schloß das Schuppentor. Dabei blieb er mit seinem Janker an einem vorstehenden Nagel hängen. Der Nagel ritzte auch seinen Arm ein wenig, aber das spürte er kaum. Er nahm nur noch schnell einen Hammer und schlug den Nagel um, daß sich nicht noch jemand an ihm reißen könnte.

Weil es kalt war, hatte die Zilli ihm heißen Tee mit Rum bereitet. Dazu hatte sie ihm ein paar Brote mit Mettwurst belegt. Sie blieb bei ihm in der Stube und schlichtete Wäsche in den Schrank.

»Jetzt, glaub ich, wird es Winter«, sagte er.

»Meinst, daß es schon ganz zuschneit?« fragte sie. »Dann müßten wir die Astern zudecken, sonst haben wir zu Allerheiligen gar nichts auf dein Familiengrab.«

Daß sie auch daran dachte, freute ihn sehr.

»Die Zwergastern halten sich auch unterm Schnee noch,

wenn kein Frost kommt«, vermutete der Bauer, und die Zilli sagte darauf:

»Die Laterne hab ich auch gefunden im Speicher und hab sie saubergeputzt. Die kommt doch auch aufs Grab hin am Allerheiligentag?«

»Hast sie gefunden?« fragte er. »Seit drei Jahr' hat niemand gewußt, wo sie liegt. Und weil wir grad schon bei Allerheiligen sind, du stellst dich mit mir vors Grab hin.«

Erschrocken wandte die Zilli das Gesicht über die Schulter zurück.

»Was meinst du, was dann die Leut' reden?«

»Laß sie doch reden. Wart nur, die werden noch mehr zu reden haben in der nächsten Zeit«, fügte er geheimnisvoll hinzu. »Wenn du schon sagst, du hast mich so gern wie einen Vater, dann kannst auch mit mir am Grab stehn. Oder nicht?«

»Wenn du's willst, ich tu es gerne, Herr Vater.«

»Paßt mir überhaupt schon lang nimmer, daß du dich allweil noch als Dienstbot fühlst.«

»Aber das tu ich doch gar nicht.«

»Solange ich dich für deine Arbeit bezahle, bist immer noch Dienstbote. Aber paß auf, Zilli, morgen machen wir zwei uns einmal einen schönen Tag. Wir fahren nach Matzberg, hab sowieso was zu erledigen dort, und da suchst du dir beim Kaufhaus Aschenbrenner einen Stoff aus für ein Wintergewand. Wintermantel hast auch keinen, wie ich gemerkt habe.«

Überwältigt von der Güte dieses Menschen, konnte die Zilli nicht anders, als ihm jubelnd um den Hals fallen.

»Du verwöhnst mich ja.«

»Larifari! Für das Eiergeld, das du zusammengebracht hast in den ganzen Monaten, könnt ich dir drei Wintermäntel kaufen. Und« — er spitzte den Mund zu einem pfiffigen Lächeln — »wenn du schon meine Bäuerin nicht hast werden wollen, als meine Tochter sollst dann wenigstens daherkommen wie eine echte Kronwiederin. Laß mich nur machen, Zilli. Ich hab doch auch meine Freud dabei. Die Wimmerischen müssen grad aus der Haut fahren, wenn sie es sehn.«

Am nächsten Morgen ließ der Kronwieder die beiden leichten Schimmel vor die Lederkutsche spannen und fuhr mit der Zilli nach Matzberg. Der Wind hatte aufgehört, und weil es auch nicht regnete, hatten sie das Dach zurückgeschlagen, so daß die Tanner etwas zu sehen hatten. Der Pichler stand gerade unter seiner Ladentür und machte ganz weite Augen, bevor er sich besann, daß er auch einen kleinen Bückling machen könnte.

Mit einem Ruck hielt der Kronwieder die Pferde an.

»Geh, Pichler, bring mir doch eine gute Zigarre raus, dann brauch ich nicht extra absteigen.«

Der Pichler brachte zwei, eine für achtzig Pfennig und eine in einer Glasröhre für eine Mark.

»Du bist wohl nicht recht bei Trost?« fragte der Kronwieder. »Ich hab höchstens an dreißig Pfennig gedacht.«

»Du hast gesagt, eine gute Zigarre«, meinte der Pichler. »Und was macht das schon aus, wenn du schon mit einem so schönen Fräulein ausfährst.«

»Bist mir neidig?« fragte der Kronwieder und biß der Achtziger die Spitze ab. Die andere gab er wieder zurück.

»Wenn ich ehrlich sein soll, ja, ich bin dir neidig«, gestand der Kaufmann Pichler und warf runde Kulleraugen auf die Zilli.

»Brauchst dir ja auch bloß so eine Tochter zulegen«, lachte der Kronwieder. Dann griff er wieder in die Zügel und schnalzte mit der Zunge.

In Matzberg angekommen, stellte der Kronwieder im Gasthof »Zum Lamm« ein. Dann trennte er sich von der Zilli, meinte, sie sollte inzwischen die Geschäfte ansehen und zum Mittagessen wieder hier im »Lamm« sein.

»Und wo kommt das neue Schulhaus hin?« fragte sie noch schnell.

»Was für ein Schulhaus?« fragte der Kronwieder verständnislos.

»Das der Wilhelm baut.«

»Ach so!« Der Kronwieder sah sie lange an. »Du sag, denkst denn du soviel an den Wilhelm?«

Die Zilli wurde über und über rot.

»Nein, das ist mir jetzt grad so eingefallen«, wich die Zilli aus und belächelte sich im Weitergehen selber, wie sie immer lächelte in letzter Zeit, wenn ihre Gedanken in Träume verfielen, und sie zu vergessen suchte, was ihren Weg mit Steinen übersäte.

Ja, seit Valentin Kling aufgetaucht war, sah sie nichts als harte, spitze Steine auf ihrem Weg. Es mußte ihr gelingen, ihn wieder fortzubringen. Wenn es nur nicht gar so schwer gewesen wäre, die Wahrheit zu sagen. Es war bereits so weit, daß sie sich schämte, dem Kronwieder einzugestehen, daß Valentin einmal ihr Geliebter gewesen war. Sie wußte, sein Mißtrauen hatte sich weitgehendst gelegt. Würde es aber nicht wieder jäh entfacht, wenn sie ihm nun nachträglich die Dinge sagte, wie sie waren?

So schlenderte sie mit schweren Gedanken durch das kleine freundliche Städtchen, beschaute sich die Läden und ließ sich dann noch von einem Postboten den Platz zeigen, wo das neue Schulhaus entstehen sollte. Und damit waren ihre Gedanken schon wieder bei Wilhelm Lechner gelandet.

Endlich schlug es vom Turm der Florianskirche zwölf Uhr, und sie lenkte ihre Schritte zum »Lamm«. Der Kronwieder saß bereits dort mit einem fröhlichen, aufgelockerten Gesicht. Zwei Stunden war er bei einem Rechtsanwalt gesessen und wußte nun, was er zu tun hatte. Aber er behielt sein Geheimnis noch für sich. Er wollte die Zilli damit überraschen. Es sollte ein Weihnachtsgeschenk für sie werden.

»Stell dir vor«, erzählte er fröhlich und nicht ohne Stolz, »fragt mich der Rechtsanwalt, ob ich verwandt wäre mit dem Architekten Lechner, der das Matzberger Schulhaus entworfen hat. Ja, hab ich gesagt, ich bin sein Onkel.«

»Siehst du«, lächelte die Zilli. »Du kannst ruhig stolz sein auf Wilhelm.«

»Ja, das hat der Rechtsanwalt auch gesagt. Aber wenn er mir gefolgt hätte und Rechtsanwalt geworden wäre, bräuchte ich jetzt nicht einen fremden zu bezahlen.«

»Vergiß das doch endlich. Es muß ja doch jeder Mensch den Weg gehen, der ihm vorgezeichnet ist. — Magst du ein bißl fettes Fleisch von mir? Mir wird es zuviel.«

»Tu nur her. Übriglassen tun wir nichts. Lieber sich den Magen verrenken, als dem Wirt was schenken.«

Das sagte er so laut, daß der Wirt es hören konnte, der gerade vorbeikam, um sein Buckerl vor den Gästen zu machen und guten Appetit zu wünschen. Er kannte den Kronwieder schon lange und nahm bei den beiden Platz.

»Wie steht's, hast keine Kuh für die nächste Woche?«

Der Kronwieder rieb sich mit der linken Hand am rechten Oberarm und schaute dann die Zilli an.

»Was meinst du, Zilli? Könnt man die Scheckin abgeben?«

»Milch gibt sie nimmer viel«, sagte die Zilli und freute sich doch mächtig, weil der Wirt sie so verblüfft anschaute. Wahrscheinlich konnte er nicht ganz begreifen, daß der Kronwieder seine Haushälterin fragen mußte. Oder er begriff es und wunderte sich nur.

»Ich schau dann nächste Woche bei euch vorbei«, sagte er.

»Wild brauchst keines?« fragte die Zilli und sah den Kronwieder an. »Oder was willst mit den zwei Böcken machen, die noch im Keller hängen?«

»Ich weiß nicht, der Metzgerwirt von Tann will einen.«

»Wir haben aber im ganzen drei, Herr Vater.«

Der Lammwirt war auch an Rehfleisch interessiert, er wollte bloß noch in der Küche fragen. Dort aber erzählte er seiner Frau weniger von dem Wildbret, als vielmehr die ungeheure Neuigkeit, daß die junge Haushälterin von Kronwied den Lechner als Herrn Vater anspräche.

»Ist sie dabei?« fragte die Wirtin voller Eifer. »Die muß ich mir einmal anschaun.«

Und sie steckte ihren mächtigen Kopf bei dem kleinen Guckloch heraus, um dann festzustellen: »Sauber ist sie. Aber so ein alter Bock ist doch für sie bloß ein Herr Vater.«

Hernach gingen die beiden einkaufen. Im Kaufhaus Aschenbrenner hatte man große Auswahl an Stoffen. Sie probierte zunächst einen Wintermantel, der ihr ausnehmend gut gefiel. Aber dann gab sie ihn wieder zurück.

»Leider zu teuer«, sagte sie.

»Was?« fragte der Kronwieder fast grob. »Zu teuer? Für dich ist mir nichts zu teuer. Für eine Kronwiedertochter kann nichts schön genug sein. Packt den Mantel nur ein. So und jetzt noch einen Stoff.«

Während sie in die andere Abteilung hinübergingen, faßte die Zilli nach seiner Hand.

»Du sagst Kronwiedertochter. Ich bin es doch gar nicht.«

»Aber du könntest es sein«, antwortete er und rieb sich wieder den rechten Oberarm.

Weil die Zilli darauf bestand, daß er dann schon auch für sich einen Anzugstoff kaufen müßte, gab der Kronwieder nach und legte hernach ohne Wimpernzucken an die vierhundert Mark auf den Kassatisch. Ein Lehrbub mußte das große Paket ins Gasthaus »Zum Lamm« tragen.

Sie waren nun soweit fertig, da fiel es dem Kronwieder gerade noch ein, daß man wohl auch für den Valentin eine Kleinigkeit kaufen könnte. Eine schöne Grandlpfeife vielleicht, weil seine alte schon ziemlich auf dem Hund war. Zu seinem Erstaunen widersetzte aber die Zilli sich diesem Wunsch heftig, so daß er stutzig wurde.

»Aber, Zilli«, sagte er gutmütig. »Heut hab ich einmal die Spendierhosen an, laß mich doch! Soll ich denn das meiste Geld wieder heimtragen? Schließlich ist er doch dein Bruder.«

Da ließ die Zilli wieder den Kopf hängen.

»Mir ist es gleich, was du tust. Ich kauf ihm keine.«

Da ließ er es auch sein. Aber als sie so auf der Landstraße dahinfuhren, fragte die Zilli unvermittelt:

»Wann geht er denn eigentlich wieder?«

Der Kronwieder kratzte seinen rechten Arm.

»Am liebsten tät ich ihn ganz behalten. Ich brauche jemanden, der mir die Jagd in Ordnung bringt.«

»Und da meinst du, daß er gerade der Richtige ist?«

»Ich glaube es bestimmt. Er versteht was, das hab ich gemerkt.«

»Ja, er versteht seine Sache, da kannst du recht haben«, antwortete die Zilli mit Bitterkeit in der Stimme.

»Ich weiß gar nicht, was du hast, Zilli. Er, seinerseits, hängt recht an dir.«

»So?« Das klang wie ein Nadelstich. »Das ist mir neu.«

»Weißt, er ist halt auch einer von den Stillen, die nicht zeigen können, wie ihnen zumute ist.«

Die Zilli hätte aufschreien können über soviel blindes Vertrauen. Aber sie konnte sich's ja denken, wie dieser silberäugige Teufel den ahnungslosen Menschen umgarnt hatte.

Die Schimmel liefen in zügigem Trab dahin, und bald kam das Pfarrdorf Tann in Sicht. Über das Schartengebirge her zogen schon wieder dunkle, schwere Wolken. Nur Kronwied stand noch von hellem Licht umgeben einsam auf seiner Höhe. Der Zilli wurde ganz warm ums Herz.

»Schau nur grad, wie herrlich es droben liegt, unser Kronwied.«

Der Kronwieder schaute sie ganz versonnen an. In seinen Augen schimmerte es feucht. Er faßte nach ihrer Hand.

»Das hast du schön gesagt, Zilli. Unser Kronwied... Jetzt weiß ich, daß auch du mit ganzem Herzen dran hängst.«

»Wundert dich das, Herr Vater? Es ist mir doch zur Heimat geworden.«

Die Dämmerung wuchs und breitete sich rasch aus. Als sie in Tann einfuhren, brannten schon die Lichter.

»Jetzt hätt' ich grad noch Lust auf ein Schöpperl Wein im Bräustüberl«, meinte der Kronwieder gutgelaunt. Es war aber nicht die Lust zu einem Schöpperl Wein, sondern mehr das eitle Bedürfnis eines alternden Mannes, sich mit so einer bildhübschen Begleiterin zu zeigen. Und er wollte das Verhältnis so zeigen, wie es wirklich war, weil er hoffte, daß dann endgültig einmal alles Getratsche verstummen würde. Das Bräustüberl war der Mittelpunkt des dörflichen Lebens. Von hier aus wurden die Neuigkeiten von den Ehemännern nach dem Abendschoppen heimgetragen zu ihren Frauen. Von da aus nahmen sie dann in vielfach verzerrter Form den Weg über die Störnäherin Rebekka und den Hausierer Vinzenz in die letzten Einöden.

Jaja, der Kronwieder wußte genau, was er an diesem Abend wollte. Kaum hatten sie Platz genommen, da erschien am Schubfenster ein Kopf nach dem anderen, und die Stöcherbräuin kam sogar selber in die Gaststube. Sie setzte sich zu ihnen an den Tisch und fragte, was sie wünschten.

»Eine Flasche Wein«, sagte der Kronwieder. »Aber nicht wieder so einen Sauerampfer, wie ich letztmals getrunken hab. Wir möchten schon was Besseres haben, gelt, Zillimadl?«

Die Zilli, als ob sie seine Absicht durchschaute, lächelte ihn an und sagte: »Ja, Herr Vater.«

»Wenn du ganz was Gutes willst, Adam«, sie sagte Adam zu ihm, weil sie sich schon von der Schulzeit her kannten, »dann könnt ich dir nur zu einem Piesporter Goldtröpfchen Riesling raten. Allerdings kostet da die Flasche achtzehn Mark.«

»Was sind schon achtzehn Mark, wenn man einmal im Jahr mit jemandem ausfährt, den man in sein Herz geschlossen hat wie eine eigene Tochter«, sagte der Kronwieder etwas großspurig, und nun wußte die Zilli endgültig, was der Kronwieder bezwecken wollte. Sie lehnte sich ein wenig an ihn und meinte:

»Recht hast, Herr Vater.«

Weil, wie gesagt, die Stöcherbräuin den Kronwieder schon von der Schulzeit her kannte, durfte sie sagen:

»So was Sauberes hättest du gar nicht in die Welt setzen können.«

»Braucht's auch nicht, wenn mir's der Herrgott später auf diese Weise noch schenkt! Und wie wär es mit etwas Essen? Was hast denn Schönes da?«

»Leberwurst mit Kraut vielleicht?« fragte die Bräuin in Anspielung auf seinen früheren Geiz.

»Mag ich gern«, sagte die Zilli.

»Nix da«, ereiferte sich der Kronwieder. »Wenn ich schon einmal mit dir in Tann ausgeh, dann nobel. Wie wär's mit einem gedünsteten Schweinsherz?«

Auch alle anderen konnten es dann sehen, wie fraulich die Zilli dem Kronwieder die Beilagen auf den Teller legte und wie sie ihm den Wein einschenkte. Sie konnten weiterhin sehen, daß die beiden sich beim Trinken selig anlächelten. Nur daß der Kronwieder sich zwischenhinein immer wieder den Arm kratzte, wollte nicht recht ins Bild passen.

Als sie heimfuhren, war es schon stockdunkle Nacht. Kein Stern blinkte am Himmel, und der Wind strich stöhnend durch den Wald. Der Wein hatte sie beide ein wenig müde gemacht. Die Zilli hatte den Kopf an seine Schulter gelehnt, und es dünkte ihr, als sei sie noch nie so glücklich geborgen gewesen wie in dieser Stunde.

In der Stube brannte noch Licht, obwohl es schon ziemlich spät war. Aber ihr Heimkommen schien niemand bemerkt zu haben. Erst als die Zilli die Haustür öffnete, wurde hastig die Stubentür aufgerissen, und die Agi stand mit purpurrotem Gesicht auf der Schwelle.

»Seid ihr schon da?« fragte sie verlegen und drückte sich dann schnell an den beiden vorbei und die Stiege hinauf.

In der Stube aber stand der Valentin mit unschuldsvoller Miene. Die Zilli lachte ihm kalt ins Gesicht und fragte:

»Haben wir gestört? Daß du überhaupt herunten bist? Ich hab gemeint, du seist am Berg oben?«

In seinen Silberaugen glomm es ganz kurz auf. Dann lächelte er.

»Hab's nimmer ausgehalten oben. Ein bißl Zeitlang hab ich halt doch nach meiner Schwester.« Und sich an den Kronwieder wendend: »Grüß dich Gott, Kronwieder. Vor einer Stund bin ich erst kommen vom Berg. Ich hab bloß kein Werkzeug gehabt, sonst hätte ich den Almzaun gleich gerichtet, und an der Jagdhütte wär auch noch manches auszubessern. Aber ich hab ja nicht gewußt, ob es dir recht ist, wenn ich noch eine Zeitlang dableib und alles in Ordnung bringe.«

Der Kronwieder hatte seine Joppe ausgezogen und über den Stuhl gehängt. Und während er wieder seinen rechten Arm kratzte, diesmal etwas länger, sagte er:

»Wie kannst du bloß meinen, daß es mir nicht recht wär! Morgen ist schon Samstag, bleibst am Sonntag auch noch herunten, und am Montag gehst wieder rauf.«

Zwinkernd sah Valentin zur Zilli hin, als wollte er sagen: Ich sitz schon drinnen im warmen Nest, da kannst auch du mich nimmer rausbeißen, wenn du auch noch so wild schaust ...

Der Kronwieder hatte sich inzwischen ans kleine Ofentischchen gesetzt und trug der Zilli auf, ihm die eiserne Geldkassette hereinzuholen. Die Zilli ging ins Schlafzimmer des Bauern. Er zog inzwischen seine Brieftasche und nahm drei oder vier Hunderter heraus. Genau konnte es Valentin nicht sehen. Er sah nur, daß der Kronwieder den Schlüssel zur Kassette an einem Bund mit mehreren anderen verwahrte, nachdem er das Geld in die Kassette zurückgelegt hatte.

»Wir habn gar nicht soviel braucht, wie ich gedacht hatte«, sagte er dabei. »Deine Schwester ist so genügsam. Dabei hätte mich heute überhaupt nichts gereut. Geh, Zilli, trag die Kassette raus.«

Zu Valentins Ärger schloß die Zilli die Schlafzimmertür hinter sich. Er hörte nur das knarrende Öffnen und Schließen einer Schranktür. Dann kam die Zilli wieder zu ihnen.

»Ich leg mich jetzt schlafen«, sagte sie und gab dem Bauern die Hand. »Herzlichen Dank für den schönen Tag.«

»Ist schon gut, ist schon gut, Dirndl. Schlaf nur recht gut.«

Die Zilli ging aber noch nicht schlafen. Sie packte in ihrem Zimmer den Stoff aus und betrachtete ihn. Vor wenigen Tagen noch hätte die Freude über so ein Geschenk sie sicherlich überwältigt. Aber heute wollte ihr Herz keine rechte Freude empfinden. Die Anwesenheit Valentins warf nichts als dunkle Schatten auf ihr Dasein.

In diesem Augenblick wurde knarrend die Klinke ihrer Tür niedergedrückt. Sie ging hin, öffnete aber nicht. Eine Stimme zischte:

»Mach auf, sonst drück ich die Tür ein.«

Sie hatte keine Angst und schob den Riegel zurück. Dann betrachtete sie wieder den Stoff, so als interessiere es sie gar nicht, daß Valentin hereinschlich und hinter sich die Tür verriegelte. Sie fühlte nur, daß er zu ihr trat, und nahm sich vor: Wenn er mich anrührt, schlage ich zu.

»Zilli, ich muß mit dir reden.«

Langsam wandte sie ihm das Gesicht zu. In ihren Augen war ein wunderliches Staunen.

»Ich glaub, du hast dich in der Tür geirrt. Die Agi schläft oben.«

Er machte eine ärgerliche Bewegung mit der Hand.

»Was willst denn mit dem Trampel!«

»Auf alle Fälle ist sie für einen Trampel recht schnell verschwunden, als wir gekommen sind.«

Es zuckte wie Freude in seinen Augen auf.

»Ich glaub gar, du eiferst?«

Sie nahm den Stoff, legte ihn in die zweite Schublade der Kommode. Dann drehte sie sich um.

»Bilde dir doch nicht gar so viel ein. Wegen so einem, wie du es bist, eifere ich nicht. Mich kann höchstens deine Frechheit wundern.«

»Sag das nicht, Zilli. Ich hab nicht frech zu sein brauchen. Mit dem Alten hab ich mich wunderbar verstanden. Es ist jetzt nur noch nötig, daß du vernünftig wirst. Weißt, was er im Sinn hat, der Alte? Er will dich adoptieren! Dann erbst die ganze Sach'!«

»So?« fragte die Zilli verblüfft. »Es tät mich wundern, wenn du dabei nicht deine Hand im Spiel hättest.«

»Na ja«, gab er zu und setzte sich auf den Bettrand, »ein bißl hab ich schon nachgeholfen. Was glaubst du, was ich alles tun könnt für unser Glück.«

»Unser Glück?« höhnte sie. »Daß ich einmal von einem Glück mit dir träumte, das liegt schon so weit hinter mir, daß ich es kaum noch weiß. Du brauchst mich nicht glauben zu machen, daß es dir um mich geht. Dir geht es ja doch nur um dich selber! Aber eines hast du dabei vergessen. Der Kronwieder kann recht alt werden, und du müßtest dann recht lang warten auf das, was du so Glück nennst.«

Valentin zündete sich seine kurze Pfeife an.

»Das könnte man schließlich schon regeln, wie alt er wird«, sagte er mit eiskaltem Ton in der Stimme.

Die Zilli verstand ihn nicht gleich. Aber als sie es begriff, erschrak sie so sehr, daß sie keinen Laut hervorbrachte. Im gleichen Ton sprach er weiter:

»Jetzt hat er wieder Gelüste kriegt auf Wildbret und Jagd. Und auf der Jagd, da könnt es ja leicht einmal einen Unfall geben.«

Mühsam rang die Zilli nach Atem, so sehr übermannte sie der Zorn.

»Du bist doch das Gemeinste, das rumläuft auf Gottes Erdboden.«

Langsam stand er auf und ging auf sie zu. In seinen Augen glitzerte Haß.

»Nimm dein Maul nicht gar so voll, sonst stopf ich es dir einmal.«

Blitzschnell griff sie hinter sich und hatte eine Schere in der Hand.

»Und du komm keinen Schritt näher, sonst renn ich dir die Schere hinein.«

Ratlos starrte er sie an. Er begriff einfach nicht, daß sie ihm so aus den Händen geglitten war. Und sie war doch einmal ein so williges Werkzeug gewesen. Schnell überlegte er, auf welche Art er jetzt vorgehen sollte, um sie wieder gefügig zu machen. Vielleicht war Güte doch am besten. Er hatte ja Gefühle auf Lager, wie er sie brauchte.

»Laß doch einmal g'scheit reden mit dir, Zilli. Hast du denn vergessen, warum du hierhergegangen bist?«

»Ja, das habe ich vergessen in dem Augenblick, wo du mit diesem unsauberen Plan einverstanden warst.«

»Ich hab es doch bloß gut gemeint, Zilli.«

»Ja, für dich. Nur für dich! Ich war ja nur dein Werkzeug. Aber ich war noch zu jung und zu dumm, um dich schon früher zu durchschauen. Zu spät ist mir das Licht aufgegangen. Schlag dir das endgültig aus dem Kopf, Valentin Kling. Deine Rechnung geht nicht auf, kann gar nicht aufgehen, weil du selber den größten Fehler dabei gemacht hast.«

»Inwiefern hätte ich einen Fehler gemacht?«

»Daß du dich als meinen Bruder ausgegeben hast. Bruder und Schwester könnten ja nie einander heiraten.«

Verblüfft starrte er sie an. Dann biß er sich auf die Lippen. Daran hatte er gar nicht gedacht. Aber dann stand wieder das teuflische Lächeln in seinem Gesicht, und er sagte: »Was hernach die Leut reden, kann uns wurscht sein.«

Sie schaute ihn eine Weile an wie einen Menschen, den sie vorher nie in ihrem Leben gesehen hatte. Dann hob sie müde die Hand und deutete auf die Tür.

»Geh, mir wird schlecht, wenn ich die gleiche Luft mit dir atmen muß. Und so was, hab ich einmal gemeint, stünd meinem Herzen nah. Heut begreif ich nimmer, was mich zu dir hingezogen hat.«

»Gut, ich geh, aber du wirst keine Ruh von mir kriegen, verlaß dich drauf«, sagte er drohend und ging rückwärts zur

Tür, so als hätte er doch Angst vor der Schere in ihrer Hand.

In dieser Nacht wurde es der Zilli klar, daß sie dem Kronwieder die volle Wahrheit sagen mußte. Mochten die Folgen dann ausfallen, wie sie wollten. Schlimmer als ein Leben unter diesen ständigen Drohungen Valentins konnte es auch nicht sein. Aber sie meinte den Kronwieder nun doch gut genug zu kennen, um zu wissen, daß er ihr und nicht dem Valentin glauben würde.

Am nächsten Morgen kam sie jedoch nicht gleich dazu, und zu so einer schwerwiegenden Unterregung mußte sie schon eine ungestörte Stunde abwarten, um mit dem Kronwieder allein zu sein.

Der Kronwieder stand an diesem Morgen spät auf und klagte darüber, daß er sehr schlecht geschlafen habe. Forschend sah sie in sein Gesicht. Hatte er gemerkt, daß Valentin noch bei ihr gewesen war? Sein Gesicht sah so sonderbar aus, der Mund war ein wenig eingekniffen, und einmal ging ein Zucken um seine Schläfen hin. Dann packte er mit der linken Hand seinen rechten Oberarm.

»Hast du heut was gegen mich?« fragte die Zilli pochenden Herzens.

Mit einem Ruck hob er das Gesicht. Er lächelte sie an.

»Was sollte ich denn gegen dich haben, du Dummerl? Komm, gib mir meinen Kaffee.«

Aber er schmeckte ihm heute gar nicht recht. Und immer wieder griff er nach seinem Arm, bis es der Zilli endlich auffiel.

»Was ist denn eigentlich mit deinem Arm?« fragte sie.

»Ach, nichts von Bedeutung. Bloß an einem Nagel hab ich mich geritzt.«

»Laß mal sehn.«

»Ach geh, es ist doch nichts.«

Aber er kam ihr jetzt nicht mehr aus. Sie gab nicht nach und schlug ihm selber den Ärmel des Hemdes hoch.

»Du, das ist ja ganz entzündet! Wann hast du dich denn da geritzt?«

»Vorgestern schon. Am Schuppentor ist ein Nagel rausgestanden.«

»Drum hast du gestern schon immer daran gekratzt. Mir gefällt das gar nicht. Gehst nicht zum Doktor?«

Da lachte er herzhaft, zog den Hemdsärmel wieder herunter und bewegte die Finger der rechten Hand. »Was dir nicht einfällt. Wegen so einer Kleinigkeit soll ich zum Doktor gehn? Daß er mich auslacht? Wie oft, meinst du, daß ich mich schon an einem Nagel geritzt habe. Wenn ich da gleich jedesmal zum Doktor hätte laufen müssen.«

Die Zilli beruhigte sich wieder, meinte aber, daß er es sich zumindest gefallen lassen müßte, daß sie ihm den Arm mit Arnika abwüsche.

»Am Abend«, sagte er. »Jetzt hab ich keine Zeit. Muß mit dem Großknecht und dem Valentin in den Wald rauf und sehn, was abgeschlagen werden soll. Schau einmal, wo die zwei stecken. Ich denk, im Stadel droben. Sie sollen sich fertigmachen. Wahrscheinlich kommen wir mittags gar nicht heim. Richt uns was zum Essen her, daß wir's mitnehmen.«

Er hatte es auf einmal sehr eilig, und die Zilli wäre mit dem besten Willen nicht dazu gekommen, ihren gefaßten Vorsatz auszuführen. Aber am Abend mußte es geschehen. Der Valentin mußte aus dem Haus. Oder sie.

Tagsüber überlegte sie sich genau, wie sie anfangen müßte und was sie alles zu bekennen hätte. Aber es kam nicht mehr dazu.

Die drei Männer kehrten erst in der fallenden Dämmerung heim, und die Zilli sah an dem hochroten Kopf des Kronwieder sofort, daß er Fieber hatte. Er leugnete es auch gar nicht, wies es aber weit von sich, daß dies mit seinem Arm zusammenhängen könnte. Gegen Fieber hilft nur schwitzen, meinte er und verlangte einen Glühwein. Er legte sich auch gleich zu Bett und verbat sich entschieden, daß man den Doktor hole.

In der Nacht kam ein Sturm auf und riß die letzten Blätter von den Bäumen. Er hatte eine solche Gewalt, daß er ein paar Dachrinnenhaken losriß und das Geklirr der gelösten Dachrinne die ganze Nacht wie Schwertschlagen durch die Stunden lief.

Gegen Morgen ließ der Wind nach. Trübe stieg dieser Sonntag aus der Nacht des Sturms und Regens, der prasselnd einsetzte, als es zu tagen begann.

Um diese Stunde war es, daß der Kronwieder verspürte, wie die Muskulatur seines rechten Oberarmes sich krampfhaft zusammenzog. Es war kein eigentlicher Schmerz, sondern nur eine eigentümliche Starre um die Wunde, die dann den ganzen Körper zu erfassen schien.

In seiner Angst wollte er schreien, aber es ging nicht. Dann war es, als löschte sein Bewußtsein aus. Eine Schwerelosigkeit sondergleichen überfiel ihn. Dann lag er ganz still und fast ohne Atem.

Er hörte nicht mehr, daß die Tür behutsam geöffnet wurde und die Zilli den Kopf hereinstreckte.

»Ich geh jetzt in die Kirche, Herr Vater. Dein Frühstück ist schon hergerichtet, und die Agi setzt dann das Fleisch auf.«

Da er keine Antwort gab, ging sie zu seinem Bett. Ach, dachte sie, er schläft ja so gut ...

Leise schlich sie wieder hinaus. Sie mochte noch nicht bei der Brücke am Wasserfall angekommen sein, als der Kronwieder etwas zu sich kam.

In seiner Angst wollte er nach ihr schreien. Aber der Kiefer war wie verklemmt. Er brachte keinen Ton heraus. Der Mund war versperrt.

So lag er da, ohne sich rühren zu können. Die Augen waren starr nach oben gerichtet. Er sah, daß es vom Fenster hell hereinfiel, konnte aber den Kopf nicht wenden. Nur den Regen hörte er und manchmal im Wind den scheppernden Klang der Dachrinne.

Wieder öffnete sich die Tür. Diesmal war es der Valentin.

Langsam kam er näher und sagte mit besorgtem Klang in der Stimme:

»Muß doch nachschaun bei dir. Wie geht's dir denn heut, Kronwiedvater?«

Ach, so gerne wollte der Kronwieder Antwort geben. Aber es ging nicht.

Der Valentin neigte sich vor und strich dem Daliegenden über die Stirn. Zuckte zurück. Was war denn das? Lebte der Mann überhaupt noch? Er rüttelte ihn fest an der Schulter, schrie ihm ins Ohr. Der Kronwieder gab keine Antwort.

Die erste Regung des Valentin war, hinauszurennen, um der Agi davon zu erzählen, die in der Küche hantierte. Aber dann besann er sich. Er sah, daß der Schlüssel zum Schrank steckte, und sah die Hose des Kronwieder über dem Stuhl liegen. Mit einem Griff hatte er sie, griff erst in die rechte, darauf in die linke Tasche. Dann hatte er den Schlüsselbund in der Hand.

Die Kassette fand er tatsächlich auf dem oberen Brett. Sie war nur lässig mit ein paar Hüten zugedeckt. Er nahm sie, trug sie ans Fenster und probierte ein paar Schlüssel.

Einmal war ihm, als hätte es hinter ihm gestöhnt. Aber das konnte nur der Wind gewesen sein, denn der Kronwieder lag ganz unbeweglich, genau wie vorhin.

In gieriger Hast durchwühlte Valentin die Kassette, schob eine Handvoll Geldscheine in seine Hosentasche und wühlte weiter, ob er nichts Schriftliches fände, eine Niederschrift, ein Testament oder so etwas. Er fand aber nur belanglose Schriftstücke über einen Grundstückserwerb, von der Hand des Kronwieder geschrieben. Die nahm er an sich. Dann schloß er die Kassette wieder, stellte sie an ihren Platz und steckte die Schlüssel zurück in die Hosentasche. Noch einen kurzen, scheuen Blick warf er auf den reglos Daliegenden. Dann schlich er hinaus. Bei der Tür horchte er zuerst. Nein, es hatte keine Gefahr. Die Agi war noch in der Küche und sang, nicht schön, aber laut, vor sich hin.

Valentin Kling öffnete leise die Haustür und trat in den Regen hinaus, wartete eine Weile, lief dann herein, schlug die Haustür hinter sich zu und betrat prustend die Küche.

»So ein Sauwetter heut«, schimpfte er, nahm ein Handtuch und trocknete sich ab.

»Wo bist denn gewesen?« fragte die Agi.

»Bloß drüben im Schuppen hab ich nachgeschaut. In der Nacht muß der Sturm das Tor lockergerissen haben.«

Die Agi drehte sich um, lehnte sich an den Herd und sah ihn schwärmerisch an.

»Heut nacht hab ich mich gefürchtet bei dem Sturm«, sagte sie.

Langsam ging er auf sie zu und nahm sie in den Arm. »Hätte ich dir halt Gesellschaft leisten sollen, du Tschapperl!« Er küßte sie schnell und heftig. Genauso schnell ließ er sie los, trat an den Spiegel und kämmte sein Haar.

»Der Alte schläft aber heut lang«, sagte er so nebenbei und stieg dann, die Tür hinter sich zuwerfend, in seine Kammer hinauf, schob den Riegel vor und richtete sich Schreibzeug her. Buchstaben um Buchstaben malte er aus den vorliegenden Schriftstücken des Kronwieder nach, bis es ihm endlich gelang, die Schrift einigermaßen ähnlich nachzumachen. Er nahm sich einen neuen Bogen Papier und setzte vorsichtig an:

Mein letzter Wille

Ich Endesunterzeichneter bestimme hiermit, daß im Falle meines plötzlichen Ablebens meine Haushälterin Zilli Vogt als Alleinerbin von Kronwied zu betrachten ist. Sie hat dafür zu sorgen, daß alles beieinanderbleibt. Wenn das Trauerjahr herum ist, soll sie sich einen tüchtigen Mann nehmen und für Nachwuchs sorgen, daß Kronwied nicht ausstirbt. Ich vermache ihr Kronwied als Dank dafür, daß sie mir das Leben wieder so schön gestaltet hat.

Kronwied, am 4. September 1957

Adam Lechner, Bauer von Kronwied

Das Datum setzte er absichtlich auf einen Zeitpunkt, zu dem er noch nicht in Kronwied anwesend war.

Von Tann herauf hörte man die Wandlungsglocke läuten. Ein paar Krähen flatterten über den Hof und fielen wie schwarze Punkte in den laubleeren Nußbaum hinter dem Stadel ein.

Es galt nun, das Schriftstück noch in die Kassette zu bringen. Und das wurde selbst diesem abgebrühten Satan ein wenig schwer. Vor der Schlafkammertür des Bauern stehend, verharrte er eine Weile. Aber dann schalt er sich einen Narren und sagte sich: Tote können nicht mehr reden und können nichts mehr sehen.

Regungslos wie vorher lag der Kronwieder da. Oder doch? Hatte er jetzt nicht das rechte Knie etwas hochgezogen? War das vorhin auch schon so?

»Kronwieder?« flüsterte Valentin.

Keine Antwort. Schnell vollendete jetzt Valentin sein Werk, fand auf dem Boden nochmals ein Bündel mit Banknoten und schob die Hälfte davon ein. Als er hernach in seiner Kammer oben den Gesamtbetrag überzählte, waren es dreitausendundvierhundert Mark.

Während des Hochamtes hatte die Zilli schon eine merkwürdige Unruhe verspürt. Immerzu dachte sie an den Kronwieder und machte sich Vorwürfe, daß sie ausgerechnet heute zum Hochamt hatte gehen müssen. Was der Herr Dekan predigte, nahm sie kaum in sich auf. Und sie faßte den Entschluß, den Doktor Wendland aufzusuchen, der seit zwei Jahren in Tann seine Praxis hatte. Mochte der Kronwieder auch hernach schimpfen, das machte nichts aus. Die Hauptsache war, daß sie sich keinen Vorwurf zu machen brauchte, wenn es etwas Ernstliches sein sollte.

Doktor Wendland wohnte am Ortsrand in dem großen zweistöckigen Haus, das dem Kaufmann Pichler gehörte, und in dem auch der pensionierte Postrat Ertl zwei Zimmer besaß. Der stand gerade am Fenster und sah in den Regen hinaus, als die Zilli auf das Haus zukam. Hastig griff er nach einem Bürstchen und bürstete seinen Bart sorgfältig. Dann trat er auf den Balkon hinaus und räusperte sich, so daß die Zilli aufblicken mußte. Herr Ertl machte eine saubere Verbeugung und griff nach seiner Krawatte, ob sie noch richtig säße.

»Guten Morgen, Fräulein Zilli.«

Die Zilli meinte, es sei der Herr Doktor und sagte: »Wie gut, daß Sie daheim sind, Herr Doktor.«

Der Postrat lächelte geschmeichelt.

»Ich bin zwar nicht der Herr Doktor. Aber bitte schön, wenn Sie hereinkommen wollen. Das Gartentürl ist offen.«

»Nein, nein, ich brauch schon den Doktor. Wo ist er denn?«

»Er ist gestern auf zwei Tage mit seiner Frau weggefahren. Ist jemand krank in Kronwied?«

»Ja, der Kronwieder selber.«

»Einen Moment«, sagte Herr Ertl und verschwand vom Balkon. Er trat jetzt aus dem Haus und kam auf die Pforte zu. »Ertl«, stellte er sich vor. »Postrat Ertl. Ein guter Freund des Kronwieder, wenn ich so sagen darf. Fehlt ihm ernstlich etwas? Man müßte dann den Doktor Schrott in Matzberg anrufen.«

Die Zilli stand ein wenig ratlos da.

»Ich weiß nicht, ob es ernstlich ist. Er hat sich halt am Arm ein bißl geritzt an einem Nagel.«

»An einem Nagel?« fragte Herr Ertl und legte nachdenklich den Zeigefinger auf den Rücken seiner Nase, als dächte er nach, was man dagegen tun könnte. »Huflattichblätter auflegen«, riet er dann. »Warten Sie, ich glaube, ich habe noch welche oben.« Er eilte ins Haus und kam gleich darauf mit einem kleinen Päckchen zurück. »Huflattich nimmt schnell jede Entzündung weg. Und sagen Sie ihm einen recht schönen Gruß von mir. Vielleicht geht es doch, daß er zum Kartenspielen kommt.«

»Das glaube ich kaum«, antwortete die Zilli. »Ich weiß zwar nicht, wie er jetzt beisammen ist. Als ich fortging, hat er noch geschlafen.«

»Hat er noch geschlafen? Soso, hat er noch geschlafen«, leierte Herr Ertl nach und sah dabei die Zilli mit schmachtenden Augen an.

Vielleicht helfen die Blätter doch was, dachte die Zilli, nickte dem Postrat freundlich zu und wandte sich ab. Vielleicht habe ich mir überhaupt zuviel Gedanken gemacht, sinnierte sie weiter. Ganz sicher steht er jetzt droben am Hof und lacht mich aus, weil ich gar so ängstlich bin.

Er stand nicht droben am Hof. Aber als sie sich Kronwied näherte, jagte ihr jemand in fliegender Hast entgegen. Es war der Jungknecht Blasius.

»Zilli — der Bauer — — —« Er konnte nicht weitersprechen und war dem Weinen nahe.

»Was ist mit dem Bauern?«

»Er rührt sich nimmer. Tot ist er.«

Einen Augenblick war der Zilli, als drehte sich alles im Kreis. Der Schreck fuhr ihr in alle Glieder. Sie hätte aufschreien mögen und konnte es nicht. Dann begann sie zu laufen, sah nicht, wer da alles in der Stube versammelt war, und rannte in die Schlafkammer hinaus.

»Kronwieder . . .!« schrie sie. »Hörst mich nicht. Ich bin's, die Zilli — — —«

Der Kronwieder rührte sich nicht, starr und steif lag er da, das rechte Knie etwas angewinkelt. Die Augen standen weit offen wie im Schreck.

Aufschluchzend ließ sich die Zilli an seinem Bett niedergleiten.

»Vater — —!« jammerte sie, und es war ihr in dem Augenblick so zumute, als sei wirklich ein guter Vater von ihr gegangen, dem sie in einer wunderlichen, reinen Kindesliebe zugetan war.

Draußen in der Stube standen sie beisammen, und es wußte wohl keines recht, was nach dem plötzlich eingekehrten Tod zu beginnen wäre. Sie hatten den Kopf verloren, weil alles so plötzlich und unerwartet gekommen war.

In solchen Stunden ist es dann gut, wenn wenigstens einer seine Sinne zusammenbehält. Und dieser eine war eben doch wieder der Jäger Valentin Kling, der vor den Leuten des Hofes als der Bruder der Zilli galt.

Mit fast gebrochener Stimme, von der Trauer überwältigt, sagte er:

»Da hilft alles nichts mehr, Leut'. Wir müssen schon tun, was die Stunde fordert.« Dabei wischte er mit dem Handrücken über seine Silberaugen, obwohl keine Träne darinnen stand. »Das erste, was wir jetzt brauchen, ist ein Sarg. Und dann muß man es dem Herrn Pfarrer sagen, daß man das Sterbeglöcklein läutet, wie es sich gehört für einen ordentlichen Christenmenschen.«

»Braucht man nicht auch einen Doktor, der die Leichenschau vornimmt?« erinnerte sich der Großknecht.

»Zu was denn?« fragte Valentin. »Das sieht doch jeder, daß unser lieber Kronwiedvater tot ist.«

Die Tür zur Kammer stand offen, und die Zilli konnte alles hören. Und nicht nur die Zilli allein ...

Mühsam stand sie jetzt auf. Ihr Gesicht war tränenüberströmt.

»Ich glaube, das ist Gesetz, daß man einen Doktor holt. Aber der Tanner Doktor ist nicht da. Ich war heute schon bei ihm.«

»Früher«, sagte jetzt der Großknecht, der aus Tann stammte, »früher hat auch der Bader Lenz oft die Leichenschau vorgenommen, bevor ein Doktor da war in Tann.«

Valentin trat auf ihn zu.

»Geh, Martin, übernimm du das alles. Mich kennt ja im Dorf drunten kein Mensch. Und in die Zeitung muß man's ja auch tun. Das setz halt in Gottes Namen ich derweil auf.«

An das Essen dachte niemand mehr an diesem Sonntag.

Nur der Jungknecht Blasius ließ sich seinen Appetit nicht nehmen und aß in der Küche für drei, während der Alois und die Lena im Schuppen zwei Schragen hervorsuchten, auf die man dann später den Sarg stellen konnte.

Die Zilli ging wie erstarrt umher, von der Schlafkammer des Bauern durch die Stube auf den Flur hinaus und wieder zurück in die Schlafkammer. Sie konnte es einfach nicht fassen. Immer wieder rief sie seinen Namen. Aber es ward ihr keine Antwort.

Plötzlich fiel ihr ein, daß man Wilhelm sofort verständigen mußte. Und während sie ein Telegramm aufsetzte und den Blasius damit ins Dorf jagte, saß Valentin in der Stube und verfaßte die Todesanzeige für die Zeitung. Er rauchte dabei eine Zigarre und sagte zur Agi:

»Bring mir eine Flasche Wein rauf vom Keller, sonst kann ich nicht studieren.«

Ein paarmal suchte er einen anderen Anfang. Schließlich schrieb er:

Nach Gottes unerforschlichem Ratschluß verschied heute früh plötzlich, unerwartet der ehrengeachtete

Herr Adam Lechner,

Besitzer der Einöde Kronwied, Gemeinde Tann, im 55. Lebensjahr.

Kronwied, am 4. Oktober 1957

In stiller Trauer:
Zilli Vogt mit den Dienstboten von Kronwied

Weil er noch nicht wußte, wann der Seelengottesdienst und die Beerdigung sein würden, wollte er mit diesem Zusatz noch warten, bis Martin vom Dorf zurückkäme.

In diesem Augenblick hörte man von Tann herauf das Sühneglöcklein läuten, und die Leute traten vor die Häuser, um zu erfragen, wer gestorben wäre. Die Nachricht, daß es der Kronwieder wäre, schlug in Tann ein wie ein Blitz aus heiterem Himmel.

Zwischen dem Schuracheranwesen und dem Jochbach stand ein kleines hölzernes Häusl, über dessen Tür ein Messingschild in der Form eines Mondes im Winde baumelte. Neben der Tür war ein Schild aus Email, auf dem zu lesen stand:

Egidius Lenz, approbierter Bader

Egidius Lenz war noch einer jener Friseure, die neben Haarschneiden und Rasieren auch Blutegel setzten, die dickblütigen Menschen zur Ader ließen, eingewachsene Zehennägel ausschnitten und auch Zähne rissen. Zu seinen weiteren Beschäftigungen hatte bis vor wenigen Jahren auch noch die Leichenbeschauung gehört. Seit es aber in Tann einen Arzt gab, war diese Betätigung ihm untersagt worden. Nur ein einziges Mal hatte Egidius Lenz noch eine Leichenbeschau vorgenommen, bei der alten Moserin, weil Doktor Wendland damals gerade auf einem Ärztekongreß weilte.

Der junge, strebsame Arzt hatte ihm auch sonst viele Patienten weggenommen, und Egidius Lenz war deshalb nicht recht gut auf ihn zu sprechen. In diesen paar Jahren war er, in seiner Berufsehre schwer gekränkt, ein verbitterter Mann geworden, der sich zur rechten Zeit einen handfesten Rausch antrank, um die Diffamierung, wie er es nannte, etwas zu vergessen.

So traf Martin ihn auch nicht zu Hause an, sondern mußte ihn vom Bräustüberl herauskommen lassen. Der Egidius hatte schon wieder ganz entzündete Augen und roch stark nach Schnaps. Als er hörte, was man von ihm verlangte, fuhr er sofort gereizt auf:

»Warum denn ich? Geh doch zu dem siebengescheiten Doktor. Vielleicht kann der den Kronwieder sogar wieder lebendig machen!«

Der Doktor wäre verreist und käme erst morgen zurück. Schließlich könnte man doch den Kronwieder nicht so liegen lassen. Überhaupt mußte Martin all seine Überredungskunst aufbieten, bis er den Egidius so weit brachte, daß er auf den Wagen stieg. Sie luden beim Schreiner Huber auch gleich den Sarg dazu, der immer ein halbes Dutzend vorrätig hatte, dann fuhren sie bergwärts. Egidius hielt dem wortkargen Martin einen Vortrag über seine ärztliche Kunst und daß früher in Tann bei weitem nicht soviel Menschen gestorben wären wie jetzt, seit dieser hochgelehrte Wendland mit seiner strichdünnen Gattin eingezogen sei. Er berichtete in seiner Redseligkeit dem Martin auch von einer Blinddarmoperation, die er einmal vorgenommen hätte. Aber das war erlogen.

So kamen sie in Kronwied an. Egidius trat ins Haus und in die Kammer des Kronwieder.

»Ja, mein lieber Kronwieder, was machst denn du für Sachen?« fragte er und schaute den regungslos Daliegenden mit dem dumpfen Ausdruck eines Betrunkenen an, der für einen Augenblick nüchtern werden will. »Schiebt der ab von der buckligen Welt und sagt kein Wort. Na ja, ein bißl eigenartig bist ja immer schon gewesen.«

Er berührte die Hand, die steif und starr war. Er berührte sie nochmals, weil ihm im Unterbewußtsein dünkte, sie sei doch etwas zu warm für einen Toten.

»Wirklich tot?« fragte jemand hinter ihm. Beleidigt drehte Egidius das Gesicht über die Schulter.

»Natürlich, du Depp. Den könnt ihr schon einilegen in sein Sechsbretterhäusl. Totenschein darf ich ja leider keinen ausstellen. Da müßt ihr halt warten, bis der Herr Kollege Wendland zurückkommt.«

Nach einer Stunde lag der Kronwieder sauber aufgebahrt in der Stube. Das hochgezogene Knie hatte man ihm mit Gewalt niederdrücken müssen. Zu seinem Haupte brannten in zwei hohen silbernen Leuchtern die Kerzen und warfen einen flackernden Schein über das starre Gesicht. Niemandem war es geglückt, die Augen zu schließen, und so lag der Kronwieder auch jetzt noch da wie am Morgen mit weit aufgeschlagenen Augen, als wollte er damit noch einmal alles einfangen, was es auf der Welt zu sehen gab.

So wie die Stimmung auf Kronwied, lag sie an diesem Sonntag auch über der ganzen Landschaft. Stürmische Winde von Westen her ließen die Bäume im Apfelgarten stöhnen. Um drei Uhr wurde es dem Martin zu dumm. Er stieg hinauf und befestigte die Dachrinne, damit wenigstens dieses Scheppern aufhörte.

Allein lag der Tote in der Stube, wie es bei Bauern Brauch ist. Es gab kein Leichenhaus in Tann, und man würde ihn erst am Dienstag früh hinunterfahren. Einmal öffnete sich leise die Tür, und die Zilli kam herein, den Arm voll Zwergastern, mit denen sie den Toten bis zu den gefalteten Händen hinauf zudeckte. Sie hatte sich als einzige vom Haus in ein schwarzes Gewand gekleidet. Nun stand sie mit gefalteten Händen da. Die Schultern erschienen eckig, manchmal ging ein Zittern über sie hin, und lautlos rannen ihr die Tränen über die Wangen.

Alle gingen ein wenig verstört durchs Haus, soweit sie es nicht verlassen hatten. Nur einer behielt den Kopf oben. Der Valentin. Ihn konnte nichts erschüttern. Er hatte bereits die dritte Flasche Wein entkorkt, saß seelenruhig in der Küche und setzte nur dann schnell eine Kummermiene auf, wenn jemand hereintrat. Er war von dem Gedanken besessen, daß das Schicksal es genauso hatte haben wollen. Jetzt galt es nur, die Zilli wieder gefügig zu machen. Und er hatte gar keine Angst, daß ihm dies nicht gelingen würde. Mochte sie jetzt auch noch mit solch kaltem Blick an ihm vorbeigehen. Erkannte sie erst, was der plötzliche Tod des Kronwieder für sie und ihr zukünftiges Leben bedeutete und daß sie dies dann zum Teil ihm zuzuschreiben hatte, dann würde aus allem Haß, den sie jetzt in sich trug, wieder Liebe werden.

Draußen dämmerte es schon. Aber ehe es noch ganz Nacht wurde, rollte ein Gespann in den Hof. Es waren die Wimmerischen.

»Tu mir mein Roß in den Stall!« befahl der Wimmer dem zufällig unter die Stalltür tretenden Martin, als sei er hier bereits Herr und Gebieter. Martin schlenderte langsam näher.

»Ist es wirklich wahr, daß mein Schwager — —?« fragte der Wimmer.

Martin nickte nur und begann den Gaul auszuspannen. Die Wimmerischen stürmten ins Haus, und kaum hatte die Wimmerin die Schwelle der Stube überschritten, begann sie schon loszujammern:

»Adam — mein lieber Bruder Adam! Wie kannst uns denn schon so früh verlassen!«

Der Wimmer bewahrte viel mehr Haltung. Stiernackig stand er vor seinem stumm daliegenden Schwager und schaute ihn gelassen an. Dann tauchte er die Finger in die kleine Glasschüssel mit Weihwasser, die am Fuße des Sarges stand, und spritzte es ihm ins Gesicht. Und weil seine Gattin immer noch jammerte, drehte er unwillig das Gesicht nach ihr.

»Jetzt hör einmal auf mit deinem Gewinsel! Davon wird der Adam nimmer lebendig! Hab ich dir's nicht allweil g'sagt: Das viele und gute Essen bekommt ihm nicht? Geizig hätte er bleiben müssen, dann wäre er achtzig Jahre alt geworden. Für uns ist es zwar besser. Am besten ist, du bleibst gleich da, damit nichts verschwindet. Hoffentlich hat er ein Testament gemacht.«

Die Wimmerin brach mitten in ihrem Vaterunser ab, das sie gerade betete, und sah ihren Gatten mit leisem Vorwurf an.

»An der Bahre redet man doch nicht schon von der Erbschaft. Schäm dich doch. Schließlich war er ja doch mein Bruder.«

»Ja, und mein lieber Schwager. Jetzt kann ich's ja sagen: Leiden hab ich ihn nie können, den eingebildeten Kerl. Ich hätte ihm oft ganz was anders sagen mögen, und es ist mich oft hart genug angekommen, daß ich ihm hab schöntun müssen wie einem kranken Roß, bloß wegen der Erbschaft.«

»Die kommt uns jetzt nimmer aus«, sagte die Wimmerin und setzte ihr Gebet fort.

In diesem Augenblick betrat die Zilli die Stube. Stumm trat sie an das Fußende des Sarges und wartete ergeben ab, was die Verwandten des Kronwieder nun zu sagen oder zu fragen haben würden. Aber sie fragten merkwürdigerweise gar nicht, wieso es so schnell gekommen wäre und was ihm eigentlich gefehlt hätte.

Die Wimmerin betete weiter, und der Wimmer betrachtete sie aus ganz schmalen Augen. Dann sagte er in die Stille hinein:

»Das kommt davon, weil du ihn so gefuttert hast. Das hat er nicht vertragen können.«

Die Zilli bekam ganz harte Augen und sagte barsch: »Ach, was weißt denn du!«

Die Wimmerin war jetzt fertig und drehte sich um.

»Der Adam hat immer die Schlüssel zu verschiedenen Kästen und Schubladen bei sich getragen. Wo sind die?«

»Die habe ich an mich genommen«, antwortete die Zilli.

»Her damit«, verlangte der Wimmer.

Die Zilli schaute ihn nur noch härter an.

»Das könnte dir so passen! Die Schlüssel kriegt nur ein Rechtsanwalt oder ein Notar in die Hände.«

»Wenn die Schubladen leer sind, meinst du?« fragte der Wimmer mit offenem Hohn. »Tu die Schlüssel her, sonst werd ich grantig!«

»Die Schlüssel kriegt niemand in die Hände, laß dir das gesagt sein, Wimmer. Du mußt nicht meinen, daß ich mich vor dir fürchte. Höchstenfalls händige ich die Schlüssel morgen früh dem Herrn Dekan drunten aus. Dort weiß ich sie in sicheren Händen.«

»Ah, da schau her. Wer bist denn du schon, daß du so reden darfst? Ein hergelaufenes Frauenzimmer, das dem alten Deppen den Kopf verdreht hat.« Der Wimmer lief blaurot an vor Wut. »Da schick ich einfach den Gendarmen her. Überhaupt muß hier alles versiegelt werden.«

»Gut, schick den Gendarmen. Der ist mir allweil noch sicherer als du.«

»Das ist eine Beleidigung. Hast es gehört, Barbara? Wir, als die einzigen Verwandten, sind ihr nicht sicher genug. Das ist doch schon die Höhe.«

»Mir scheint, da sind wir gerade rechtzeitig gekommen«, sagte die Wimmerin. »Und was ist denn das überhaupt, daß du schwarz angezogen bist? Wer gibt dir denn das Recht, um meinen Bruder zu trauern? Vielleicht bist gar du schuld, daß er so schnell hat sterben müssen!«

»Ich hab dir ja schon gesagt, daß sie ihn zu gut gefuttert hat«, stand ihr der Wimmer bei. »Schau sie doch an, wie sie dasteht! Wie das leibhaftige schlechte Gewissen!«

Die Zilli zitterte bis in die Hände hinein. Aber sie brachte kein Wort heraus. Sie ging nur stumm zur Tür und öffnete sie weit.

»Raus jetzt!«

»Was?« schrie der Wimmer. »Du erlaubst dir die Frechheit und willst uns rausschaffen?«

»Raus hab ich gesagt, oder ich lasse euch rauswerfen.«

War es Zufall, oder hatten sie die Zilli schreien hören? Auf einmal standen die Knechte des Kronwieder in der Stube, der Martin, der Alois und der Blasius. Sie sagten gar nichts, sondern drängten nur stumm die Besucher langsam zur Tür und dann ins Freie hinaus, ungeachtet des Gezeters, das der Wimmer vollbrachte. Die Wimmerin schluchzte und jammerte:

»Wenn das mein lieber Bruder Adam noch erlebt hätt', wie ihr mit seiner einzigen Schwester umgeht!«

Es blieb ihnen nichts anderes übrig, sie mußten heimfahren, ob sie wollten oder nicht. Vom Bock herunter schwor der Wimmer noch blutige Rache und drohte damit, daß er sie nach Antritt der Erbschaft samt und sonders hinausschmeißen würde. Als erste die schwarze Hexe, die an allem schuld wäre. Und damit meinte er die Zilli.

Als alles vorbei war, erschien auch der Valentin plötzlich

auf der Bildfläche. Niemand wußte, wo er sich in der ganzen Zwischenzeit herumgetrieben hatte. Jetzt fragte er:

»Was war denn los?«

Die Zilli gab ihm keine Antwort, sie ging an ihm vorbei, als trüge er eine Tarnkappe. Sie sah in der Küche nach dem Rechten, denn schließlich konnte auch über den Tod, der eingekehrt war, nicht vergessen werden, daß es hungrige Mägen gab, wenn auch sie keinen Bissen hinunterbrachte.

Sie beteten in der Stube den Rosenkranz. Die Kerzen flackerten gespenstisch im Raum. Am lautesten war die Stimme des Valentin. Er kniete ganz vorne neben dem Blasius, während die Zilli allein im Ofenwinkel kniete. Seine helle Stimme sägte an ihren Nerven, denn sie wußte, daß alles nur Scheinheiligkeit war.

Der Rosenkranz war zu Ende. Valentin sagte jetzt:

»Die Todesanzeige habe ich aufgegeben. Morgen früh wird sie erscheinen.«

»Und was hast du dafür bezahlen müssen?« fragte die Zilli.

»Nichts. Ich hab's drunten in Tann bei der Annahmestelle abgegeben. Sie schicken die Rechnung.«

Die Zilli hob den Kopf und schaute die anderen an. »Was wird jetzt werden aus uns allen?«

Niemand wußte es. Nur Martin sagte: »Sollten die Wimmerischen hier einziehn, bleib ich keine Stunde mehr. Mir dünkt, daß wir jetzt erst begreifen, daß er doch besser war, als wir ihn gekannt haben.«

Ich habe ihn gekannt, dachte Zilli. Und laut sagte sie:

»Bis alles entschieden ist, werden wir wohl zusammenbleiben müssen.« Sie warf einen flimmernden Blick auf Valentin. »Bis auf dich. Du bist von selber gekommen, dich hat niemand gerufen, und du bist nur Gast von dem dort gewesen, der jetzt von uns gegangen ist. Unser Gast kannst du also nicht mehr sein.«

Sie sah, wie er erblaßte und im nächsten Augenblick wieder brennrot wurde. Aber es war geradezu wunderbar, wie er sich beherrschte und an ihr vorbei die Agi mit seinen Silberaugen anlächelte.

»Wer weiß«, sagte er nach einer Weile bedächtig, »vielleicht hat er längst ein Testament gemacht. Man müßte das halt einmal abwarten.«

»Und Wein trinken meinst?« fragte die Zilli scharf. »Wer gibt dir überhaupt das Recht, Wein aus dem Keller zu nehmen?«

»Ist es besser, wenn ihn hernach die Wimmerischen saufen? Agi, geh zu, hol ein paar Flaschen rauf. Wir wollen den Leichentrunk halten.«

»Nichts wird angerührt«, gebot die Zilli. »Soll es hernach heißen, daß wir Dienstboten den ganzen Keller leer getrunken hätten aus Freude darüber, daß Kronwied seinen Herrn verloren hat? Ja, das sag ich euch jetzt, und ihr mögt darüber denken, wie ihr wollt. Bei all seinen Schwächen, die er hatte, war er doch ein Herr. Man konnte nur schwer an ihn herankommen und in ihn hineinsehen. Aber wem es geglückt ist, dem hat ein Herz voller Güte entgegengeschlagen.«

»Dir ist es scheinbar gelungen?« spöttelte Valentin.

Bevor die Zilli antworten konnte, stimmte der Martin ihr zu: »Die Zilli hat schon recht. Ich hab es vorhin auch gesagt. Er war besser, als wir es wahrhaben wollten. Und jetzt laßt uns schlafen gehn. Die Arbeit morgen darf nicht liegenbleiben. Mit dem Holzeinschlag müssen wir freilich warten, aber es gibt auch andere Arbeit genug am Hof.«

Er ging als erster hinaus, und die anderen folgten ihm schweigend. Nur die Zilli blieb zurück. Und als sie jetzt so allein war mit dem Toten, rieselte es kalt durch ihr Herz. Neben dem Sarg sank sie in die Knie, und in den Schmerz, der sie erfüllte, mischte sich ein bitteres Schuldgefühl, daß sie diesem Menschen die Wahrheit verschwiegen hatte. Hätte sie doch gestern noch gesprochen, wie sie es im Sinne gehabt hatte! Aus tränenverschwommenen Augen sah sie in sein stilles Gesicht, in dem die Augen so weit aufgeschlagen waren. Sie hob ihre Hand und strich ihm das Haar ein wenig aus der Stirn.

»Ach, Herr Vater, warum mußt mich denn jetzt allein lassen? Was soll ich ohne dich? Ausgeschickt haben sie mich einmal, um dich hinters Licht zu führen, ich sollt dir etwas vorgaukeln von Lieb, und dann hab ich es nicht können, weil ich begann, dich wirklich gern zu haben. Weißt es ja. Zum Weib hat meine Liebe nicht gelangt, aber zum Kind. Hätte keinen besseren Vater finden können als dich, und hab es mir so schön vorgestellt, daß du recht, recht alt werden mögest neben mir, deinem Kind. Und jetzt — — —«

Von neuem überwältigten die Tränen sie. Sie hörte nicht, daß die Tür gegangen war, und wurde erst durch die harte Stimme des Valentin aufgeschreckt.

»Laß jetzt das Gewinsel, und handle lieber, ist g'scheiter!«

Mit einem Ruck sprang sie auf die Füße. Ihre Gestalt straffte sich, und ihre Züge spannten sich in eisiger Abwehr.

»Daß du überhaupt noch da bist! Ich muß wohl noch deutlicher werden? Was willst denn überhaupt noch hier?«

Gemütlich ließ der Valentin sich auf die Bank nieder und begann zu sprechen. Er holte weit aus und sprach von jenem Tag, da er sie auf das Schartengebirge begleitet hatte. Oh, er verstand es vorzüglich, es ihr recht eindringlich klarzumachen, daß auch sie damals von dem Gedanken beseelt gewesen wäre, auszuziehen, um den alten Knochen einzuwickeln. Er erinnerte sie daran, daß sie es war, die ihm nachgelaufen und wie toll in der Liebe zu ihm gewesen wäre.

»Du brauchst mir gar nichts vorzumachen«, meinte er. »Du bist an mich gebunden, und ich werde dich zwingen, dein Wort zu halten. Überleg dir das ganz genau!«

Da lachte sie auf in Verachtung und schrie:

»Ja, ich hab mir alles gut überlegt, Valentin Kling. Weißt

du, wann meine glücklichste Stunde war? Da ich gemerkt habe, daß ich dich überwunden hatte. Ja, es ist wahr. Ich war einmal vernarrt in dich. Ein junges, dummes Ding war ich damals. Wie frei hab ich mich gefühlt, als endlich, endlich das geschah, was ich mir lange gewünscht hatte, daß die Liebe zu dir in meinem Herzen starb. Du und auch meine Eltern, ihr habt mich bei diesem grundanständigen, braven Menschen zum Erbschleicher machen wollen. Da sind mir erst die Augen aufgegangen, wieviel Schlechtes ihr von mir gewollt habt. Und vielleicht gerade deswegen, weil ich ihn hinters Licht hätte führen sollen, bekam ich Mitleid mit ihm. Dann ist aus dem Mitleid ein Gefühl der Zuneigung gewachsen. Er hat mich heiraten wollen, ja, das stimmt. Aber dann hab ich ihm gesagt, daß ich ihm als Weib nichts sein könnte, daß ich zu jung für ihn wäre, aber daß ich ihn lieb hätte wie ein Kind den Vater. Und alles, alles wäre so gut gewesen. Es war die schönste Zeit meines Lebens. Dann bist du gekommen und hast dich als mein Bruder ausgegeben.«

Valentin war völlig unbeeindruckt geblieben von ihrer leidenschaftlichen Anklage. Ja, er war fast ein wenig erheitert, stand jetzt auf und ging mit weiten Schritten auf den Sarg zu. Zilli dachte, daß er es auf sie abgesehen hätte und wappnete sich dagegen. Aber er ging an ihr vorbei, griff in die Tasche, holte sich eine Zigarette heraus und zündete sie an der einen Kerze an. Dann blies er den Rauch vor sich hin, in die weitgeöffneten Augen des Toten hinein, und lächelte.

»Gut hast geredet. An dir ist eine Advokatin verlorengegangen.«

Da schlug ihm die Zilli die Zigarette aus dem Mund. »Schämst du dich nicht, am Sarg zu rauchen!«

Er lächelte noch mehr. In seine silbrigen Augen kam fast ein fröhlicher Schein. Dann hatte er blitzschnell den Arm um ihre Schulter gelegt, und zwar so hart und fest, daß sie sich im Augenblick gar nicht dagegen wehren konnte.

»Mußt du jetzt wirklich wie eine Katze mir die Krallen zeigen? Ich fürcht dich doch nicht, und ich weiß, daß die Krallen wie Samtpfoten streicheln können. Hab's nicht vergessen! Hat noch keine so lieb sein können wie du.«

»Laß mich aus, mir graust vor dir.«

»Das bildest du dir ein. Komm, sei g'scheit, Zilli. Schau, jetzt geht unser Leben erst an. Will mich nicht Kling Valentin schreiben, wenn der Alte dir nichts vermacht hätte. Das Schicksal muß es nicht schlecht meinen mit uns beiden, sonst hätte der da nicht so schnell abkratzen müssen.«

Jetzt hatte sie soviel Kraft in sich gesammelt, daß sie ihn mit einem Ruck zurückschleudern konnte. Er streifte im Fallen mit der Schulter den Sarg, daß der eine Kerzenleuchter herunterfiel. Die Kerze erlosch auf dem Boden, und blitzschnell hatte die Zilli den schweren silbernen Leuchter hochgerissen.

»Bleib mir vom Leib jetzt, sonst — —«

»Du bist ja verrückt!«

»Nein, in mir war es noch nie so klar wie jetzt, da ich den einzigen Menschen verloren habe, der es wirklich gut mit mir gemeint hat. Ich kann an seinem Sarg stehen, ohne die Augen niederschlagen zu müssen. Bloß ein Gedanke quält mich, daß ich ihm nicht gleich die Wahrheit gesagt und die Augen darüber geöffnet habe, wer du bist. Gestern habe ich's ihm noch sagen wollen, aber nun ist alles zu spät.

Valentin hielt sich die linke Schulter. Sie schmerzte ein wenig vom Sturz. Wie sie so dastand, hochgereckt, wilden Zorn in den Augen, den Kerzenleuchter zum Schlag erhoben, dünkte ihm, daß er sie noch nie so schön gesehen habe.

»Da hättest das Kraut erst fett gemacht«, meinte er etwas kleinlauter als vorhin. »Er hätt' dir nie verziehn, daß du ihn angelogen hast.«

»Ich hab ihn nicht angelogen, ich habe aber leider die Wahrheit verschwiegen, weil ich mir denkt hab, du gingst von selber, wenn ich dir zeigte, wie gleichgültig du mir geworden bist.«

»Da kennst du mich aber schlecht. Und — die Wahrheit verschweigen ist nicht viel besser als lügen. Wenn du ihm hinterher noch die Wahrheit hättest eintröpfeln wollen wie einem kleinen Kind eine Medizin, wer weiß, ob er dir nicht die Tür gewiesen hätte.«

»Nein, das hätt' er nicht getan! Denn er hat gewußt, wie gut ich ihm gewesen bin. Er hat es wissen müssen, weil ich vom ersten Tag meines Hierseins an nur meine Pflicht getan habe, weil ich ihn herausgerissen habe aus einem Leben, das ihm selber unleidig war. Ja, mein einziger Jammer ist, daß ich ihm die Wahrheit über dich nicht sagen konnte!«

Sie hatte jetzt ganz ruhig gesprochen. Ihr Mund höhnte nicht mehr so hart. Genauso ruhig ging sie hin, hob die Kerze auf, steckte sie in den Leuchter und zündete sie an der anderen an.

Zwei Kerzen brannten jetzt wieder über dem starren Gesicht. Die Flammen duckten sich ein klein wenig, als die Zilli die Tür öffnete und hinausging.

Dem Valentin hingen die Arme schwer herunter. Er fühlte dumpf, daß er alle Macht über Zilli verloren hatte, und ein rasender Zorn wollte ihn überkommen.

»Wart nur, du Kreatur«, zischte er vor sich hin. »Ruh sollst keine mehr kriegen vor mir, solang du lebst. Und wo du auch hingehn magst, ich werd mich immer an deine Fersen heften, und vielleicht bist noch einmal froh um mich.«

Er hob die Zigarette vom Boden auf, die ihm vorhin die Zilli aus dem Mund geschlagen, zündete sie an der Kerze wieder an und rauchte sie, am Sarge stehend, zu Ende. Dann ging er hinauf in seine Kammer.

Im Stall war abgefüttert, und in der Küche wurde die Morgensuppe aufgetragen, weil man doch nicht gut in der Stube essen konnte, solange der Tote drinnen lag. Ja, ein Teil der täglichen Arbeit war bereits getan, denn das Leben stand auf einem Bauernhof nicht still, wenn sich einer auf den kalten Schragen legte. Es ging weiter. Die Tiere im Stall verlangten es, die Wiesen draußen und die Felder. Martin sagte, daß man also nicht in den Wald gehen, sondern dafür Dünger fahren werde. Er sagte dies eigentlich mehr zur Zilli, als wäre sie die Bäuerin. Und sie nickte ihm zu, als sei sie es wirklich, die nun allein auf der Welt stand und so einen besonnenen Menschen für den Hof brauchte, wie der Martin einer war.

In diesem Augenblick schlug der Hofhund an, und als die Zilli zum Fenster hinausschaute, sah sie zwei Gendarmen ihre Fahrräder auf den Hof zu schieben. Ein heißer Zorn erfaßte sie, und sie sagte vor allen ganz laut, was sie dachte:

»Das haben die Wimmerischen angezettelt.«

Sie ging hinaus und öffnete die Haustür. Die Gendarmen lehnten gerade die Fahrräder an die Wand. Der ältere, der Postenkommandant von Tann, nahm seine Mütze ab und wischte sich den Schweiß von der Stirn und dann aus dem Mützenrand.

»Ja«, sagte er, »das ist ja allerhand. So schnell hat es ihn nun weggerissen, den Kronwieder. Kann man ihn einmal sehen?«

»Bitte«, sagte die Zilli und öffnete die Stubentür. Die Gendarmen standen eine Weile stumm vor dem Sarg. Dann nahmen sie das Zweiglein aus der Weihwasserschüssel und sprengten damit über die Leiche hin. Das Wasser rann über die starren Wangen nieder in den Hemdkragen hinein, der sowieso schon ganz naß war von dem vielen Wasser.

Inzwischen hatte sich die Zilli gefaßt, und sie fragte ruhig: »Ist es hier allgemein so Brauch, daß die Polizei kommt, wenn jemand stirbt?«

»Eigentlich nicht, eigentlich nicht«, beeilte sich Postenkommandant Brunner zu erwidern. »Aber hier handelt es sich um einen Auftrag.«

»Ja, ich kann mir's schon denken. Von den Wimmerischen.«

Der Postenkommandant sah keine Ursache, es zu leugnen, und fragte: »Sind Sie die Zilli Vogt?«

»Ja, die bin ich.«

»Dann müssen wir Sie ersuchen, uns die Schlüssel auszuhändigen. Die haben Sie doch?«

»Ja, die habe ich. Hier —« Sie griff in den Ausschnitt ihres Spenzers und zog den Schlüsselbund hervor. »Ich hoffe, daß die Schlüssel in Ihrer Verwahrung bleiben, bis das Gericht entschieden hat, was hier geschehen soll.«

»Natürlich bleiben die Schlüssel bei uns. Was haben Sie gedacht? Tja, und nun sollten wir hier auch noch versiegeln. Aber was sollen wir eigentlich versiegeln? Können Sie uns das sagen?«

»Ich weiß nicht, um was die Wimmerischen Angst haben. Dort ist seine Kammer. Der Schlüssel steckt. Sie können ihn mitnehmen. Außerdem ist drüben noch die kleine Stube mit den Jagdgewehren und sonstigem Zeug und oben die gute Kammer. Wenn Sie auch den Stall absperren wollen, so gebe ich zu bedenken, daß dann das Vieh nicht gefüttert werden kann.«

»Ja, ja, ich weiß, es ist viel Unsinn dabei«, sagte jetzt der Postenkommandant zu dem jüngeren Wachtmeister. »Immerhin, den Schlüssel dort könnten wir noch mitnehmen.«

Das taten sie schließlich auch und zogen wieder ab.

Aber es war keine Ruhe mehr an diesem Vormittag. Kaum waren die Gendarmen fort, fuhr in scharfem Tempo ein dunkelrotes Kabriolett in den Hof und hielt mit quietschenden Bremsen dicht vor der Haustür.

Zillis Herz tat ein paar rasche, laute Schläge. Sie sah Wilhelm aussteigen. Sein Gesicht war ernst. Er trug einen dunklen Anzug und eine schwarze Krawatte.

Die Zilli gab sich einen Ruck. Im Flur begegneten sie einander. Sie trug ein schwarzes, am Hals geschlossenes Kleid. Ihr Gesicht war blaß, ihre Augen wirkten größer als sonst. Ihre Gestalt erschien ihm schlanker, als er sie in Erinnerung hatte.

Wilhelm konnte die leise Verwunderung nicht verbergen, mit der er sie betrachtete. Aber dann war sein Gesicht gleich wieder ernst und verschlossen. Er reichte ihr die Hand.

»Ich dachte nicht, daß mich ein so trauriger Anlaß so schnell wieder nach Kronwied führen würde. Wie war denn so etwas möglich? Was hat ihm eigentlich gefehlt?«

Im Flur auf und ab gehend, erzählte die Zilli ihm in kurzen Worten, was es zu sagen gab. Und sie scheute sich nicht, sich selbst bittere Vorwürfe zu machen, weil sie nicht gleich den Doktor geholt hatte.

»Aber, Sie kennen ihn ja, wie er war. Er nahm es als eine Bagatelle und wollte von einem Arzt nichts wissen.«

»Ja, ich weiß, wie er war, und Sie sollten sich keinen Vorwurf machen. Auf alle Fälle danke ich Ihnen, daß Sie mir das Telegramm geschickt haben. Wollen wir nun zu ihm?«

Sie standen nebeneinander vor dem Sarg. Wilhelm war um einen halben Kopf größer als sie. Die Zilli hatte das Gefühl, als müßte sie sich nach allem, was sie nun erlebt hatte, vertrauensvoll an seine Schulter lehnen. Ihr war, als wäre nun alle Last und alle Verantwortung von ihr genommen, weil er da war.

»Furchtbar, diese offenen Augen«, sagte Wilhelm. »Man hätte sie schließen müssen.«

»Ich wollte es tun, aber es ging nicht mehr«, antwortete die Zilli.

»Schrecklich, wenn man bedenkt, daß er vor kurzem noch so ein gesunder Mensch war.« Wilhelm wandte sich ab und ging zum Fenster hin. »Ich kannte ihn kaum mehr wieder, so sehr hatte er sich verändert gehabt. Es muß doch ein Trost für Sie sein, daß Sie es waren, die ihm das Leben in letzter Zeit schöner gestaltet hat. Auch dafür möchte ich Ihnen danken, soweit mir das Recht zusteht.«

Wie wohl ihr diese Worte taten.

»Ich habe es getan, weil ich ihn gern hatte. Es ist zwar überall anders verstanden worden. Ich gebe Ihnen aber mein Ehrenwort, es war nichts zwischen mir und ihm, was das Tageslicht scheuen müßte!«

Verwundert schaute er sie eine Weile an.

»Sie brauchen mir keine Rechenschaft ablegen, Zilli. Ich darf doch Zilli sagen? Im übrigen — ich glaube Ihnen. Sehen Sie nur, wie friedlich er daliegt. Und da meint man immer, der Tod wäre etwas Schreckliches.«

»Das glaube ich nicht«, antwortete die Zilli. »Vielleicht ist tot sein schöner als leben.«

»Ach, Sie Kindskopf, Sie junger«, sagte Wilhelm müde und gähnte hinter der vorgehaltenen Hand. Er war erst gegen drei Uhr früh heimgekommen und hatte das Telegramm vorgefunden. Dann hatte er nur ein paar Stunden geschlafen und war hierhergefahren.

»Haben Sie schon gefrühstückt?« fragte die Zilli. »Kommen Sie mit mir in die Küche. Ich richte Ihnen gleich etwas her.«

Der starke Bohnenkaffee, den sie ihm kochte, riß alle Müdigkeit aus seinen Gliedern.

»Die übrigen Verwandten«, fragte er, »waren die schon hier?«

»Ja, gestern bereits.«

»Das dachte ich mir. Von ihnen hätte ich ja wohl keine Mitteilung erhalten. Wenigstens nicht so früh.«

»Sie wollten die Schlüssel mitnehmen. Aber ich habe sie ihnen verweigert. Darum haben sie heute schon die Polizei geschickt.«

»Das ist interessant. Und vor allem, es war sehr klug von Ihnen. Sind die Schlüssel jetzt bei der Polizei?«

»Ja, gegen die Behörde konnte ich mich ja nicht weigern. Wären Sie früher gekommen, hätte ich sie Ihnen gegeben.«

»So groß ist Ihr Vertrauen zu mir?«

»Ja, grenzenlos«, sagte die Zilli und erschrak dann über ihre eigenen Worte. Sie verriet sich am laufenden Band, und wäre er mit seinen Gedanken nicht woanders gewesen, so hätte es ihm längst auffallen müssen.

»Sie bleiben doch jetzt hier, bis alles vorüber ist?« fragte sie dann.

»Das geht leider nicht«, meinte Wilhelm. »Ich muß heute nochmals zurück. Sagen Sie mir, was es noch zu erledigen gibt, das möchte ich Ihnen gerne abnehmen.«

»Eigentlich nichts mehr. Das heißt, mit dem Herrn Dekan müßte man noch reden. Und dann, einen Kranz. Herr Wilhelm, wenn Sie das übernehmen möchten? Einen Kranz von uns Dienstboten. Und dann beim Wirt das Essen für die Träger. Ich kenne mich da nicht so aus.«

»Machen Sie sich keine Sorgen, Zilli. Ich werde das jetzt gleich erledigen. Am besten wäre, wenn Sie mitkämen. Wir fahren nach Matzberg, denn hier kriegt man ja keine Kränze.«

In ihr blasses Gesicht kam ein Schimmer der Freude.

»Ich darf mit Ihnen mitfahren? Mit dem Auto?«

»Natürlich. Dann können wir vielleicht auch beim Notar nachfragen, ob der Onkel dort was hinterlassen hat.«

»Als wir vorige Woche in Matzberg waren, war er eine gute Stunde beim Rechtsanwalt«, fiel es der Zilli ein. Sie war ganz aufgeregt, daß sie nun mit ihm fahren durfte. Um es aber etwas zu verbergen, fragte sie:

»Und wie geht es dem Fräulein Braut?«

»Danke, alles in Ordnung«, antwortete er und sah auf seine Uhr am Handgelenk. »Sind Sie fertig?«

»Ja, nur meinen Mantel muß ich noch holen.«

Sie eilte raschen Schrittes hinaus.

Doktor Wendland war in der Nacht zum Montag zurückgekommen. So erfuhr er nichts mehr vom Tode des Kronwieder und wurde erst darauf aufmerksam, als er beim Morgenkaffee die Zeitung in die Hand nahm und die Todesanzeige las.

»Sieh mal, Nelly, der Kronwieder ist gestorben. Was wird denn dem gefehlt haben? Ich sah ihn doch vorige Woche erst mit seiner Haushälterin in Matzberg!«

Seine Frau kannte den Kronwieder nur vom Hörensagen, denn als Patient stand er nicht in der Kartei, die sie für ihren Mann gewissenhaft führte.

»Vielleicht ist er verunglückt?« meinte sie.

»Krank schien er mir jedenfalls nicht zu sein. Moment, ich hör gerade Herrn Ertl über die Stiege kommen.«

Doktor Wendland schob die Zeitung zurück und trat in den Flur hinaus.

»Guten Morgen, Herr Ertl. Ich lese gerade, daß der Kronwieder gestorben ist. Wissen Sie vielleicht Näheres?«

»Leider nein. Nur so viel, daß gestern nach der Kirche die Haushälterin hier war und Sie zu ihm holen wollte. Sie erzählte, daß er sich an einem rostigen Nagel geritzt hätte, und ich gab ihr ein paar Huflattichblätter zum Auflegen mit. Das war so um zehn Uhr rum. Um die Mittagszeit aber läutete man schon das Sterbeglöcklein. Es muß sehr schnell gegangen sein mit ihm.«

»Danke«, sagte Doktor Wendland und ging nachdenklich in sein Wohnzimmer zurück. »An einem rostigen Nagel soll er sich verletzt haben«, erzählte er seiner Frau. »Vermutlich Blutvergiftung. Diese Bauern kommen ja nicht eher zum Arzt, bevor nicht der Sensenmann an ihrem Bett steht. Dann ist es meistens zu spät. Immerhin —«, er besann sich plötzlich, stand auf und ging ans Telefon. Auf der anderen Seite meldete sich sein Kollege Schrott von Matzberg, den er mit seiner Vertretung beauftragt hatte.

»Hier ist Wendland. Sagen Sie, Herr Kollege, sind Sie gestern nach Kronwied geholt worden zu einer Leichenschau? Nicht? Das ist ja allerhand. Ich will doch einen Besen fressen, wenn dieser Bader Lenz nicht wieder in Aktion getreten ist. — — Nein, nein, nicht nötig. Ich werde gleich selber hinfahren. Und vielen Dank, Herr Kollege.«

Wenig später stieg Doktor Wendland in seinen Volkswagen und raste nach Kronwied. Er kam dort gerade an, als Wilhelm und Zilli wegfahren wollten.

»Doktor Wendland«, stellte er sich vor und wendete sich dann an die Zilli. »Sie waren gestern vormittag bei mir, habe ich gehört.«

»Ja, ich wollte Sie zu ihm holen.«

»Lebte er da noch?«

»Ich weiß es nicht. Als ich wegging ins Hochamt, meinte ich, daß er schlief. Weil mir aber der Arm gar nicht gefallen hat, wollte ich Sie holen, obwohl es ihm nicht recht war.«

»Ja, ich war leider nicht anwesend. Und als Sie dann heimkamen?«

»War er schon tot.«

»Mhm. Hat jemand eine Leichenschau vorgenommen?«

»Ja, der Bader von Tann.«

»Ich hab mir's doch gedacht. Ich möchte ihn sehen.«

Er wurde in die Stube geführt. Lange stand Doktor Wendland vor dem Sarg. Dann griff er nach einer Hand des Kronwieder. Es war sehr still jetzt in der Stube. Doktor Wendlands Gesicht wurde immer gespannter. Während er mit der rechten Hand den Puls griff, schob er mit der linken die Stirnhaut des Kronwieder weit zurück und sah angestrengt unter die Lider der Augen. Endlich richtete er sich auf.

»Das ist keine Leichenstarre. Starrkrampf ist es, bewirkt durch das Toxin des Tetanusbazillus. Puls ist noch da, wenn auch nur ganz schwach. Vermutlich ist der Erkrankte in gewissen Zeitabständen zu sich gekommen. Auf alle Fälle dürfte er wahrgenommen haben, was um ihn herum vorgegangen ist. Wem gehört denn der Wagen draußen?«

»Mir«, sagte Wilhelm und stellte sich als der Neffe vor.

»Würden Sie so schnell wie möglich nach Matzberg fahren und meinen Kollegen Schrott, Marktplatz zwölf, herholen.« Er riß einen Block aus seiner Tasche, kritzelte etwas darauf und übergab Wilhelm den Zettel. »Geben Sie nur dies ab. Und bitte, es ist höchste Eile geboten.«

Aufheulend brauste Wilhelms Wagen aus dem Hof. Drinnen in der Stube sagte Doktor Wendland zur Zilli:

»So, und jetzt bitte eine Schüssel mit Wasser, Seife und Handtuch. Und weg jetzt mit der Dekoration.« Mit raschen Bewegungen wischte er die Blumen auf den Fußboden. »Ist vielleicht ein kräftiger Mann zur Stelle? Wir wollen den Armen zunächst einmal aus dem Sarg befreien.«

»Ich bin stark genug«, sagte die Zilli und faßte kräftig an den Füßen an, während Doktor Wendland unter den Oberkörper griff. Sie betteten ihn auf das Sofa. Dann erst ging die Zilli und holte das Verlangte.

Ihre Gedanken waren auf einmal ganz verwirrt. Sie konnte es einfach nicht glauben, daß der Kronwieder noch am Leben sei. Der Arzt täuschte sich vielleicht. Und wenn nicht? Es wäre furchtbar gewesen, wenn er nicht mehr gekommen wäre! Sie erinnerte sich, daß man drüben im anderen Tal des Schartengebirges von einem erzählt hatte, der auch scheintot gewesen war und erst zu sich kam, als man den Sarg schon in die Erde senken wollte. Da hätte er dann noch an den Sargdeckel schlagen können. Das Wort ›scheintot‹ machte binnen weniger Minuten die Runde durch den Hof, daß es durch alle wie ein freudiges Erschrecken hinging, bis auf einen, der kalkweiß wurde und dann in ein höhnisches Gelächter ausbrach.

»Laßt euch doch nichts vormachen«, sagte Valentin. »Der ist tot, und kein Gott und kein Teufel können ihn wieder lebendig machen.«

Währenddessen hatte Doktor Wendland dem Kronwieder die Joppe abgenommen und der Schnelligkeit halber den Ärmel seines Hemdes gleich aufgeschnitten. Besorgt betrachtete er die Wunde am Arm. Zu dumm, daß er nichts mitgenommen hatte. Er konnte nun weiter nichts tun, als die Herzgegend massieren. Aber nach menschlicher Berechnung mußte der Kollege Schrott mit dem Nötigen bereits nach hierher unterwegs sein.

Der Puls ging immer noch gleich schwach. Aber nach weiteren fünf Minuten meinte Doktor Wendland bereits eine regere Tätigkeit wahrzunehmen.

Die Zilli kam mit dem Wasser.

»Kann ich etwas helfen?« fragte sie.

»Nein, danke. Oder doch. Stellen Sie die Blumen raus und die Kerzenleuchter. Wenn alles gutgeht, brauchen wir das nicht mehr.«

Der Zilli schossen die Tränen in die Augen.

»Dann ist er also wirklich bloß scheintot?«

»So sagt man, ja. Aber es ist typischer Tetanus-Starrkrampf.«

Doktor Wendland zog seinen Rock aus, krempelte die Ärmel seines Hemdes hoch und begann sich die Hände zu waschen.

»Haben Sie niemanden, den Sie zu mir hinunterschicken könnten? Die Sprechstunde muß heute ausfallen. Man soll mich nur in ganz dringenden Fällen hier wegholen.«

»Der Blasius kann gleich mit dem Rad runterfahren.«

»Dann soll er sich von meiner Frau Mullbinden und Watte mitgeben lassen.«

In diesem Augenblick fuhr draußen Wilhelms Auto vor. Doktor Schrott, etwas älter als Wendland, sprang mit seiner Tasche aus dem Wagen und eilte sofort ins Haus.

Fünf Minuten später erhielt der Kronwieder die erste Tetanusspritze. Fast schweigend verständigten sich die beiden Ärzte in ihrer Tätigkeit, als ob sie seit Jahren darauf eingespielt wären. Nur zuweilen fiel irgendein lateinisches Wort, wie »Curare« oder »Antibiotika«. Dann begann Doktor Wendland die Wunde auszuschneiden, während Schrott mit der künstlichen Atmung fortfuhr.

Die Stubenfenster standen weit offen. Trotzdem klang kein Laut herein. Es war, als ob alles Leben auf dem Hof den Atem angehalten hätte, um zu warten, ob beim Herrn des Hofes das Leben wiederkäme.

Einmal hörte man vom Dorf herauf die Wandlungsglocke läuten. Dort fand eine Hochzeit statt. Morgen hätten die Glocken für den Kronwieder läuten sollen. Aber hier waren nun zwei Männer am Werk, die verbissen mit dem rangen, der seine Hand schon gebieterisch ausgestreckt hatte nach dem Bauern, damit er mit ihm ginge.

Eine Stunde mochte so vergangen sein, als der Kronwieder ein leises Stöhnen von sich gab. Die Verkrampfung des Kiefers schien sich zu lösen. Das Verglaste in den Augen lockerte sich, müde schlossen sich die Lider darüber, der Atem wurde tiefer.

Die Wunde am Arm war nun sauber ausgeschnitten und verbunden. Endlich gönnten sich die beiden Ärzte eine kurze Verschnaufpause. Sie traten ans Fenster und zündeten sich Zigaretten an. Doktor Wendland stand der Schweiß auf der Stirn.

»Welch ein Glück, daß ich nachschaute«, sagte er und blies den Rauch der Zigarette ins Freie hinaus. »Aber diesem Bader Lenz werde ich den Kopf richtig waschen.«

»Warten Sie lieber damit, bis wir den dort ganz durchhaben«, meinte Doktor Schrott.

»Haben Sie noch Bedenken?«

»Eigentlich nicht. Aber man kann ja nie wissen. Wenn er bis zum Abend auf alles, was wir jetzt getan haben, gut reagiert, habe ich Hoffnung.«

»Ich werde bei ihm bleiben, solange es notwendig ist.«

»Sollte etwas sein, so verständigen Sie mich bitte sofort«, antwortete Doktor Schrott. »Vorerst kann ich hier nichts mehr tun. Ich gebe ihm jetzt noch eine Strophanthinspritze, dann wollen wir sehn, daß wir ihn anderswo hinlegen können. Wo ist denn hier der dienstbare Geist?«

Doktor Wendland ging hinaus und fand die Zilli in der Küche. Bei ihr saß Wilhelm. Wilhelm sprang sofort auf.

»Was ist jetzt, Herr Doktor?«

Wendland lächelte ein wenig.

»Wenn alles glückt, werden wir ihn durchbringen.«

»Gott sei Dank«, sagte die Zilli mit einer Stimme, in der Weinen und Lachen war.

»Wir müssen nun ein Bett für ihn herrichten und dafür sorgen, daß es möglichst ruhig um ihn ist. Und Sie«, wandte er sich an Wilhelm, »sind doch so liebenswürdig und bringen meinen Kollegen nach Matzberg. Ich hoffe, daß wir ihn nicht nochmals bemühen müssen.«

Zehn Minuten später lag der Kronwieder in seinem sauber überzogenen Bett, und Wilhelm war bereits mit Doktor Schrott auf dem Weg nach Matzberg. Als er in Tann am Friedhof vorbeifuhr, sah er dort den Totengräber Aberl werken. Er hielt an und sprang die paar Stufen zum Gottesacker hinauf. Der Totengräber war gerade damit beschäftigt, die Umrandung um das Familiengrab der Kronwieder wegzutun und für den Adam Lechner das große Loch zu graben.

»Aberl, mach nur wieder zu«, begrüßte Wilhelm ihn lachend und legte ihm die Hand auf die Schulter. »Auf den Kronwieder mußt du noch warten.«

Der Aberl blinzelte ihn mit seinen wasserhellen Äuglein an und bemühte sich, den Sprecher zu erkennen.

»Ach, du bist es«, sagte er dann. »Daß du noch nicht gescheiter worden bist! Dir steckt der Kopf noch voller Dummheiten, grad wie in der Schulzeit.«

»Nein, Aberl, wirklich. Mein Onkel — die Ärzte haben ihn wieder ins Leben zurückgebracht.«

Josef Aberl, genannt der »Totensepp«, schüttelte den Kopf. »Da sieht man's wieder. Wenn man Geld hat, kann man sich sogar wieder lebendig machen lassen.«

»Vorausgesetzt, daß man nicht tot war«, lachte Wilhelm. »Damit du aber das Loch nicht umsonst gemacht hast« — er griff in seine Tasche und warf dem Alten ein Geldstück zu —, »da, kauf dir ein paar Maß, und richte das Grab wieder so schön her, wie es vorher war.«

Dann ging Wilhelm wieder zu seinem Wagen zurück und brachte Doktor Schrott nach Matzberg.

Nach drei Tagen war Adam Lechner, der Kronwiedbauer, endlich so weit, daß er tagsüber in der Stube in dem bequemen Lehnsessel sitzen konnte. Zwar war er noch recht schwach, und sein Gesicht war wieder so eckig und mager wie damals, als die Zilli auf den Hof gekommen war.

Doktor Wendland schaute auch jetzt noch dreimal am Tag nach und kam an diesem dritten Tag sogar noch nach Einbruch der Dunkelheit, als der Kronwieder schon wieder im Bett lag.

Er untersuchte ihn nochmals sorgfältig, versorgte die Wunde am Arm gewissenhaft und ließ sich dann auf dem Stuhl neben dem Bett nieder.

»So, Kronwieder, nun wollen wir gemütlich das Glas Wein trinken, das ich Ihnen bisher immer abgeschlagen habe. Jetzt sind wir über den Berg, und ich komme morgen nur am Abend nochmals zum Nachschaun.«

»Was? Bloß noch einmal am Tag?« fragte Adam Lechner ängstlich.

»Ja, ich will Ihnen unnötige Kosten ersparen.«

»Ach was, von dem reden wir gar nicht. Was es kostet, das kostet es. Die Hauptsache ist, daß ich wieder lebe. Schenken S' zwei Gläser ein, Herr Doktor. Dort im Wasserkübel steht die Weinflasche. Mein Lieber, was ich durchgemacht hab in den zwei Tagen, wo ich mich nimmer hab rühren können und doch alles gehört und gesehn hab, das möchte ich meinem Todfeind nicht wünschen!«

Seine Stimme war immer noch leise, aber seine Augen leuchteten von der wiedergewonnenen Lebenskraft. Der Doktor gab ihm das Glas in die Hand, und sie stießen an.

»Auf Ihre Gesundheit, Kronwieder.«

Adam Lechner tat einen tiefen Schluck von dem guten Tiroler Roten. Dann sprach er weiter.

»Was Gutes hat es doch auch gehabt, Doktor. Jetzt weiß ich, wie ich dran bin mit den Menschen. Grad die Verkehrten hab ich für gut angeschaut, und die Guten hab ich rausgestoßen, wie meinen Neffen Wilhelm.«

»Doch«, gab Doktor Wendland zu, »dieser Neffe hat sich großartig benommen. Vor allem aber die Zilli. Ich muß diese Frau bewundern. Eine bessere Krankenpflegerin hätten Sie nicht haben können. Und wenn Sie ihr gleich gefolgt und mich früher gerufen hätten, wäre es erst gar nicht soweit gekommen.«

»Ja, ja, die Zilli und der Wilhelm«, sagte der Kronwieder versonnen und schaute tiefsinnig in sein Glas, in dem der Rote leuchtete. »Wie ist es denn überhaupt morgen? Ich kann doch wieder aufstehn, so wie heute?«

»Ein paar Stunden, ja. Aber bitte, nur jetzt am Anfang keine Überanstrengung. Und — vor allem gut essen. Darum brauche ich mich ja nicht zu sorgen, die Zilli weiß schon das Rechte. So — und nun will ich mich auf den Heimweg machen. Schlafen Sie gut, Kronwieder, das ist das Beste, was Sie jetzt tun können. Viel Schlaf, gut essen und nicht aufregen. Wenn Sie so weitermachen, können Sie am Sonntag schon wieder bei Ihrem Kartenspiel sitzen.«

Der Doktor ging, und die Zilli kam. Sie schüttelte ihm die Kissen auf, bettete ihn warm und sorgsam nieder und ließ es gern geschehen, daß er den linken Arm um ihren Nacken legte und ihr Gesicht neben das seine niederzog.

»Ja, ja, Madl, wenn es anders gegangen wär, läg ich jetzt schon unterm Rasen.«

»Ach, red doch nicht davon«, bat sie. »Ich hab genug mitgemacht in den Tagen.«

»Ja, ich weiß es, Zilli. Du hast es ehrlich gemeint mit mir, und ich werd mich schon erkenntlich zeigen. Aber jetzt sag mir einmal, warum hast du mir nicht gleich die Wahrheit gesagt, als der Lump gekommen ist.«

Die Zilli zuckte zusammen wie unter einem Schlag. Mit entsetzten Augen schaute sie ihn an. Er aber lächelte.

»Glaubst du denn, daß ich diesen Halunken auch nur eine Stunde im Haus behalten hätte?«

Die Zilli umklammerte seinen Hals wie in Angst.

»Verzeih mir, Vater! Die einzige Sünd', die ich dir gegenüber begangen hab, ist die, daß ich dir nicht gleich die Wahrheit gesagt habe. Und als ich soweit war, sie dir sagen zu können, da ist das Unglück mit deinem Arm gekommen. Woher weißt du es denn jetzt überhaupt?«

Er strich ihr über die Wange und dann über ihr Haar hin.

»Ich hab doch alles gehört, was geredet worden ist in dieser Zeit.«

»Um Gottes willen!«

»Brauchst doch nicht erschrecken. Du hast ja nichts zu befürchten. Keiner auf dem Hof bis auf den einen. Und mit dem werd ich morgen Abrechnung halten. Es war wunderbar von dir, Zilli, daß du den Kerl bis jetzt nicht zu mir gelassen hast. Der wäre imstand und machte mich jetzt noch kalt. Aber morgen zahl ich ihm alles heim, was er dir und auch mir angetan hat. Heute haben mir die Gendarmen die Schlüssel zurückgebracht, und ich hab nachgeschaut. Es fehlen über dreitausend Mark in der Kasse.«

»Das kann doch nicht sein!« schrie die Zilli. »Ich hab doch die Schlüssel erst aus der Hand gegeben, als die Gendarmen kamen.«

»Ich weiß, die Gendarmen, die mein lieber Schwager geschickt hat. Wenn er kommen sollte, dann laß ihn herein, meinen Herrn Schwager. Ich möchte ihm gern danken für seine Fürsorge. Was aber die Schlüssel betrifft, so war der andere schneller als du, Zillimadl. Bis du von der Kirche gekommen bist, hat der schon ausgeräumt gehabt. Und ich hab zuschauen müssen und mich nicht rühren können. Glaub mir, Zilli, wenn ich mein Bewußtsein einmal für kurze Zeit ganz beisammen hatte, dann wollt ich bloß nach dir schreien. Aber es ist ja nicht gegangen. Hast viel um mich geweint, Dirndl, und ich werd dir's schon lohnen. Komm, gib mir noch ein Schluckerl Wein, und trink du auch eins. Die Fensterläden sind doch zu. Wenn du gehst, dann sperr auch die Schlafkammer zu. Ich trau dem Valentin nicht übern Weg!«

»Brauchst keine Angst zu haben, Vaterl. Ich schlaf in der Stube auf dem Sofa. Der kommt mir gar nicht rein.«

»Ich weiß schon. Auf dich kann ich mich verlassen. Und — wart nur ab, Zilli, ich werd dir schon einen Mann suchen — —« Er sah, wie sie erschrak, und beruhigte sie schnell. »Brauchst nicht zu erschrecken. Laß mich nur machen, ich weiß schon, was ich will. Und jetzt geh nur schlafen. Ab morgen wirst du überhaupt ein paar Tage ausspannen. Soviel Arbeit gibt es jetzt gerade nicht. Soll nur die Lena ein paar Tage kochen. Und — Zilli — bitt dich gar schön: Gib mir ein Bußl, wenn es geht. Wenn dir graust vor mir — na ja, ich könnt es dir auch nicht übelnehmen.«

»Aber, Vaterl«, schluchzte die Zilli auf und umschlang seinen Hals. »Wie kannst denn so was meinen!«

Sie küßte ihn auf die Augen, auf die Wangen und auf den Mund. Sie deckte ihn sorgsam zu und wartete so lange, bis sein Atem in einen ruhigen Schlaf hinüberwechselte.

Dann ging sie leise hinaus, sperrte die Tür ab und steckte den Schlüssel zu sich. Sie legte sich auf dem Sofa in der Stube schlafen und hörte lange auf den Wind, der durch die Nacht ging.

Am nächsten Vormittag gab einer dem anderen die Tür in die Hand. So um neun Uhr herum kam der Krämer Pichler in seinem alten Ford angefahren, brachte dem Kronwieder eine Flasche Sekt und der Zilli eine Schachtel Pralinen. Der Kronwieder saß in der Stube in seinem Lehnstuhl, und es interessierte ihn am meisten, wer am letzten Sonntag beim Kartenspielen gewonnen hätte.

Sie hätten nur zu dritt gespielt, sagte Pichler, und gewonnen hätte der Herr Dekan.

»Dem vergönn ich's«, lachte der Kronwieder fröhlich. »Ich hab ihn immerhin um gute zweihundert Mark gebracht, weil ich wieder lebendig geworden bin.«

»Wie war's denn drüben?« wollte der Pichler wissen.

»Ganz war ich ja nicht drüben«, sagte der Kronwieder ernst. »Aber einen kleinen Vorgeschmack hab ich jetzt. Und die Menschen hab ich auch kennengelernt dabei.«

»Vielleicht muß man erst einmal scheintot sein, um die Menschen kennenzulernen.«

»Da hast du ganz recht, Pichler. Geh, Zilli, schenk ihm einen Zwetschkenschnaps ein.«

Die Zilli ging hinaus in die Speis, wo die Flasche mit Zwetschkenschnaps stand.

»Das Frauenzimmer wird immer schöner«, sagte der Kaufmann Pichler. »Wenn ich dagegen —«

»Sag nichts über deine Frau«, unterbrach der Kronwieder ihn. »Sie ist vielleicht nicht ganz so raffiniert wie du, wenn es um die Preise geht, aber trotzdem ist sie eine tüchtige Geschäftsfrau.«

Gern gab es der Pichler zu und tätschelte der Zilli zärtlich den Arm, als sie ihm den Schnaps eingeschenkt hatte.

Als er wegfuhr, betrat gerade der Postrat Ertl den Hof und hatte etwas in Seidenpapier Eingewickeltes bei sich. Sie gerieten sogleich aneinander, weil der Postrat meinte, der Pichler hätte auch etwas sagen und ihn gleich mitnehmen können, dann hätte er den Weg nicht zu Fuß machen brauchen.

»Als ob es dir schadet, wenn du deinen Schmerbauch ein wenig durch die Landschaft trägst«, höhnte der Krämer. »Was hast denn überhaupt in dem Seidenpapier drinnen? Brennesseln vielleicht?«

»Nein, Rosen.«

»Rosen? Soso, aha, Rosen. Für den Kronwieder Rosen! Daß ich nicht lache. Möchtest die Zilli damit ködern? Da bleibt dir aber der Schnabel sauer.«

»Dir auch«, sagte der Postrat und stapfte ärgerlich ins Haus.

Natürlich hatte er die Rosen nicht für den Kronwieder gedacht. Treibhausrosen waren es, das Stück zu einer Mark. Er überreichte sie dem Kronwieder, aber der roch gar nicht einmal daran, sondern gab sie gleich der Zilli, damit sie ins Wasser kämen. Dann erhielt auch der Postrat seinen Schnaps.

»Du machst ja nette Sachen«, begann der neue Besucher. »Jagt einem der Mensch so einen Schrecken ein! Was hast dir denn da so gedacht, wie du dagelegen bist und dich nicht mehr hast rühren können?«

»Was ich da denkt hab?« meinte der Kronwieder. »Wieviel ich dir ungefähr beim Kartenspielen schon abgewonnen habe.«

»Das war nicht wenig. Immerhin, die Unterhaltung war es ja wert. Und so wie ich dich jetzt kenne, wirst du deine Kartenbrüder demnächst einmal freihalten zur Feier deiner Wiederauferstehung.«

Der Postrat blieb etwas länger als der Pichler, und er ging erst, als es ihm gelungen war, die Zilli in der Küche einen Augenblick allein zu sprechen und sie flüsternd zu fragen, ob es nicht ginge, daß sie beim Anblick der Rosen auch ein wenig an ihn dächte.

Doch, das ginge vielleicht schon, meinte die Zilli schalkhaft und begleitete dann den Postrat zur Tür hinaus. Und weil er es damals so gut gemeint hatte mit den Huflattichblättern, gab sie ihm ein Stück Selchfleisch mit nach Hause.

Etwa eine Stunde später kreuzte der Herr Dekan auf. Der brachte ihm keinen Wein mit und auch keine Rosen, dafür den Segen des Herrn, für den der Kronwieder dankbarer war als für die anderen irdischen Dinge.

Der Herr Dekan blieb am längsten, und ihm gegenüber lüftete der Kronwieder zum erstenmal seinen geheimen Plan, den er sich zurechtgelegt hatte.

Aufmerksam und geduldig hörte der geistliche Herr ihm zu, nickte zustimmend und hatte am Schluß doch Bedenken.

»Was du dir da ausgeheckt hast, Adam Lechner, hört sich gut und schön an. Aber die Praxis könnte doch anders aussehen. Vorsehung sollen wir Menschen nicht spielen. Wichtig bei allem wäre doch in erster Linie, daß die beiden Menschen sich verstehen, daß sie sich lieben und —«

»Wer soll meine Zilli nicht gern haben können? Die Finger müßte er sich abschlecken, der Wilhelm, wenn er sie kriegt.«

»Ja, aber du sagtest doch vorhin, daß der Wilhelm schon anderweitig gebunden wäre?«

»Solange sie nicht vor dem Altar gestanden sind, ist niemand gebunden«, meinte der Kronwieder. »Und was will er denn mit diesem Gestell? Die paßt ja gar nicht zu ihm.«

Der Dekan dachte lange nach, bis er dann antwortete:

»Ich verstehe dich ja, Kronwieder. Diese beiden Menschen stehen dir am nächsten. Aber ob man mit Gewalt etwas zusammenspannen soll?«

»Herr Dekan! Ich hab jetzt erlebt, wie schnell es mit einem zu Ende gehen kann. Und eins vom Ärgsten war für mich der Gedanke: Du mußt jetzt abtreten, und niemand ist da, der in meinem Sinn, auch blutsmäßig gesehen, weitermacht. Dazu paßt aber keiner besser als der Wilhelm. Er wäre ja ein Narr, wenn er sich das schöne Erbe auskommen ließe. Deswegen kann er allweil nebenbei seinen Beruf ausüben, vor allem, wenn er dann eine Frau hat wie die Zilli.«

»Ich sehe schon, wenn du dir was in den Kopf gesetzt hast, kann man es dir nicht mehr ausreden. Du willst jetzt Schicksal spielen und gefällst dir wahrscheinlich in dieser Rolle. Wenn das nur gutgeht, Kronwieder.«

»Es geht schon gut, es muß gutgehn. Die Lieb allein ist im Zusammenleben von zwei Menschen nicht das Wichtigste. Achtung muß man voreinander haben, und eins muß zum andern aufschauen können. Und wenn dann Kinder da sind — ui jeggerl, ui jeggerl, Herr Dekan. Bitt schön, reden Sie mir's nimmer aus! Ich hab mir alles schon so schön ausgedacht.«

»Nein, ich rede dir das nicht aus, Adam Lechner. Du hast mich um meine Meinung gefragt, und ich habe meine Bedenken geäußert. Es kann ja auch sein, daß alles in vollem Umfang klappt. Es würde sich niemand darüber mehr freuen als ich.«

Die Zilli wollte den Herrn Dekan dann noch zum Mittagessen einladen. Er mußte aber zu seinem Bedauern ablehnen, weil er noch einen Besuch bei einer Schwerkranken zu machen hatte.

»Aber der Postrat hat gemeint, ich müßte was springen lassen zur Feier meiner Wiederauferstehung«, lachte der Kronwieder. »Und da lade ich euch alle drei für den nächsten Sonntag zu uns ein.«

»Gut, das nehme ich an«, sagte der Dekan.

»Hat der Herr Dekan vielleicht wegen des Essens einen besonderen Wunsch?« fragte die Zilli.

»Herz am Rost mag er gern«, erinnerte sich der Kronwieder. Aber der Dekan verbat es sich, daß seinetwegen besondere Umstände gemacht würden. Dann ging er.

Eine halbe Stunde später war es bereits Mittag, und die Leute des Kronwiedhofes warteten darauf, bis das Dachglöcklein zum Essen rief.

»Geh noch schnell rüber, Zilli, und hol mir meinen Kugelstutzen«, schaffte der Kronwieder an. »Die Patronen liegen in der grünen Schachtel in der linken Schublade.«

Erschrocken drehte sich die Zilli um.

»Was hast du vor, Vater?«

»Nichts Gefährliches. Geh nur, und tu, was ich sag.«

Sie brachte ihm das Gewehr und die Patronen. Er lud es und stellte es hinter sich an den Ofen. Dann läutete das Dachglöcklein, und die Leute erschienen zum Essen. Als erster betrat der Valentin die Stube. Der Kronwieder sah ihn nach all den Tagen zum erstenmal wieder, und sein Mund preßte sich zusammen.

Valentin war grenzenlos unsicher. Aber er zwang sich ein Sonntagslächeln auf und meinte treuherzig:

»So ist's recht, Kronwiedvater. Nur nicht auslassen, dann wird's schon! Fühlst dich doch wieder ganz wohl?«

»Wohler vielleicht als manch anderem in seiner Haut«, sagte der Kronwieder orakelhaft und sah grimmig drein.

Der Martin trat vor ihn hin und sagte: »Es freut uns alle, Bauer, daß es mit dir wieder so gekommen ist.«

»Ja, dir glaub ich«, antwortete der Kronwieder kurz. »Setzt euch nur hin jetzt zum Essen.«

Während des Essens wurde kaum gesprochen. Die Zilli saß beim Bauern am Ofentischchen und war doch ein wenig unruhig, weil sie nicht wußte, was das Gewehr hinter dessen Rücken zu bedeuten hatte.

»Wie schaut es aus draußen?« fragte der Kronwieder.

»Die obere Breite ist gedüngt, und heut nachmittag werden wir auch mit dem Anger fertig«, antwortete Martin.

»Ist gut. Dann kommt morgen gleich die Samerwiese dran, und nächste Woche geht es ins Holz.«

Inzwischen waren auch die Leute fertig mit dem Essen. Die Lena sprach das Dankgebet, dann standen sie alle auf und wollten gehen. In diesem Augenblick langte der Kronwieder hinter sich und nahm das Gewehr in die Hand. Er flüsterte der Zilli etwas zu, und sie ging zur Tür hin.

»Einen Augenblick noch, Leute. Ich hab euch was zu sagen. Ihr wißt, daß ich nicht viel reden kann, aber was ich sag, kommt aus ehrlichem Herzen. Ich dank euch für die Treue, die ihr mir gehalten habt in den schweren Tagen. Ich hab es miterleben müssen, daß euch mein vermeintlicher Tod doch recht nahegegangen ist. Daran hab ich erkannt, daß ihr doch alle an mir hängt. Ich dank euch also. Bloß — einer ist unter euch —, der hat falschgespielt. Aus meiner Kassette fehlen dreitausendvierhundert Mark.«

Valentin wechselte die Farbe. Seine Augen hingen wie gehetzt am Stahllauf des Gewehres, das der Kronwieder in halbe Brusthöhe gehoben hatte.

Die Blicke der anderen aber wandten sich der Zilli zu. Sie allein hatte die Schlüssel gehabt. Nur sie konnte also das Geld entwendet haben.

Die Zilli fühlte die Blicke auf sich gerichtet. Sie durchdrangen sie wie Dolchstiche, und sie stand da, wie von Blut übergossen. In weitem Entsetzen war ihr Blick auf den Bauern gerichtet, als wolle sie sagen: So hilf mir doch. Siehst du denn nicht, wie sie mich alle verdächtigen?

»Ja, aber —«, stotterte der Martin, »— die Schlüssel hat doch bloß die Zilli gehabt.«

»Später ja. Aber als sie die Schlüssel in Verwahrung genommen hat, war schon ein anderer dran gewesen.« Der Kronwieder lud durch. Mit bösem Laut schnappte das Schloß ein. Er hob die Büchse. »Wie ist es jetzt, Valentin? Gib das Geld gutwillig raus, oder ich schieß dich zusammen wie einen Hund.«

In Valentins Augen war kein silbernes Leuchten mehr, sondern nur noch der dumpfe Ausdruck einer gehetzten Kreatur, die keinen Ausweg mehr sieht. Dann duckte er seinen Nacken, rannte durch die Mauer der anderen und wollte zur Tür hinaus. Dort aber stand die Zilli.

In ihren Augen leuchtete wilder Triumph. Es war ihr, als sei diese Minute nun die Entschädigung für alles, was sie durch diesen Menschen hatte erdulden müssen, seit er sich unter falschen Angaben eingeschlichen hatte.

So wie er gegen sie anrannte, mit der gleichen wilden Wucht schleuderte sie ihn zurück, gerade in die Arme der Knechte hinein, die ihn nun wie mit Eisenklammern festhielten.

»Jetzt bist drin in der Falle«, frohlockte der Kronwieder. Sein Gesicht glühte, die Nase sprang scharf und eckig hervor wie bei einem Adler. »Wenn du dich muckst, kracht es. Jetzt lieg ich ja nimmer im Bett, ohne mich rühren zu können. Zuschaun hab ich müssen, wie du die Schlüssel aus meiner Hose genommen und mein Geld rausgestohlen hast. Und ein Testament hast geschrieben, hast meine Schrift nachgemacht! Und daß ihr es wißt, alle: Eingeschlichen hat er sich bei uns als ein Bruder der Zilli, bloß weil das dumme Patscherl, jung wie sie damals noch war, auf sein Schöntun reingefallen ist und ihm geglaubt hat, so wie wir ihm alle geglaubt haben, daß er ein ehrlicher Mensch wäre. Aber« — hier log er nun ein bißchen — »Zilli hat mir am ersten Abend gleich die Wahrheit gesagt. So, jetzt wißt ihr alles.« Er hob die Büchse wieder um ein Ruckerl höher. »Raus jetzt mit dem Geld. Martin und Alois, laßt ihn nur nimmer aus. Und wenn ich in fünf Minuten mein Geld nicht in der Hand hab und wenn er selber in zehn Minuten nicht außer Schußweite ist, kann er die Kartoffeln von unten anschaun.«

Weit öffnete die Zilli die Tür, damit Martin und Alois den sich kaum mehr zur Wehr setzenden Valentin Kling hinauszerren konnten.

Als Martin ihm nach knappen fünf Minuten das Geld hinzählte, stand der Kronwieder auf und öffnete das Fenster. Das Gewehr in der Hand, wartete er darauf, daß der Valentin mit seinem Rucksack das Haus verließ und, ohne sich nochmals umzublicken, über der ersten Hügelbeuge in den Nebeln verschwand.

Aufatmend ließ der Kronwieder die Büchse sinken.

»So, jetzt ist mein Haus wieder sauber. Jetzt wart ich bloß noch auf meinen lieben Schwager.«

Und er kam, der Wimmer von Vorderbach, mit seiner Gattin. Sie trug vorsichtig ein Paket in ihren Händen, einen Kuchen. Sie fragten die Agi, die mit verweinten Augen gerade kam, ob man heute endlich zum Bauern dürfe.

Die Agi deutete mit der Hand auf das Stubenfenster hin, was soviel heißen mochte wie: Da drin hockt er ...

Ja, da saß er im bequemen Lehnstuhl, eine Decke über den Knien und noch nicht ganz ausgeglüht vom Zorn der Mittagsstunde. Mit einer bewundernswerten Geschmeidigkeit, die man seinen zwei Zentnern gar nicht zutraute, schlängelte der Wimmer sich als erster zur Tür herein. Als er den Schwager so sitzen sah, glitt ein süßsaures Lächeln über sein breites Gesicht.

»Maria und Josef, da sitzt er tatsächlich! Nein, so ein Wunder!«

Die Wimmerin legte ihren Kuchen auf den Tisch und drehte sich um.

»Lieber Bruder, so eine Freud! Du lebst wieder! Der Rupp hat ganz recht, es ist ein Wunder. Wenn ich dran denk, wie du dagelegen bist, so starr und stumm.«

»Ja, leider hab ich nichts sagen können. Und so hab ich mir halt eure netten Schmeicheleien alle geduldig anhören müssen. Jetzt weiß ich, lieber Schwager, daß du mich nie hast leiden können, weil ich so ein eingebildeter Kerl bin. Und daß ich ein alter Depp bin, weiß ich jetzt auch.«

»Geh, wie kannst denn so daherreden, lieber Schwager«, sagte der Wimmer, etwas unsicher geworden. »Wer könnt denn so was gesagt haben!«

»Du hast es gesagt.«

»Da mußt dich doch schon verhört haben, lieber Schwager.«

»Schau, Bruder, einen Kuchen haben wir dir mitgebracht«, schaltete sich jetzt die Wimmerin schnell ein. »Drei Rosenkränz haben wir auf Vorderbach für dich gebetet.«

»Das schadet nie«, meinte der Kronwieder gemütlich. »Wenn ich wirklich einmal stirb, da weiß ich heut schon, daß ihr mir nicht mehr nachbetet, sondern nachfluchen werdet.«

»Wie kannst denn so was denken«, entrüstete sich die Wimmerin und wickelte den Kuchen aus. Er war goldgelb und schön aufgelaufen. »Den hat dir unsere Mali extra gebacken.«

»Dann wickel ihn nur gleich wieder ein, und nimm ihn wieder mit, ich kann ja nicht wissen, ob er nicht vergiftet ist.«

»Schwager!« schrie der Wimmer mit krebsrotem Gesicht.

Der Kronwieder warf die Decke von seinen Knien und stand auf. Groß und hager stand er vor den beiden, nichts als Verachtung in seinem Blick.

»Nenn du mich nicht mehr Schwager. Zwischen uns hat es sich ausgeschwägert. Ich hab erst scheintot sein müssen, daß ich erfahre, was ich euch wert bin. Pfui Teufel. Und du, Schwester, hast dich nicht geschämt, bist vor dem Sarg gestanden und hast gebetet aus lauter Freud', daß ich tot bin. Ich kann euch gar nicht sagen, wie ich auf die Stunde gewartet hab, euch das sagen zu können. Jetzt hab ich ausgeredet mit euch beiden.«

An ihnen vorbei ging er zur Tür hinaus und verschwand im Stall. Als er nach einer halben Stunde zurückkam, waren die Wimmer fort. Den Kuchen hatten sie wieder mitgenommen.

Mit einemmal war es Winter geworden, fast ohne Übergang. Der Kronwieder genoß ihn wie vorher noch nie einen Winter. Er war erfüllt von großem Behagen und einer Zufriedenheit, die auf alle wohltuend wirkte. Er hatte sich nun ganz erholt, nur das Schimmelgrau seiner Haare war nicht mehr wiedergekommen. Sie waren weiß geworden in jenen Stunden im Sarg und waren weiß geblieben. Wie Schnee lagen sie auf seinem schmalen Kopf, hinter dessen Stirn Gedanken kreisten, von denen niemand etwas ahnte.

Hatte er die schweren Stunden auch überwunden, vergessen hatte er sie nicht. Er wußte nun, wie schnell es gehen konnte, und er wollte nicht wieder so unvorbereitet vor jenem dunklen Tor stehen, das sich wahrscheinlich ein zweites Mal nicht mehr öffnen würde zur Rückkehr.

In der Woche vor Weihnachten fuhren er und die Zilli noch nach Matzberg, und da saß er fast drei Stunden beim Rechtsanwalt Hochheimer. Als er hernach die Zilli im Gasthaus »Zum Lamm« traf, hatte er leuchtende Augen, wie einer, der gerade etwas Großes vollendet hat.

Hernach gingen sie Weihnachtsgeschenke einkaufen für die Leute am Hof. Zum erstenmal in ihrem Leben genoß die Zilli die tiefe Freude, wählen zu können nach Herzenslust. Allerdings wählte sie mit Bedacht, um für jeden das Rechte zu finden. Bisher war es immer so gewesen, daß der Kronwieder den Leuten zu Weihnachten ein paar Mark geschenkt hatte. Wie er nun so dabeistand und die Zilli ihn immer wieder mit einbezog in ihr frohes Kaufen, indem sie ihn fragte, ob dies für den Martin das Rechte sei oder dies für die Lena, wurde er selber von einem Rausch des Schenkens erfaßt. Für die Zilli hatte er vorher schon etwas eingekauft. Eine wunderschöne sechsgliedrige Silberkette mit einer goldenen Schließe, so wie sie nur die reichsten Bäuerinnen des Tanner Tales trugen.

Wunderbar war die Heimfahrt am Abend im Schlitten über die spiegelglatte Fahrbahn. Der Schnee glitzerte im Licht des Mondes, der hoch über dem Schartengebirge stand.

Schnaubend schoß das Roß dahin, daß der Schnee hinter dem Schlitten aufwirbelte. Die Zilli hatte die Hände unter der warmen Wolldecke versteckt und ihren Kopf an die Schulter des Mannes gelehnt. So sah sie zu den Sternen auf und dachte an das Jahr vorher, als sie um diese Zeit noch beim Kastner in Steinlehen als die niederste Magd im Stall gestanden war. Dieses Jahr war zur großen Schicksalswende in ihrem Leben geworden. Was mochte hinter den Sternen da oben noch verborgen auf sie warten? Sie wünschte sich nichts anderes mehr. So wie es jetzt war, war es gut. Was Mann und Liebe einmal in ihrem Leben bedeutet hatten, das lag weit hinter ihr, denn der Mann, der ihr Denken bis in die letzte Faser hinein erfüllte, war für sie so unerreichbar wie die Sterne da oben am blanken Himmel.

Dieser Mann hieß Wilhelm Lechner, der sich doch zu Weihnachten verloben wollte mit Irmy Pacher, die rein äußerlich so gar nicht zu ihm paßte. Schon oft hatte sie darüber nachgedacht, was ihn wohl an sie fesselte. Vielleicht war es ihr Geld, dachte sie und verwarf den Gedanken gleich wieder, weil sie sich Wilhelm nicht als Spekulanten vorstellen konnte.

Sie konnte nicht wissen, daß gerade in dieser Stunde das Schicksal wieder einmal seine Fäden wob.

Während hier der Schlitten lautlos durch die Landschaft glitt und nur das Schellengeläute an dem Pferdehalfter die Stille der Winternacht unterbrach, saß Wilhelm Lechner mit Irmy Pacher in einem eleganten Speiselokal im Zentrum der Stadt. In ihrem gutgeschneiderten Kostüm sah Irmy heute ganz anders aus als damals in ihren Dreiviertelhosen. Sie hatte jetzt auch eine andere Frisur und war Dame vom Scheitel bis zur Sohle.

Auf Wilhelms Stirn stand eine steile Unmutsfalte. Und während er die Serviette zusammenfaltete und den leeren Teller ein wenig von sich schob, sagte er:

»Schade, ich hatte mich gefreut, daß du Weihnachten mit mir in Kronwied verleben würdest.«

Irmy verzehrte mit Gemütsruhe noch ihre Nachspeise, eine Fürst-Pückler-Torte, dann lehnte sie sich zurück.

»Gib mir bitte eine Zigarette.«

Er reichte ihr Schachtel und Feuerzeug, dann zündete er sich selber eine an.

»Was hast du eigentlich gegen Kronwied?«

»Gegen Kronwied an sich gar nichts. Aber du mußt doch zugeben, daß dein Onkel alles andere als höflich zu mir war.«

»Das ist eben so seine Art. Du mußt ihn halt nehmen, wie er ist.«

»Nein, siehst du, das ist es eben. Ich muß ihn nicht nehmen, wie er ist. Ich habe gar keine Lust, mich von ihm beleidigen zu lassen. Warum zieht es dich eigentlich jetzt auf einmal nach Kronwied? Es war doch ausgemacht, daß wir über Weihnachten nach Kitzbühel fahren?«

»Ja, das hatten wir ausgemacht. Allerdings zu einer Zeit, bevor Onkel Adam krank wurde. Ich mache mir schon lange Vorwürfe, daß ich in der Zwischenzeit nicht mal wieder nach ihm geschaut habe. Und du darfst versichert sein, Irmy, wenn ich es ihm sage, er wird kein unrechtes Wort für dich haben. Du glaubst gar nicht, wie schön Kronwied im Winter sein kann. Nirgends findest du ein idealeres Abfahrtsgelände als dort. Wir könnten sicher auch in Onkels Jagdhütte Aufenthalt nehmen, wenn es dir auf dem Hof selbst nicht gefallen sollte.«

Irmy streifte ihre Zigarette ab und wartete, bis der Ober das Geschirr abgetragen hatte. Dann sagte sie:

»Gib dir keine Mühe. Ich fahre auf alle Fälle nach Kitzbühel. Dann eben allein, wenn dir an Kronwied mehr liegt als an unserem Zusammensein.«

Da erwachte auch in ihm der Trotz.

»Gut, dann fährst du allein. Ich habe meine Dispositionen schon getroffen und werde nach Kronwied fahren, und zwar auch allein, falls du es dir nicht doch noch anders überlegen solltest.«

»Darauf brauchst du nicht zu warten«, antwortete sie und fügte hinzu: »Wenn ich eifersüchtig wäre, könnte ich mir denken, es zöge dich etwas anderes dorthin.«

Kaum merklich zuckte Wilhelm zusammen.

»Das ist ja lächerlich«, sagte er und zerdrückte seine Zigarette im Aschenbecher. »Übrigens ist es für mich gerade kein Kompliment, wenn du nicht eifersüchtig bist.«

»Bist du es vielleicht?«

»Du gabst mir bisher keine Gelegenheit dazu.«

»Das ist manchmal ein Fehler, ich weiß«, meinte sie. »Ihr Männer fühlt euch immer so absolut sicher und wißt im Grunde gar nicht, was in uns Frauen vorgeht.«

Er sah sie verblüfft an.

»Erlaube mal, Irmy, wie soll ich das verstehen?«

»Genauso, wie ich es sage. Du willst nun deinen Kopf durchsetzen und nach Kronwied fahren. Du hättest doch längst fühlen müssen, daß mich nichts, aber auch gar nichts nach dort zieht. Letzten Endes fällt es deinem charmanten Onkel Adam auch noch ein, dich als Universalerben einzusetzen, und du verlangst dann von mir, daß ich mit dir hinausziehe in dieses öde Kaff und so etwas wie eine Bäuerin spiele.«

»Spielerei wäre das wohl keine«, klärte er sie auf. »Eher die Erfüllung einer großen und schwierigen Aufgabe.«

»Oh, warum denn immer für alles so große und schwere Worte?« fragte sie spöttelnd. »Ich weiß nicht, Wilhelm, du bist in letzter Zeit überhaupt so verändert.«

»Verändert? Inwiefern und seit wann soll ich verändert sein?«

»Wenn ich genau überlege, ist dies seit unserem Besuch auf Kronwied«, erklärte Irmy und sah ihn dabei fest an.

Er fühlte ihren forschenden Blick, obwohl er sehr aufmerksam das Muster der Damasttischdecke betrachtete. Dann hob er die Augen.

»Vielleicht hast du recht. Ich bin in Kronwied doch mehr verwurzelt, als ich es selbst gewußt habe. Manchmal habe ich sehr darunter gelitten, daß ich nicht hinfahren konnte, weil zwischen mir und dem Onkel dieser Zwiespalt bestand.«

»Aha, und jetzt möchtest du am liebsten jedes Wochenende hinausfahren?«

»Wenn ich ehrlich bin, ja.«

»Bitte, tu deinen Gefühlen keinen Zwang an. Herr Ober! Zahlen!«

Hernach im Auto versuchte Wilhelm, die entstandene Mißstimmung wieder zu bereinigen, indem er einen Arm um sie legte und langsam die breite Königinstraße hinunterfuhr.

»Es tut mir leid, daß der Abend so endet, Irmy.«

»Es ist nicht nur dieser Abend, Wilhelm. Es waren schon mehrere.« Sie nahm seine Hand weg und legte sie ans Lenkrad zurück. »Ich will dir einmal etwas sagen, Wilhelm. In letzter Zeit habe ich mich schon öfter gefragt, ob es wirklich die große Liebe ist, die uns zusammengeführt hat. Die Gegensätze zwischen uns sind doch größer, als ich es ursprünglich meinte.«

Er sah streng geradeaus, weil der Verkehr lebhafter wurde.

»Welche Gegensätze meinst du?« fragte er dann.

»Nun, zum Beispiel — bei dir hört man aus jedem Gespräch heraus, wenn es sich um die Zukunft dreht, daß du einmal Kinder haben möchtest. Drei oder gar vier, was weiß ich.«

»Ja natürlich, Irmy. Schließlich ist das doch der Sinn einer Ehe.«

»Der einzige Sinn, meinst du? Nein, mein Lieber. Ich will keine Kinder.«

»Wie denkst du dir denn das?«

»Ich denke nicht an das wie, sondern daß mir das Leben einiges mehr schuldig ist, als Kinder aufzupäppeln, die man früher oder später doch wieder verliert, weil sie auch heiraten werden. Oder willst du einmal, wenn wir nach Ischia oder sonstwohin fahren, eine Schar Kinder mitschleifen in den Urlaub? Ich danke!«

Der Wagen hielt mit einem Ruck vor dem Einfahrtstor zu einer großen Villa. Wilhelm traf keine Anstalten, auszusteigen wie sonst, um das Tor zu öffnen und dann mit Irmy noch eine Tasse Tee zu trinken. Er blieb im Wagen sitzen und sagte:

»Was du mir da heute gesagt hast, gibt mir schwer zu denken, Irmy.«

»Ich hätte dir das auch schon früher sagen können«, gab sie zu. »Du kommst wohl nicht mit hinein?«

»Nein, lieber nicht.«

Dann reichte sie ihm die Hand. »Lebe wohl, Wilhelm. Vielleicht ist es ganz gut, wenn wir uns mal auf ein paar Wochen trennen. Auf alle Fälle bleibe ich über Neujahr in Kitzbühel.«

Er antwortete genauso kühl wie sie: »Meine Adresse weißt du ja, wenn du schreiben willst.«

»Muß es sein?«

Verwundert schaute er sie von der Seite an.

»Ich denke doch. Aber handle nur rein gefühlsmäßig. Mit Zwang sollst du mir nicht schreiben.«

Da war sie ausgestiegen. Er schlug die Tür fest zu und fuhr in scharfem Tempo weg.

Am Heiligen Abend um vier Uhr war es, als Wilhelm, mit einem schweren Rucksack bepackt, die Skier geschultert, auf Kronwied eintraf. Den Wagen hatte er wegen des Schnees unten in Tann eingestellt. Er hatte sein Kommen kurz mitgeteilt, so daß man eigentlich auf Kronwied nicht überrascht war. Überrascht war man nur, daß er allein kam.

Der Kronwieder schaute auf die Tür hin, als Wilhelm eingetreten war, und meinte, sie müsse sich doch nochmals öffnen für seine Begleiterin. Aber als sie geschlossen blieb, fragte er:

»Bist du allein gekommen?«

»Ja, ich bin allein. Grüß dich, Onkel Adam. Wie geht es dir?«

»Gut, ganz gut. Und — freun tut's mich, daß du ohne die Vogelscheuche kommen bist. Setz dich nur gleich nieder. Wie lang warst jetzt Weihnachten schon nimmer auf Kronwied?«

»Es sind heuer zwölf Jahre, Onkel.«

»Zwölf Jahre schon? Schau nur grad, wie die Zeit vergeht. Da war aber bloß dein Trotzschädl schuld.«

Wilhelm gab es bereitwilligst zu, obwohl es wahrlich nur am Kronwieder gelegen hatte. Aber er war so versöhnlich gestimmt, er fühlte sich so frei und ungezwungen wie schon lange nicht mehr. Alles heimelte ihn so wundersam an, die warm geheizte Stube, der süße Geruch der Bratäpfel, der gleichmäßige Pendelschlag der Uhr. Alles kam ihm so vertrauensvoll entgegen und versetzte sein Herz in eine weiche Stimmung.

In diesem Augenblick kam die Zilli herein, um den Kronwieder wegen der Bescherung etwas zu fragen, die nach dem Essen stattfinden sollte. Aber es blieb ihr das Wort im Munde stecken, als sie Wilhelm im Ofenwinkel sitzen sah. Sie konnte ihr freudiges Erschrecken nur mühsam verbergen, denn sie hatte von seinem Kommen nichts geahnt, weil der Kronwieder ihr die Karte nicht gezeigt hatte. Und genau wie der Kronwieder wußte auch sie nichts anderes zu fragen als:

»Sind Sie allein gekommen?«

Wilhelm lächelte und begriff selber nicht, warum ihm ums Herz so froh wurde.

»Es ließ sich nicht anders machen«, sagte er und reichte ihr die Hand.

So ist es auch viel besser, hätte sie am liebsten ausgerufen, beherrschte sich aber und fragte: »Bleiben Sie über die Feiertage?«

Wilhelm sah den Kronwieder an.

»Wenn es dem Onkel recht ist, ganz gerne.«

»Ach, warum soll es ihm nicht recht sein«, lachte die Zilli. »Er freut sich doch auch, daß du da bist.« Errötend schlug sie sich mit der flachen Hand auf den Mund. »Daß Sie da sind, wollte ich sagen.« Und draußen war sie.

Versonnen sah Wilhelm auf die Tür, die sich hinter ihr geschlossen hatte. Die Frage des Kronwieder riß ihn aus seinen Gedanken.

»So was paßt zu dir«, meinte dieser. »Aber sie ist ja leider nicht dein Geschmack.«

»Wer sagt das?« fuhr es Wilhelm heraus.

»Du selber hast es mir gesagt, als du mit der Hopfenstange da warst.«

»So? Das hätte ich gesagt? Na ja, ich habe sie damals nicht so genau angesehen. Im übrigen, du sagtest mir damals, daß ihr ganz im stillen heiraten würdet.«

Da lachte der Kronwieder herzhaft.

»Dummkopf! Als wenn ich in meinem Alter nochmals heiraten möchte! Die braucht schon einen andern Mann, einen, der ihr im Alter ein wenig gleichkommt, der noch nicht im Sarg gelegen ist und morgen schon wirklich für ewig drin liegen kann.«

Im Stall war jetzt die Arbeit getan, und die Dienstboten kamen eins nach dem anderen in die Stube. Draußen fiel leise der Schnee in dicken Flocken. Wilhelm war aufgestanden und hinausgegangen. Da sah er an einem Fenster an der Nordseite Licht. Die Vorhänge waren nicht zugezogen, und so konnte Wilhelm die Zilli beobachten, wie sie gerade noch die letzten Lamettafäden an den Baum hängte. Daneben waren auf einem Tisch die Geschenke ausgebreitet.

Er stand da und starrte wie gebannt auf diese Erscheinung. Wie sie die Arme mit den silbernen Fäden hob und wieder senkte. Und wie ihre Augen überirdisch schön leuchteten. Wieder fühlte er diesen seltsamen, schmeichelnden Klang in seinem Herzen. Es war eine unsagbar schöne Gebärde, mit der sie den Baum schmückte. Dann war sie fertig. Sie stand da und betrachtete den glitzernden Baum.

Es fiel ihm ein, daß er ja für den Onkel etwas mitgebracht hatte. Er ging in die Stube, holte seinen Rucksack und wollte in das Jägerstübchen, in dem die Zilli den Baum gerichtet hatte. Es war verschlossen.

»Wer ist draußen?« fragte die Zilli.

»Ich bin's, Wilhelm.«

Sie öffnete die Tür und ließ ihn ein.

»Ich habe hier noch eine Kleinigkeit für den Onkel«, sagte er und legte eine silbergraue Wollweste in ihre Hände. Seine Hand berührte dabei die ihre, und sie standen beide für Sekunden wie vom Blitz getroffen.

Die Zilli legte die Weste zu den übrigen Geschenken und sagte dabei, ohne Wilhelm anzublicken:

»Warum sind Sie allein gekommen?«

»Ich sage es erst, wenn Sie wieder du sagen, so wie vorhin in der Stube.«

»Möchtest du es gerne?«

»Ja, sehr gerne.«

»Ich kann doch zu so einem Herrn nicht du sagen.«

Er trat ganz nah hinter sie, berührte sie aber nicht. Aber sie fühlte seinen Atem um ihre Schläfen wehen.

»Nenn mich nicht Herr, sag Wilhelm zu mir und du.«

»Ja, Wilhelm.« Sie hatte die Augen gesenkt und blickte auf ihre Hände nieder.

Er nahm sie bei den Schultern und drehte sie zu sich herum.

»Was denkst du jetzt?«

»Ich weiß nicht«, antwortete sie verwirrt. Dann lächelte sie ihn an. »Ich glaube, ich freue mich, daß du da bist.«

»Wirklich, Zilli?«

»Ja, wirklich. Ich lüge dich nicht an. Ich habe dir dein

Stübchen droben warm geheizt. Du sollst dich recht wohl fühlen hier.«

»Warum tust du das?«

»Weil ich — weil du ganz — daheim sein sollst. Aber komm jetzt. Es ist Zeit zum Essen, die anderen werden schon warten.«

Die Feiertage gingen vorüber. Die Zilli hatte es sich eigentlich anders gedacht. Sie hatte Wilhelm bemuttern und bewirten wollen, statt dessen sauste er den ganzen Tag mit seinen Skiern im Gelände umher.

Wilhelm wußte, weshalb er es tat. Es war nicht zu leugnen, daß die Nähe dieses Mädchens ihn auf eine sonderbare Weise bedrückte und verwirrte. Er, der immer um die Gradlinigkeit seines Weges gewußt hatte, war nun in einen Wirrwarr hineingeraten, in dem er sich nicht ganz zurechtfand. Es hatte begonnen in der Heiligen Nacht, als er Vergleiche anstellte zwischen der Zilli und Irmy Pacher. Da hatte er jäh erkannt, daß es eigentlich nur die elegante Erscheinung der Irmy war, das Fluidum ihrer Welt, in die er wie berauscht hineingetaumelt war, einer Welt, in der der Pulsschlag der Zeit sich entfaltete und austobte, wobei das Herz zu kurz kam. Ihre Liebe war wie ein Sturm über ihn hingegangen, hatte ihn mitgerissen, und es war wohl auch die Tatsache, daß er in ihren Kreisen erst die Förderung erfuhr und die Verbindungen fand, die er brauchte, um in verhältnismäßig kurzer Zeit ein bekannter Architekt zu werden. Wenn er es jetzt so recht bedachte, dann war es sogar sehr oft vorgekommen, daß Irmy ihm bei passender Gelegenheit zu verstehen gab, wieviel er ihr in seinem beruflichen Weiterkommen zu verdanken habe. Und er hatte dies auch stets dankbar anerkannt. Aber so richtig warm geworden war er in ihrer Welt nie.

Wie anders dagegen war hier die Atmosphäre! In der Welt dieses Mädchens sprach man zwar nicht von hochtrabenden Geschehnissen, dafür aber von den echten Dingen, die das Leben trugen und bewegten. Kam er in der Dämmerung von seinen Abfahrten zurück, stand Tee mit Rum für ihn bereit, und die Zilli stellte ihm die warmen Hausschuhe hin. Sein Bett war aufgedeckt und das Stübchen warm geheizt, so daß er dort sitzen konnte bis in die halbe Nacht hinein, um in seinen Plänen zu kramen oder daran etwas zu verbessern. Er hatte sich eine Aktentasche voll davon mitgebracht. Er hätte auch an Irmy schreiben können. Aber er wußte ihre Anschrift in Kitzbühel nicht und hatte bis jetzt vergebens auf einige Zeilen von ihr gewartet. Plötzlich hatte er das Empfinden, daß sie ihm gar nicht schreiben würde, und mit aller Deutlichkeit stand der Augenblick des Abschieds vor ihm, die Kälte ihres Kusses, der eilige Vorschlag, daß es vielleicht ganz gut wäre, wenn man sich für einige Zeit trennte.

Haben wirklich Liebende den Wunsch, sich für einige Zeit zu trennen, wenn nicht triftige Gründe vorhanden sind? Er erkannte auf einmal viele Dinge, die eigentlich immer schon dagewesen waren, die er nur nicht erfaßt hatte, ihr berechnender Eigensinn zum Beispiel, der selbst in Stunden innigsten Beisammenseins die Umwelt nicht aus ihrem Bewußtsein verdrängte.

Und so fuhr er eines Abends in der Dämmerung langsam vom Hahnenkogel hinunter. Im Tal brannten schon die Lichter. Mit wildem Geschrei zog eine Schar Raben über den Hügel herauf und fiel in den Wald ein. Plötzlich bremste er scharf und hielt vor dem Wirtshaus zum Fuchsecker, das auf halbem Wege zum Kronwied lag. Er lehnte die Skier an das Vorhäuschen, das man wintersüber vor die Haustür stellte, stapfte den Schnee von den Stiefeln ab und trat ein. In der kleinen Gaststube war niemand, und die Wirtin stellte ihm mißmutig den Schoppen Terlaner hin, den er bestellt hatte. Er wußte selber nicht, warum er die Fahrt unterbrochen hatte, obwohl ihn vieles nach Kronwied zog, der Tee mit Rum, die vorgewärmten Hausschuhe, die warmen, leuchtenden Blicke der Zilli.

Die Gaststube war gar nicht warm, sie wurde nur durch einen Durchlaß von der Küche her geheizt. Wilhelm drehte den Stiel seines Weinglases zwischen den Fingern und dachte an die Zilli. Er versuchte sich vorzustellen, wie es wäre, wenn er dieses Mädchen herausnähme aus der bäuerlichen Welt und mitnähme in die Stadt. Seine Phantasie gaukelte ihm die herrlichsten Bilder vor. Laß dieses Mädchen nur einmal in ein Gesellschaftskleid stecken, dachte er. Sie würde alle anderen Damen ausstechen. Er sah ein Heim mit großen Fenstern, in dem sie schaltete und waltete.

Plötzlich fuhr er sich mit der Hand über die Augen, um dieses Trugbild wegzuwischen. Es war ja alles Irrsinn, was er sich da zusammenreimte, denn schließlich war er doch an Irmy gebunden, hatte offiziell bei deren Eltern um ihre Hand angehalten und galt als ihr zukünftiger Mann.

Als er das Wirtshaus verließ, war es Nacht, und vielleicht hätte er es noch nicht verlassen, wenn die Wirtin ihm den letzten Schoppen nicht so unwirsch hingeschoben hätte. Die Zeit war ihm und seinen Gedanken davongelaufen.

Draußen schnallte er die Skier an und glitt langsam den Hang hinunter. Und da wußte er auf einmal, daß er zu Irmy fahren mußte. Es mußte Klarheit geschaffen werden, denn unter diesen Umständen zu leben, war nicht gut.

Am Hof waren die Lichter schon erloschen. Nur im Stall brannte eine kleine Lampe, aber der Schein war so matt und dünn, daß er sich kaum vom Schneelicht ringsum abhob.

Unhörbar glitt er an die Stallmauer heran und schaute durch eines der halbblinden Fenster. Da gab es ihm einen Riß, denn das Mädchen, das dort drinnen auf einem niederen Schemel saß, den Kopf in die Hände gestützt, war die Zilli.

Das Haus war nicht versperrt, und weil die Knechte um diese Zeit zwischen Weihnachten und Neujahr nicht gerade viel Arbeit hatten, war es wohl einem von ihnen eingefallen, die eiserne Tür, die vom Haus zum Stall führte, zu ölen. Darum konnte Wilhelm ganz geräuschlos in den Stall gelangen. Er stand eine Weile in der leeren Pferdebox und schaute hinüber zu dem Mädchen, das sich nicht regte. Der matte Schein des Lichtes fiel auf ihr schwarzes Haar.

Die Tiere lagen in der Reihe, zu Zillis Füßen Ursula, die beste Kuh im Stall, die ein Kalb erwartete. Manchmal hob sie müde den Kopf, schaute mit ihren großen Augen um sich und leckte ängstlich an ihren Flanken. Dann klirrte die Kette an ihrem Hals.

Ja, weil ein Kalb zu erwarten war, darum saß die Zilli hier, obwohl dies nicht zu ihren Aufgaben gehörte. Aber die vergangene Nacht hatte die Lena gewacht, die Rosl war über die Feiertage fort, und die Agi war wohl zuwenig zuverlässig für so etwas.

Wilhelm trat nun vor, und die Zilli hob erschrocken den Kopf, als sie den Schritt hörte. Sie sah ihn den Futtergang überqueren, dann stand er vor ihr. Sie erhob sich nicht, weil ihr dünkte, es käme ihr zu, so tief unter ihm zu sitzen und zu ihm aufzuschauen, zu ihm, dem Herrn, an den sie die ganzen Stunden gedacht hatte, in leiser Angst, so wie man an ein Kind denkt, das in den Wald zum Beerensammeln gegangen und am Abend noch nicht zurück ist.

Die überstandene Angst flackerte sogar noch in ihrem Blick, als sie jetzt sagte: »Ich dachte, es wäre dir etwas zugestoßen.«

Wilhelm ließ sich neben ihr im Stroh nieder.

»Das hört sich an, als hätte man Angst um mich gehabt!«

»Das nicht«, wehrte die Zilli ab. »Aber es wäre ja nicht das erste Mal, daß einer beim Skifahren verunglückt. Und dann — wir hätten gar nicht einmal gewußt, wie wir deine Braut verständigen sollten.«

»Ach, wie fürsorglich ihr denkt. Oder hast nur du allein das gedacht?« Er nahm einen Strohhalm und wickelte ihn um den Finger. Plötzlich griff er nach ihrer Hand.

»Weißt du, wo ich so lange war? Droben beim Fuchsecker. Und weißt du, an wen ich die ganze Zeit gedacht habe?« Er legte seine Wange auf ihre Hand. »An dich, Zilli. Und auch an die andere. Aber viel mehr an dich.«

»Obwohl ich nicht dein Geschmack bin?« entfuhr es ihr.

»Wer sagt das?« fragte er, obwohl er genau wußte, wem er das einmal gesagt hatte.

»Ach, das weißt du schon. Übrigens — warum ist sie nicht mitgekommen?«

»Irmy meinst du? Morgen fahre ich zu ihr.«

Schnell, fast zu schnell, entzog sie ihm ihre Hand. Vielleicht war es Zufall, daß in diesem Augenblick die Kuh unruhig wurde und aufzustehen versuchte. Ihre Stunde war gekommen, und die Zilli wandte den Kopf nach Wilhelm.

»Geh und ruf ein paar Knechte. Es ist soweit.«

Eine halbe Stunde später war alles vorbei, und der Stall war jetzt dunkel wie das Haus. Alles lag wieder in tiefem Schlaf. Nur die Zilli war hellwach und starrte zur Decke hinauf.

Morgen fährt er zu ihr ... hämmerte es in ihrem Kopf — und sie hatte schon eine leise Hoffnung gehabt, daß es zwischen den beiden vielleicht aus sein könnte. Warum tat dies nur so weh? Und was hatte er im Stall gesagt? Er hätte sehr viel an sie gedacht? Warum dachte er an sie, wenn sie doch nicht sein Geschmack war?

Plötzlich warf sie sich herum und weinte heftig in die Kissen. Was erhoffte sie sich denn? Sie, die doch hier nichts anderes war als eine Magd, vielleicht eine etwas bessere Magd, die sich manches Recht herausnehmen durfte, das anderen verwehrt war, aber im Grunde genommen doch nur eben eine Magd. Freilich könnte sie hier längst Bäuerin sein. Ohne Winkelzüge hätte sie es werden können, aber auch ohne die tiefe Liebe zu dem Mann, dem sie das Jawort gegeben hätte. Fast wäre alles so verlaufen, wie es einmal berechnend von ihren eigenen Eltern und dem Silberäugigen gedacht war. Sie könnte jetzt unter Umständen sogar schon eine junge Witwe sein. Es hätte der Arzt bloß um ein paar Tage später zurückzukommen brauchen, dann hätte man den Kronwieder in die Erde gesenkt, und auf seinem Grab, mit dem Christbäumchen in der Mitte, würde jetzt Schnee liegen.

Sie hatte dunkle Ringe unter den Augen, als sie am Morgen klopfenden Herzens den Kaffee für Wilhelm in die Stube trug. Er war schon im Skidreß und schnürte gerade den zweiten Stiefel zu. Als er aufblickte, erschrak er über ihr blasses Aussehen.

»Bist du krank, Zilli?«

»Krank? Nein, warum?«

»Dann hast du schlecht und wenig geschlafen. Leg dich doch nochmals nieder. Ich glaube, du darfst dir das leisten nach der durchwachten Nacht.«

Da müßte man erst schlafen können, dachte sie und strich ihm ein Butterbrot.

»Kommst du heute wieder zurück?«

»Möglich. Aber genau kann ich's nicht sagen.«

»Ich lasse auf alle Fälle die Haustür offen.«

Wie eilig er es hatte! Auf eine zweite Tasse verzichtete er.

»Auf Wiedersehn, Zilli.«

»Auf Wiedersehn, Wilhelm. Und — recht viel Vergnügen«, fügte sie lächelnd hinzu, obwohl sie am liebsten geweint hätte.

Auf einmal riß er sie in seine Arme und suchte ihren Mund. Sie hielt ganz still, sie hatte keine Kraft, sich zu wehren. Und warum sollte sie es auch? Hatte sie sich nicht gesehnt nach seinem Kuß? In alle Seligkeit des Augenblickes aber mischte sich der bittere Gedanke: Er geht ja von mir weg zu einer anderen ...

Wilhelm ließ sie los, hielt aber ihr Gesicht noch zwischen den Händen und sah ihr tief in die Augen.

»Sei mir nicht bös, Zilli. Aber es geht nicht, ich kann nicht immer an dir vorbeisehen.«

Sie runzelte schmerzhaft die Stirn.

»Schämst du dich, weil du eine Magd geküßt hast?«

»Halt ein, Zilli, so etwas darfst du doch nicht denken! Ich kann dir jetzt nichts sagen. Aber wenn ich zurückkomme, wird einiges anders sein, so oder so.«

Er griff nach seiner Skimütze. Im Flur lehnten die Skier.

Der Morgen graute gerade, als er mit langen Zügen über den Hof fuhr. Dann ging er in die Hocke zur Talfahrt.

Wie angenagelt stand die Zilli eine Weile unter der Haustür. Ihr Herz schlug laut, und ihr Mund brannte noch von seinen heißen Küssen. Und doch war nicht die letzte, tiefste Glückseligkeit in ihr. Daß er jetzt zu einer anderen fuhr, empfand sie wie eine Schmach und tiefe Erniedrigung. Meint so ein Herr, er kann einfach ein Mädchen an sein Herz nehmen, wann und wie es ihm beliebt, um hernach mit der nächsten ein Gleiches zu tun?

Von den Bergen strich ein warmer Wind. Über Nacht war Föhn aufgekommen, und die Dachrinne tropfte.

Im Stall wurde es lebendig. Milchkübel schepperten, und mit Gepolter fuhr Blasius den ersten Karren voll Mist auf den Haufen hinaus.

Wilhelm fragte in Kitzbühel in dem Hotel, in dem er früher schon einmal mit Irmy gewohnt hatte, nach ihr. Dort war sie diesmal nicht abgestiegen, aber er erfuhr ihre Pension auf dem Fremdenverkehrsamt.

Um eine halbe Stunde war er zu spät gekommen. Irmy war schon mit dem Skilift hochgefahren und würde wohl kaum vor dem Abend zurück sein.

Sie zu suchen war wohl nicht zweckmäßig, und er vertraute auf den Zufall, ihr vielleicht oben an den Abfahrtshängen irgendwo zu begegnen. Er wußte eigentlich gar nicht recht, wie er es beginnen sollte, obwohl er sich alles genau zurechtgelegt hatte.

›Liebe Irmy‹, würde er sagen. ›Sei mir nicht bös, aber ich habe das Gefühl, daß wir uns doch geirrt haben in unseren Gefühlen zueinander. Natürlich werde ich bei dir bleiben, wenn du es wünschst, obwohl mir auch hier mein Gefühl sagt, daß deine Liebe längst nicht mehr die vergangener Tage ist. Vielleicht liegt der Fehler sogar an mir, weil ich die Anschauungen, die du in letzter Zeit entwickelt hast, nicht teilen kann. Das Schicksal wollte es so, daß ich Vergleiche ziehen mußte zwischen deiner Art und der eines Menschen meiner ursprünglichen Welt. Bitte, wir wollen nicht streiten, sondern die Dinge sachlich besprechen . . .!‹

All dies aber blieb ungesprochen. Gegen vier Uhr kam Wilhelm zurück, schnallte seine Skier auf dem Wagen fest und begab sich in das große Café am Stadtplatz. Es war um diese Zeit nur halb voll, und Wilhelm fand bequem Platz in einer der Nischen, die durch schön gemaserte Holzwände abgeteilt waren.

In einer Stunde, so dachte er, würde Irmy sicher zurück sein, und er würde sie in ihrer Pension aufsuchen. Vielleicht ging man dann gleich hierher und aß miteinander zu Abend. Aus diesem Grunde studierte er die Speisenkarte, wählte bereits in Gedanken und trank genießerisch seinen Tee mit Rum dazu. Etwas später griff er nach einer Illustrierten und fand darin ein paar Bauten abgebildet von einer einmaligen Schönheit, die ihn so fesselten, daß er gar nicht bemerkte, wie in der Nachbarnische ein Paar Platz nahm. Plötzlich horchte er gespannt auf. Das war doch Irmys Stimme, die jetzt sagte:

»Der Tag war wirklich schön, Robert.«

Robert? Robert? surrte es in seinem Kopf. Das konnte doch nur der Besitzer des Tattersalls sein, in dem Irmy ihre Reitstunden nahm. Irgendwo hatte sie ihm den Mann schon einmal vorgestellt, und er war auch schon öfters in ihren Erzählungen aufgetaucht.

Wilhelm konnte der Versuchung nicht widerstehen, mußte sich aufrichten und vorsichtig über die Trennungswand spähen.

Er hatte sich nicht getäuscht. Es waren Irmy und der Tattersallbesitzer Robert Meindl. Aber selbst wenn er die beiden nicht gesehen hätte, das Gespräch hinter der Wand aus dünnem Sperrholz hätte ihm gesagt, wer da sprach.

»Du fährst einen sehr guten Stil«, sagte der Mann. »Du fährst so gut Ski, wie du reitest. Vermutlich hat Lechner ihn dir beigebracht.«

»Ja, das war aber auch das einzige, was er mir beibringen konnte«, antwortete Irmy und lachte hinterher.

»Entschuldige, Irmy, aber mitunter habe ich mir schon Gedanken gemacht — zwei Kaffee, bitte —, Gedanken gemacht, wie du gerade auf ihn verfallen konntest.«

»Tja, das frage ich mich heute auch manchmal. Zuerst suchte ich eigentlich nur einen Flirt — es war ja auch Fasching, als ich ihn kennenlernte —, aber dann imponierte mir seine ruhige, verhaltene Art. Vielleicht schmeichelte mir auch sein beruflicher Erfolg, aber dann mußte ich mit der Zeit erkennen, daß er in seinem Innern doch sehr verbauert ist.«

Der Mann lachte nun ziemlich laut.

»Mir sind sie ein Greuel, diese Burschen, die vom Land hereinkommen und meinen, sie bräuchten uns nur nachzuahmen, um wie wir zu sein. Sie bilden sich ein, daß sie, weil sie in ihrem Dorf eine Leuchte waren, es auch bei uns seien, und vergessen ganz, daß sie einmal Kühe gehütet haben.«

»Und den Stall ausgemistet«, ergänzte Irmy mit einem Lachen, das dem Lauscher das Blut ins Gesicht trieb. »Ich war im letzten Sommer«, fuhr sie fort, »mal mit ihm draußen, wo er her stammt, bei seinem Onkel. Ein widerlicher Mensch übrigens. Verhältnisse herrschen dort, beispielsweise in hygienischer Hinsicht, daß einem schaudern kann.«

»Eben, darum«, meinte Robert Meindl. »Und so was haftet diesen Menschen das ganze Leben an. Dabei meinen sie, sie wären es, die Kultur hereinbrächten in unser Dasein. Ich kann mir vorstellen, daß er auch als Liebhaber recht tolpatschig ist.«

Hierauf antwortete Irmy nichts, sie sagte nur:

»Auf alle Fälle bin ich von Herzen froh, daß er nicht mitgefahren ist und ich mir seine Verhaltensmaßregeln nicht anzuhören brauche. Wenn es nach ihm ginge, dürfte ich mich weder schminken noch maniküren.«

Ein kurzes Schweigen, dann lachte der Mann:

»Es ist niemand froher als ich, Irmylein, daß ich dich hier allein getroffen habe. Und du freust dich doch auch?«

»Sehr sogar, Robert. Und ich verspreche dir, wenn ich heimkomme, gebe ich ihm den Laufpaß.«

Sie wollte noch weitersprechen, aber plötzlich durchzuckte sie ein kalter Schreck. Wilhelm stand groß aufgerichtet vor der Nische der beiden, zog den Reißverschluß seines Pullovers zu und sagte mit übertriebener Höflichkeit:

»Du brauchst dich nicht mehr zu bemühen, liebe Irmy, ich ziehe schon selber meine Konsequenzen. Und was Sie betrifft, mein Herr, so seien Sie froh, daß ich wirklich die Kultur habe, die Sie mir streitig machen, sonst würde ich Sie jetzt verprügeln, wie es ehrliche Bauernfäuste können!«

Sprach's, ging und stieg auf dem Parkplatz in seinen Wagen. Merkwürdigerweise spürte er nicht den leisesten Schmerz in sich, sondern eine stille Freude und ein Gefühl der Befreiung von einer Last, die er über weite Wege getragen hatte.

Von ferne sah er später das Licht auf Kronwied schimmern. Als er aber dort zu Fuß ankam, weil mit dem Wagen immer noch nicht hinaufzukommen war, erlosch es gerade.

Die Tür war für ihn unverschlossen geblieben. Als er das Licht im Flur aufdrehte, öffnete sich Zillis Kammertür zu einem kleinen Spalt. Er sah es sofort und sagte:

»Ich bin es, Zilli.«

Er betrat die Stube, und gleich darauf kam auch sie. Sie hatte ihre Zöpfe schon gelöst und das Haar nur lose im Nacken aufgesteckt. In ihrem Gesicht stand ein zögerndes Lächeln, ihr Mund bewegte sich, als wollte sie etwas fragen, wozu sie den Mut nicht fand. Alles an ihr schien gespannt zu sein, und so platzte sie plötzlich doch heraus:

»Und wie war es?«

Wie ein Wunder starrte er sie an und wußte auf einmal, wie sehr er sich während der ganzen Heimfahrt auf diese Stunde gefreut hatte. Langsam ging er auf sie zu. Seine Hand hob sich nach ihrem Nacken. Er sprach kein Wort, sah sie nur immerzu an, weil ihm dünkte, sie nie schöner gesehen zu haben. Unter einer Bewegung seiner Hand löste sich ihr Haar und fiel über ihre Schulter nieder.

»Frag nichts«, sagte er mit einem müden Zug um den Mund. »Aber sag, ob du froh bist, daß ich wieder da bin.«

Weil das Ja um eine Sekunde länger ausblieb, als er es erhoffte, griffen seine Hände fester um ihre Schultern. Er lehnte seine Stirn gegen die ihre und sah ihr in die Augen. Und plötzlich warf sie die Arme um seinen Hals.

»Ach, was weißt denn du«, stöhnte sie. »Laß mich nicht nochmals so einen Tag erleben. Das sind Höllenqualen. Oder sag es mir nicht mehr, wenn du zu ihr fährst.«

Ein glückliches Lächeln umspielte seinen Mund. Er griff unter ihr Kinn, so daß sie ihn ansehen mußte. Aber sie tat es nicht und schloß die Augen.

»Du brauchst keine Höllenqualen mehr auszustehen, Zilli. Es ist zu Ende — alles. Deswegen bin ich ja heute hingefahren. Zilli — ach, wenn du mich doch ein klein wenig liebhaben könntest.«

Da zog sie ihn zum Sofa neben dem warmen Ofen und nahm sein Gesicht in die Hände.

»Das hast du noch gar nicht gemerkt, du grundgescheiter Mensch, du?« Sie sprach mit der leisen Stimme und der Einfalt eines Kindes davon, daß sie ihn vom ersten Augenblick an heimlich geliebt habe. Und da diese Beichte keine andere Wahl der Worte zu erlauben schien, sagte sie es mit der gleichen Einfalt ein zweites und ein drittes Mal. Sie sagte es ganz einfach und natürlich und sprach ganz leise, damit der Schläfer hinter der Tür nicht wach wurde. Sie sprach aber auch leise, weil wirkliche Liebe kein lautes Wort erträgt und sich am besten in dem Schweigen erschöpft, das die beiden jetzt umfing.

Sie wußten in dieser Stunde noch nicht, wie willensstark ein Mensch bereits in ihr Leben eingegriffen hatte, daß er einen Kreis um sie beide gezogen hatte, aus dem sie nicht mehr ausbrechen konnten, es sei denn, daß einer den anderen so sehr haßte, daß er freiwillig zurücktrat und Verzicht leistete auf ein Geschenk, das ihm in den Schoß gelegt wurde.

Wilhelm sprach zu ihr vom Leben in der Stadt und daß es ihr vielleicht schwerfallen würde sich einzugewöhnen, worauf sie ihn glückselig anlächelte:

»Wo du bist, wird mir nichts schwerfallen. Du mußt nur ein wenig Geduld mit mir haben und darfst nie vergessen, daß ich dich über alles liebe.«

»Vielleicht wird es auch so sein«, meinte er, »daß wir uns später hier heraußen eine Villa bauen. Wenn auch nicht mir, so wird der Onkel sicherlich dir ein Stückchen Grund überschreiben, wo wir bauen können.«

»Ganz sicher«, sagte sie und strahlte ihn glückselig an.

Ein Stückchen Grund? Ach, was wußten sie zu dieser Stunde schon! Aber sie erfuhren es in dieser Nacht noch, denn als die Zilli in ihrem Stübchen die Bettdecke hochschlug, lag dort ein blauer Umschlag auf dem Leintuch.

Zögernd nahm sie ihn in die Hände und getraute sich gar nicht, ihn gleich zu öffnen, obwohl ihr Name darauf stand. Dann riß sie ihn doch auf und begann zu lesen. Ihre Augen wurden größer und größer bei jedem Satz.

Ich bestimme hiermit die ledige Dienstmagd Zilli Vogt zur rechtmäßigen Erbin der Hälfte meines Besitzes Kronwied. Die Hälfte besteht darin, daß sich die Grenze nicht nur mitten durch das Haus zieht, sondern auch durch die übrigen Besitztümer, Feld, Wiesen und Wald. Die Hälfte des Stalles und des Viehes gehört ebenfalls ihr, wobei die

Grenze mitten durch den Futtergang gezogen wird. Ich bin mir des Absonderlichen dieses Testaments voll bewußt und weiß, daß eine Bewirtschaftung des Gutes unter diesen Umständen sehr schwer, wenn nicht unmöglich sein wird. Es wird ein heilloser Wirrwarr entstehen, und ich werde diesem Wirrwarr von meinem Zuhäusl aus, in das ich mich zurückziehe, gelassen zuschauen können, bis die beiden Menschen, die ich in mein Herz geschlossen habe, vernünftig werden und sich zusammentun, damit alles wieder eins wird.

Die andere Hälfte vermache ich meinem Neffen Wilhelm Lechner. Ich hoffe, daß er rechtzeitig einsieht, daß das »Hosenweiberl!« keine Halbbäuerin auf Kronwied sein kann, und daß er sich die andere Hälfte des Hofes zurückholt, indem er die Zilli heiratet.

Ich selber behalte mir zehn Tagwerk schlagbares Holz zurück, das einmal derjenige von den beiden erben soll (falls sie nicht heiraten), der mir mein Austragsleben am schönsten gestaltet. Ferner haben sie mir vom Milchgeld wöchentlich dreißig Mark zu zahlen. Das Essen hat eine Woche die Zilli zu liefern, die andere Woche der Wilhelm. An Brennzeug bedinge ich mir zwei Klafter Brennholz aus. Winters muß der Weg vom Hof zum Zuhäusl ausgeschaufelt werden. Ich verpflichte mich lediglich, die Hochzeit für die beiden auf meine Kosten auszurichten, wenn sie innerhalb eines Jahres heiraten.

Matzberg, den 28. Dezember 1957

Hochheimer — *Adam Lechner*
Rechtsanwalt und Notar — *Bauer auf Kronwied*

Im ersten Augenblick wußte die Zilli gar nicht fertig zu werden mit diesem seltsamen Testament. Ihre Gedanken flogen davon, schließlich war sie von der Güte Adam Lechners so überwältigt, daß sie in Tränen ausbrach.

Anders erging es Wilhelm. Auch er hatte so ein blaues Kuvert unter seiner Bettdecke gefunden. Aber als er es gelesen hatte, brach er in ein fröhliches Lachen aus. Das sah dem Onkel ähnlich! Es war wieder einmal eine seiner Verschrobenheiten, wie er sie von früher her kannte. Das mit Bauernschläue abgefaßte Testament war nichts anderes als die sanfte Gewalt, mit der er nach seinem Willen zwei Menschen zusammenkuppeln wollte.

Es war am besten, man ließ ihn in dem Glauben, es sei ihm gelungen, dann hatte er seine schönste Freude daran.

Am folgenden Morgen, als die Zilli dem Kronwieder das Frühstück in die Stube brachte, begegnete Wilhelm ihr im Flur. Er machte eine förmliche Verbeugung und begrüßte sie: »Recht schönen Morgen, Kronwiederin zur Hälfte.«

Sofort begriff sie, daß auch er eine Testamentsabschrift erhalten haben mußte, und antwortete schlagfertig: »Recht schönen Morgen, Kronwieder zur anderen Hälfte.«

Er sah sich um, ob niemand um die Wege wäre, dann nahm er sie schnell in die Arme und küßte sie.

»Zilli«, sagte er ihr zärtlich ins Ohr. »Wie machen wir es nur, daß er es nicht gleich merkt, wie es um uns beide bereits steht?«

»Ich kann es überhaupt noch nicht fassen«, gestand sie.

»Wo bleibt mein Kaffee?« klang von drinnen die Stimme des Kronwieder.

»Heute abend«, flüsterte er ihr noch zu, dann schob er sie zur Stubentür hin.

Der Kronwieder saß aufgeräumt hinter seinem Tischchen. Als die Zilli ihm den Kaffee hinstellte, blinzelte er in ihr Gesicht.

»Gut geschlafen, Zilli?«

»Nicht so gut wie sonst«, antwortete sie.

»Ah geh. Warum nicht?«

»Es ist etwas unter meiner Bettdecke gelegen.«

Er nickte. »Ja, ich weiß. Ein halber Hof.«

Sie setzte sich neben ihn und fragte: »Wie stellst du dir

das eigentlich vor? Du weißt doch gar nicht, ob ich den Wilhelm mag.«

»Jetzt vielleicht noch nicht, aber schön langsam werdet ihr euch schon zusammenstreiten. Ich geb ja zu, daß er ein Trotzschädel ist, aber wenn du dir ein bißl Mühe gibst, wirst ihn schon zahm machen können.«

»Meinst du? Und wenn er lieber auf die Hälfte des Hofes verzichtet?«

»Da wäre er ein Esel. Das glaub ich schon gleich überhaupt nicht.«

»Du bist dir aber deiner Sache sicher.«

»Ja, ganz sicher.«

Nun war es bei der Zilli soweit, ihm die volle Wahrheit zu sagen, denn ein zweites Mal wollte sie ihn nicht anlügen. Sie wußte nur nicht recht, wie sie beginnen sollte. Endlich fand sie den Anfang.

»Ich will dir nichts vormachen, Herr Vater«, begann sie. Da aber öffnete sich die Tür, und Wilhelm trat ein, der draußen gehorcht hatte. In seiner Hand hatte er die Testamentsabschrift.

»Entschuldige, Onkel, aber ich finde das doch ein bißl abgeschmackt. Du willst mich da mit einem Menschen zusammenkuppeln, von dem ich dir doch gesagt habe, daß er nicht mein Geschmack ist. Verzeihung — bin ich vielleicht schon auf deinem Teil des Hofes, Zilli? Ich weiß ja nicht, ob wir nicht auch diese Stube zur Hälfte zu teilen haben.«

Der Kronwieder blickte ein wenig verdattert drein. Dann aber polterte er los:

»Du Trottel du, willst vielleicht gleich gar das angeschminkte Farbenhäferl heiraten? Gut, dann such ich für dich einen passenden Mann, Zilli. Schau ihn dir doch an, den Lackel. Der müßt ja froh sein, wenn er so was kriegt wie dich.«

»Aber, Vaterl, zwingen kann man ihn doch nicht, wenn er mich nicht mag! Wenn du schon alles aus den Händen geben willst, dann soll es doch so sein, daß du Glück um dich blühen siehst. Wärst du denn zufrieden, wenn du sehen würdest, wie unglücklich ich neben ihm bin?«

»Oder ich neben ihr«, warf Wilhelm ein.

Eine Weile grübelte der Kronwieder nachdenklich vor sich hin. Er sah geradeso aus, als ob er seinen Plan zu ändern bereit wäre. Aber das sah nur so aus. In Wirklichkeit war er von seiner Idee so besessen, daß ihn nichts davon abbringen konnte. Und Zorn war in seiner Stimme, als er sagte:

»Das Kreuz schlag ich dir ab, wenn du sie unglücklich machst!«

Da hielt es die Zilli einfach nicht mehr aus. Sie stand auf, sah Wilhelm eine Weile in die leuchtenden Augen, dann fiel sie ihm um den Hals.

»Ich will dich nicht anlügen, Vaterl», sagte sie. »Dein Testament ist schon zu spät gekommen.«

»Waas?« der Kronwieder riß die Augen auf. »Ja, sagt einmal ...«

»Da gibt es nicht viel zu sagen, Onkel«, antwortete Wilhelm und trat mit der Zilli an der Hand vor ihn hin. »Die Zilli hat schon recht, dein Testament kam zu spät. Mein Geschmack hat sich eben geändert, und ich hätte die Zilli zu mir in die Stadt geholt, weil ich sie gern habe und ohne sie nicht mehr sein will.«

»So ist's recht. Und mich hättet ihr allein sitzen lassen auf Kronwied. Nein, da wär nichts draus geworden, denn, damit du es weißt, auch ich mag ohne die Zilli nimmer sein! Sie ist mein Kind und muß bei mir bleiben. Wer soll mir denn meinen Kaffee herrichten in der Früh, und wer soll mich pflegen, wenn ich krank bin?«

»Ich, Vaterl«, sagte die Zilli und schmiegte ihre Wange an die seine. »Ich bleib doch bei dir. Weißt ja, wie mir Kronwied ans Herz gewachsen ist. Ach, ich bin ja so glücklich, daß mir das Schwere erspart worden ist, von dir wegzumüssen.«

»Also so was! Und alles hinter meinem Rücken«, sagte der Kronwieder. »Und ich hab schon gemeint, was das jetzt für ein lustiges Durcheinander geben wird mit dem geteilten Hof. Geh zu jetzt, Wilhelm, und hol eine Flasche Wein rauf aus dem Keller. Das muß gefeiert werden.«

Im März, kaum daß der Schnee von einem dreitägigen Föhn weggetaut war, ging die Zilli nochmals über das Schartengebirge, den gleichen Weg, den sie damals gegangen war, vollgepfropft bis über die Ohren mit guten Ratschlägen, wie schlau sie es anpacken müßte, den ›alten Knochen‹ sich gefügig zu machen. Es hatte keiner Schlauheit und keiner Hinterhältigkeit bedurft, es war ein ehrlicher und gerader Weg gewesen, der zum Herzen dieses Mannes geführt hatte, der sie nun zur Bäuerin auf Kronwied machen wollte. Anders freilich, als es ursprünglich gedacht war.

Sie ging nicht gleich ins Elternhaus, sondern zuerst ins »Kreuz« und bestellte sich Kaffee und Kuchen. Es dauerte nicht lange, da kam die Wirtin und freute sich, weil sie dachte, die Zilli käme nun wieder zu ihr als Zimmermädchen. Als sie dann hörte, warum dies nicht sein konnte, schlug sie die Hände über dem Kopf zusammen und konnte sich nicht genug wundern, daß auch ein armer Mensch soviel Glück haben könnte.

Daheim machte es die Zilli ganz kurz. Sie legte all ihr Erspartes auf den Tisch und erzählte ruhig und gelassen, wie sich nun alles bei ihr gestaltet hatte. Sie konnte nur traurig lächeln, weil die Mutter den Spieß so hurtig umzudrehen verstand und sagte:

»Ich hab dir ja immer gesagt. Ehrlich währt am längsten, und nur mit der Ehrlichkeit und Anständigkeit kommt man ans Ziel.«

Zilli gab keine Antwort darauf und mochte niemanden daran erinnern, mit welchen Erwartungen man sie nach Kronwied geschickt hatte. Sie blieb aber auch unerbittlich hart, als der Vater meinte, nun könnte man ja den Krempel hier verkaufen und zu ihr ziehen.

»Nein, das auf gar keinen Fall. Ich werde selber Familie haben, und es ist nicht gut, wenn alt und jung beisammen sind.«

Am Abend ging sie zurück, und diesmal stand keiner hinter den Stauden und wartete mit Silberaugen auf sie. Daheim hatte sie erfahren, daß der Valentin Kling ausgewandert wäre. Andere sagten, daß man ihn bei einer Rauferei erstochen hätte. Sie war weder von dem einen noch dem anderen beeindruckt. Er hatte in ihrem Leben eine unheilvolle Rolle gespielt, und sie dachte nicht mehr an ihn ...

Als sie über die Hügel kommend Kronwied liegen sah, wurde ihr Herz ganz weit, und sie schritt rascher aus, um schneller in die warme Geborgenheit ihrer neuen Heimat zu kommen.

Es brauchte zur Hochzeit kein großes Ausrichten, wie der Kronwieder es in seinem Testament gemeint hatte, denn die beiden heirateten in der zweiten Aprilwoche in aller Stille. Wilhelm hatte zu dieser Zeit bereits mit dem Schulhausbau in Matzberg begonnen. Er konnte leicht abkommen, denn auf dem Hof war noch der Onkel, und die Zilli schaltete mit einer Umsicht und Bedachtsamkeit, daß jedermann sich wunderte und sie lobte. Das Lied ihrer Tüchtigkeit wurde genauso auf die umliegenden Höfe getragen wie seinerzeit das Gerücht, daß sie es auf den alten Kronwieder abgesehen habe und ihn umgarne.

Kam Wilhelm am Abend heim, wartete die Zilli bereits auf ihn und stürzte auf ihn zu, als seien sie nicht nur einen Tag, sondern Monate getrennt gewesen. Ihre Liebe war von einem wundersamen Gleichmaß, und ihr ganzes Wesen war erfüllt von tiefer Dankbarkeit für den Mann, der mit seinem schneeweißen Haar aus dem Fenster seines Austragsstübchens auf das Werken der jungen Bäuerin heruntersah. Einmal hatte er selber die Hände nach diesem blühenden Leben strecken wollen, aber über dieses späte Begehren hinweg hatte sich sein Gefühl in demütigem Verzicht in eine andere Liebe verwandelt, in eine väterliche Liebe, die voll selbstloser Güte war. Nie war das Leben für ihn so schön gewesen wie jetzt.

Wilhelm begann dem Hof ein anderes Gesicht zu geben. Da entstand ein Mauervorsprung, dort ein verbindender Torbogen, alle Gebäude wurden weiß gestrichen, und als es Herbst wurde, leuchtete Kronwied mit hellen Mauern wie ein Herrschaftssitz ins Land hinaus. Weil Wilhelms Name auch mit dem schönen Schulhausneubau weiterhin Klang und Bedeutung gewann, weil er mit seinem Sportwagen zwischen Kronwied und Matzberg herumsauste, nannte man ihn bald den Herrenbauer.

Ja, es war ein wenig anders als vorher. Die Dienstleute nannten ihn nicht Bauer und auch nicht Kronwieder. Dieser Name blieb dem Alten erhalten. Wilhelm nannten sie den Herrn. Und der Herr scheute sich nicht, in der Erntezeit mitanzugreifen. Seine Hände waren schmal, aber kräftig.

So glitten die Monate durch das Land. Die Zilli blühte zu schönstem Weibsein auf, und als sie dann im Frühjahr ihrem Mann den ersten Buben schenkte, nannten sie den Erben Adam.

Zur Taufe wurden die Wimmerischen zwar eingeladen, aber sie kamen nicht. Dafür kamen der Kaufmann Pichler und der pensionierte Postrat Ertl, und die Taufe vollzog der Dekan Huber. Weil die Hochzeit schon so still gefeiert worden war, ging es dafür jetzt um so großartiger her.

Das Leben ging weiter. Als es Sommer wurde, konnte man den alten Kronwieder mit dem Kinderwagen über die Hügel hinziehen sehen, oder er saß mit dem jungen Erdenbürger in der Tiefe des Apfelgartens unter dem leisen Rauschen der Blätter. Der laute Atem der fernen Welt drang nicht mehr herein in diese Stille. Nur das Plätschern des Baches war zu hören oder ein Vogelruf in der Dämmerung.

Dann kam die Zilli in den Apfelgarten und nahm dem Alten das Kind aus den Armen und drückte es innig an ihr Herz, denn es wurde kühl, und es wollte Abend werden.